U0939602

广东省高水平大学建设经费资助出版

筑梦红楼

张世君 著

SPM 南方传媒 | 花城出版社
中国·广州

图书在版编目（CIP）数据

筑梦红楼 / 张世君著. -- 广州 : 花城出版社, 2025. 4. -- ISBN 978-7-5749-0322-7

Ⅰ. I207.411

中国国家版本馆CIP数据核字第2024BY0419号

出 版 人：张　懿
责任编辑：周思仪　朱泽清　王子玮
责任校对：衣　然
技术编辑：凌春梅
封面设计：L&C Studio

书　　名	筑梦红楼 ZHUMENG HONGLOU
出版发行	花城出版社 （广州市环市东路水荫路 11 号）
经　　销	全国新华书店
印　　刷	佛山市浩文彩色印刷有限公司 （广东省佛山市南海区狮山科技工业园 A 区）
开　　本	880 毫米 ×1230 毫米　32 开
印　　张	9.25　1 插页
字　　数	177, 000 字
版　　次	2025 年 4 月第 1 版　2025 年 4 月第 1 次印刷
定　　价	55.00 元

购书热线：020-37604658　37602954
花城出版社网站：http：//www.fcph.com.cn

目 录

第三章　府院风波

第四章　场景叙事

第五章　门的叙事

第六章　门、窗、墙的分隔与连通

第七章　声音与听觉空间

第八章　听觉叙事

第九章　戏曲视听

第十章　《红楼梦》的嗅觉文化

第十一章　香气空间与空白

第十二章　香气韵调

第十三章　香与祭祀

写在开篇

《红楼梦》成书以来，大概没有哪部中国古典文学作品能得到这般关注。究其根本，行文或繁，或简，每个人都能从中得到借镜。

读书、读史、读心、读物者皆有之。学者能由此读出清代章回小说的匠心独运，考证派力图考证作家身世和版本内容，索隐派试图索解出书中隐藏的真人真事，有心人能在风花雪月间体会温柔缱绻，无情客冷看贾府盛极而衰树倒猢狲散。更妙的是，和多数中国古典文学的大团圆、小团圆相对，这竟是一部“断点续传”的悲剧。不仅月有阴晴花有缺，甚而连书名叫什么，作者是谁，续写者是谁，有多少回传抄于世，故事发生在南还是北，人物合该有什么宿命，都你来我往争执了二百余年。无数的悬念，随着作者的欲言又止、欲诉还休，更显得耐人寻味。盖棺无法定论，故事戛然而止，大概是文人墨客心中最痒之处。然而或循规蹈矩，或语出惊人，对文学的钻研终究要回到文本本身。

读文学作品是一个互动的过程，读者身处一个走马观花的想象空间，一处处场景纷呈而至，依据自己的认知，读出作者的有心栽花和无心插柳。人物、情节、环境是小说叙事的三要素，人物的性格与发展促成情节，人物的活动离不开环境。比起《西游记》的奇幻游历、《三国演义》的军事征战、《水浒传》的梁山聚义，《红楼梦》是一个困在高墙府院的故事。作者以其细腻的笔触，将贾府的家族悲欢、儿女情长娓娓道来，更是将与视觉、听觉、嗅觉相关的空间艺术与人物性格、故事情节融为一体。

本书的立意，是从空间角度返回小说本身，从《红楼梦》的“楼”——建筑讲起，希冀以不同的角度读《红楼梦》，共同赏析书内的空间艺术，以及书外的人文溯源。

写文章太过骈四俪六，作者写得辛苦，读者看得心累。而笔者更期待的，是以随意对话的方式，尽可能地单刀直入，又不至于太过刻板生硬。

若能在共同赏析中读出故事的言内、话外之意，体会《红楼梦》的魅力，了解空间艺术的转化；读到有趣之处，能心有灵犀，会心一笑，予愿足矣。

《红楼梦》的版本说明

既然是试析《红楼梦》的空间艺术，如不将原书说明白，还要读者翻开原书作配套教材一一对照，就显得过于仓促了。可惜如前文所说，《红楼梦》版本各异，历代“以子之矛，攻子之盾”的争论比比皆是，加上作者有意的含糊其词，恰恰是个讲不清楚，更不乐意被讲清楚的故事。较为流行且存证最多的说法，是曹雪芹（约1715—约1764）生前完成《红楼梦》前80回并以传抄本问世。乾隆年间，清人程伟元用数年时间，搜集《红楼梦》遗稿，与友人高鹗共同编辑整理《红楼梦》书稿。

乾隆五十六年（1791），程伟元和高鹗将《红楼梦》前80回与后40回合成一个完整的故事，萃文书屋以木活字排印出版了《红楼梦》120回本，通称“程甲本”；第二年又出了修订本，通称“程乙本”。两“本”的问世不仅保存了《红楼梦》前80回的原貌，而且促成了《红楼梦》的正式出版，结束了手抄本的传抄。《红楼梦》能够流传，程伟元、高鹗二人的整理出版功不可没，这是不能被轻忽的。

20世纪80年代，人民文学出版社出版了前80回以脂砚斋评的庚辰本作底本，后40回以“程甲本”作底本的120回本《红楼梦》。之后又有出版社出版了120回本的“程乙本”。

《红楼梦》的版本繁多，流派各异，由此产生了以《红楼梦》为研究对象的专门学问，即“红学”。《红楼梦》一书风格上承袭《金瓶梅》，在文学造诣上则青出于蓝。《金瓶梅》虽也称是警世之作，但淫词浪语的篇幅挤占了立意；而《红楼梦》布局绵密、环环相扣，既锦心绣口又心字成灰，既意趣雅致又难掩痴狂。身临其境之感，让后人不禁觉得这是曹雪芹将真事隐去的自述。只是作者犹抱琵琶半遮面，在比较能够对应考据的情节上含含混混，导致后人既不敢想得太多，又怕想得不够多。把情节套在这个人身上合理，套在那个人身上也成立，穿凿附会是难免的。

“阆苑仙葩”指的是绛珠仙草说得过去，指的是王母海棠也有理有据。斟字酌句的盛况，恐怕是作者本人也想不到的，此书若发表在当下，定然要打上“如有雷同，纯属巧合”八字箴言了。如果回到作品本身，只用一句话来写文案，大概就是个放浪形骸的锦衣纨绔在家门由盛转衰间的儿女情长、风尘碌碌与一番梦幻。

无论前80回如何精妙，后40回是否有失精粹，笔者从大众读者的阅读欣赏习惯出发，把通行本120回《红楼梦》当作一部完整的小说看待，而不是重前80回而轻后40回。120回本在本质上是一部艺术虚构的小说，满足广大读者阅读欣赏的愿望。因此，红学索隐派从小说的情节和人物中索出隐藏的人、事，考证派把真实历史上的曹家与小说创作的贾家合二为一的研究，都不是本书讨论的主要内容。

空间艺术释义

空间艺术这个名词大概有点让人望而生畏，只怕又是什么掉书袋的专有理论。事实上，时间和空间是日常生活中再普通不过的留存，艺术是对生活的归纳总结，经过论证和讨论，加以雕琢。

时间是单一维度持续不断的物质运动，无法倒转。时间的特征是永恒持续，在永恒持续中又分成许多时刻和时段。

空间是物质存在和运动的场所，有长宽高、大小的表现，具有三维性特点。因此，空间的特征是不断延伸，在不断延伸中包含着许多点位和区域。

我们熟悉的文学、音乐、绘画、建筑、雕塑，在文艺理论史上曾被分为时间艺术和空间艺术。18世纪德国理论家莱辛把音乐、文学归于时间艺术，把绘画、建筑、雕塑归于空间艺术。音乐和文学在时间持续性的流动中发生变化，绘画、建筑、雕塑则有空间的物质形态。20世纪的理论将电影、戏剧表演归于视听艺术，也就是时空融合的综合艺术。

现代读者对文学作品增加了空间想象的需求，时间与空间更加紧密地结合起来。文学描写的时间，只是小说讲故事的逻辑起点，故事时间要依托故事空间的展现才能实现。

空间不仅指故事发生的场所，更是情节转换的环境和氛围。空间既有其实体的属性，也有虚化的特点。本书讨论的

《红楼梦》的空间艺术，指视觉与触觉上门、窗、墙、院的建筑空间，听觉的声音空间和嗅觉的香气空间，在理解故事情节的基础上，增添阅读的趣味性，探索空间在小说中的表达和引申。

《红楼梦》空间艺术的三个层次

建筑空间

红“楼”一梦，建筑空间是《红楼梦》空间艺术最基本的形式。贾府实际上是两房人，是宁国公和荣国公传承下来的两个府院，简称宁府、荣府。大观园是宁荣二府为了贾政入选深宫加封为贤德妃的长女贾元春省亲建造的别院，又称省亲别墅。《红楼梦》的故事，除去太虚幻境的异谭，主要是围绕宁荣二府和大观园展开的。

通常讲故事的人，心中不仅要有故事的蓝本，也要有故事的场景布局。缺少格局，则会出现前后矛盾、表述混乱的情况，这是文学创作的大忌。《红楼梦》对两府一园的勾勒是通过主要人物的观察向读者介绍的。第三回黛玉进贾府的左盼右顾、审时度势，亦是读者对贾府的第一印象；第十七回贾政巡览大观园，既是贾府诸人初看大观园，也是让读者窥探大观园全貌。这个时候，大观园还是一座新近翻修的园林建筑，尚无人气。直到第四十回刘姥姥前来游园，由她的视角看大观园的生活起居，才给大观园增添了几分烟火气息。

《红楼梦》之所以让人如临其境，究其原因，是对建筑、制式、场景近乎苛刻和严谨的描写。《红楼梦》中人物关系既多且杂，对建筑制式又极为细致讲究，要将这许多人合情合理、合乎规矩地聚在一起，的确考验作者的功力。故事和故事的发生地相互交融，以景生情、以物比人的描写繁多，使人无法将场景略去，只着眼于人物来读故事。

《红楼梦》所描绘的贾府，是一组标准的北方四合院格局建筑。“四合”，便是四面合围，围绕中庭的院落。“进”和门互为关联，一进院即由门而入，可见天井及起居正房；二进院则在此基础上增加了二门和额外的中庭。大宅院的“三进”“四进”，甚而“五进”，不仅有大门、二门（或垂花门）、后院及后罩房，还有额外的院、房以作生活起居之用。每一个门的制式、讲究，每一处院和房屋的规矩、排列都有其用意。许多俗语由建筑的格局而来，如“大门不出，二门不迈”，又如“东床快婿”。寻常访客在大门与二门之间活动，后院女眷则止步于二门，只有小小一方天地。要跨越物理设置的门房本不至于如此困难，要跨越千百年延续的心防，则非朝夕可改。

与贾府秩序井然、等级森严相比，大观园则显得随性许多。虽然也有水上南北中轴线，毕竟是园林制式，并没有严格的对称。贾宝玉所居怡红院在东，林黛玉所居潇湘馆在西，薛宝钗所居蘅芜苑在北，各个院落错落有致，风景有别，名字更是引经据典，让人目不暇接。儿女间的缠绵心意，几乎都是在这一方天地发生的。结合院落来看人物个性，揣摩情节，这在别的著作中或许并不多见，在《红楼梦》中却交织紧密，这是作者的有意为之。

小说中的建筑实体空间搭建不仅依赖制式和人文，还十分讲究方位。本书也借由《红楼梦》一谈中国古代建筑的方位观念，以及与西方文学建筑的比较，在此不一一赘述。

听觉空间

听觉空间是《红楼梦》空间艺术的第二个层次，与实体空间相对，它作为虚化空间，没有形体，却补完了读者的感知。文学中对听的描写，自然是通过文字的看实现的，其中不乏通感和移觉的特点。

声音表达了情绪、完补了性情，先声夺人的凤姐、呜咽一声犹未了的黛玉、罕言寡语的宝钗，寥寥数笔，就能让人物跃然纸上；声音营造了氛围，喜与哀，欢与悲，于丝竹乐音中，于风雨声中产生了共鸣；声音更推动了情节的发展，错认了声音，偷听了故事，有的是故意，有的是无心。而不可或缺的还有《红楼梦》中40余处以听觉艺术为核心的戏曲描写，暗示人物命运，暗藏家族兴衰，由此能窥见在当时文学与戏曲共生繁荣的景象。

香气空间

香气空间是《红楼梦》空间艺术的第三个层次，通过嗅觉感知的虚化空间。《红楼梦》对香的偏爱多不胜数，而少有对臭的描写，这在中国古典文学中并不是孤例。闻香识人，是作者向读者的含蓄暗示。《红楼梦》中的人物房间都沾染了人物性情，如秦可卿的浊香调、王熙凤的辛香调、薛宝钗的冷香调、贾宝玉的暖香调、林黛玉的幽香调。香有基调，也有温度，比起蘅芜苑的冷肃，怡红院的暖就显得格外暧昧迟疑。香表达的不仅是儿女情长，在文中更与祭祀文化息息相关。敬天礼地是中国古代文化传承的一环，与西方祭祀文化风格迥异，又异曲同工。

跨界与比较

奇文共欣赏，疑义相与析，这不仅是观念的碰撞，也是学科的贯通。玩笑而言，一位作者，若要下笔如有神，就算不至于读书破万卷，通晓古今，也要涉猎广泛，学问丰赡。而碰上信手拈来或刻意掉书袋的作者，读者也是压力颇大，仿佛不略知一二，就读不成书似的。

有趣的读物为精神世界提供了比较和想象的空间，跨界则将这种比较和想象延展，跳脱出既有的框架。《红楼梦》本身是一部百科全书式的小说，它的内容包含了文学、建筑、绘画、戏剧、音乐、影视、气味、饮食、中医药、历史、考古、祭祀、宗教等，只是人们常常只关注其中的某部分知识，而忽略了它多方面的知识联系。这种忽略，一是因为我们受内容分割的界限限制，二是因为不熟悉有关知识而形成了关注的盲点。本书仅以《红楼梦》建筑、声音和香气三个碎片，在原有的基础上进行重组和更新，添加《红楼梦》与中国古典文学他山之石的异同点，试谈空间艺术的其一与其二。

本书成文于笔者主讲的国家精品在线开放课（MOOC）及SPOC课程《〈红楼梦〉的空间艺术》，它于2020年11月成为首批国家级一流本科课程线上线下混合式一流课程。为此笔者撰写与讲课章节内容同步的书稿，既适合作为大学本科生和社会学习者学习的参考书，也希望能成为热爱中国古典文化和《红楼梦》的读者手头的一本融合理论和趣味的读本。

第一章 《红楼梦》的建筑布局

《红楼梦》别名《石头记》，自问世以来便谜题重重，莫衷一是。它成书于乾隆年间，版本既多，争议不断，其评论家不计其数，由此做的研究、掐的架、画的饼、做的联想，称为“红学”。时人及后人，将此书当历史来叙，当民俗志来采，当写作教材来阅，当家谱来忆，当玄幻文学来读，当《推背图》来推敲。能得到这种礼遇的著作，古往今来，着实不多。

不妨想象，某年，某月，某日，某人于窗前辗转反侧，夜雨淅沥，长夜无眠。家门曾经显赫，只叹仰仗皇恩的富贵不会长留，落得罢职抄家的下场，到自身只余追忆与空想。

年少时的荒唐旧梦已醒，现实则格外冰凉冷硬。也许是为了记下这黄粱一梦，也许是为了警醒世人，痴人一笑，文思泉涌。提笔时，或许眼前掠过年少时耳鬓厮磨女子的倩影；又或许从父辈的感叹中，遥想当年皇帝南巡接驾，家门的风光无限。到头来全是一场空，人生便是如此无常，又如此寻常。

全书并非一蹴而就，其间也与亲近之人分享共读，推敲情节，斟酌字句，删减增添。生活虽然艰难，却也有酒有诗，有友人共醉，有亲故揣摩。如此断断续续，辛酸苦甜，百感交汇，渐渐成书。笔耕不辍，却突然有一日戛然而止。此书经友人传抄，或存有几张未经仔细雕琢的遗稿，也一并传阅了。阅者惊心，闻者掉泪，爱慕书中的人物，悲叹文中的故事，终是不忍此书被埋没。手抄收藏的有之，整理出版的有之，更有人对结局耿耿于怀，提笔续章的有之。

有人亲近，便有人厌弃，认为此书含沙射影，颇有机心；笔法轻狂，多有绮念。本是抒情自伤之作，到后世成为名篇，为人考究、拜读，这恐怕是“某人”也始料未及的了。

时移世易，知晓此人、此生、此书的好友亲朋都已作古，只因心字成灰，代入感太强，后人读到心痛处，无法自抒，忍不住提笔写写读后感，猜想书中人物如何结果。读后感写的人太多，人的想象力又天马行空，自然有意见相左的地方，争执起来，都想做“懂你”的知音。时光荏苒，往事毕竟千疮百孔，无从补起，百年之后，版本不能统一，书名各有不同，不仅其义不能自见，连作者是谁都不敢确认了。

《红楼梦》抄本的主要评点者脂砚斋于《脂砚斋重评石头记》提到：“《红楼梦》旨意：是书题名极多，《红楼梦》是总其全部之名也。”（脂评甲戌本凡例）本书亦采用最通行的统称《红楼梦》，以曹雪芹为作者，不去自讨没趣，陷入谁是谁的谁的无限循环。本书志在探寻文中的情、景和情景交融之处，从建筑、风俗、文化传承的角度，回到文本，趣读《红楼梦》，既不想旧瓶装新酒，也无意剑走偏锋。此统称和立意，后文不再重提。

这样一个“着意闺中”院墙内的故事，大部分人物对话、场景交替，都在贾府和大观园内进行。入府是故事的开始，出园是剧情的结束，如黛玉入府、晴雯被撵，人物的登场与谢幕，都与其所置身的建筑相关。贾府、大观园与人物、情节相交融，喜怒哀乐、悲欢离合，俱在其中。

开篇不久，曹雪芹便以三位重要人物的三双眼睛，描绘出贾府及大观园的布局，为其后的情节发展做铺垫。本章的建筑布局，就从林黛玉初入贾府讲起。

第一双眼睛：林黛玉进贾府

林黛玉的视角

读者对贾府的感性认识，是在第二回“听”了贾府管家周瑞家的女婿、古董商冷子兴向黛玉启蒙先生贾雨村“演说荣国府”开启的。第二回中只略略数笔提到贾府大门“冷落无人”，树木山石“蓊蔚洇润”，借此笼统介绍了一下这家人姓甚名谁，如何开府，从前何等显赫，如今又为何萧疏，家里有什么人丁，由此点出第一回中动了凡心又历了情劫的石头，确然是这家的宝二爷无疑了。只在墙外观望，不啻管中窥豹，而真正入府，是在第三回“林黛玉抛父进京都”，由黛玉的一双眼睛所见。

林黛玉是扬州巡盐御史林如海的独生女，母亲贾敏是贾母的掌上明珠。贾母曾对林黛玉说“所疼者独有你母”（第三回），而贾敏却不幸因病早逝。林黛玉的外祖母贾母因娘家姓史，又称“史老太君”，贾府上下尊称她为“老太太”“老祖宗”。贾母此时是贾府的大家长，怜爱外孙女年幼失恃，在林黛玉母亲去世后“遣船来接”。林如海便托林黛玉的家庭教师贾雨村随行送黛玉到外祖母身边。

初来乍到，黛玉和读者一样，是一个“局外人”，而她投亲，托庇于贾府，成为“府中人”。人说“一入侯门深似海”，在黛玉身上也如是，不提因父重病与贾琏匆匆回南，她真正意义上的再出来时已是“城外庵中”（第九十九回）停灵了。

却说一行人风尘仆仆，先是“弃舟登岸”，到“都中”，入“神京”，过“街市”，走了半日才于“街北”看见宁国府的“大石狮子”“兽头大门”和荣国府的“三间大门”。大门自然不是她这样身份的人能过的，于是从“西边角门”进去，到了“垂花门”，方才进入贾母的院子。这一番颠簸，还来不及歇口气，先到贾母院，再到贾赦院、贾政王夫人院。这次进府，戏份吃重的长辈都七情上面、粉墨登场，连宝玉也见着了。

在黛玉认亲戚的同时，这何尝不是读者对贾府的第一次拜访？文中洋洋洒洒，将建筑中的特点随着黛玉的经行路线一一提点，从超手游廊、穿堂、插屏、三间厅、影壁，再到正房、厢房、耳房，可见贾府是典型的四合院建筑格局，第一〇六回写有“宁国府第”将此坐实。把建筑及装饰摆设描绘得如此细致，既显示了贾府门第之深，交代了人物关系，又为日后情节发生的场景做了架构。言语间，随着黛玉的视线，贾府渐渐揭开面纱，我们也得窥真容了。

脂砚斋在脂评庚辰本第二回回前总评冷子兴演说荣国府的时候，就对第三回林黛玉初进贾府的视角做了评价。他说：

> 借用冷子兴一人略出其文，好使阅者心中已有一荣府隐隐在心，然后用黛玉宝钗等两三次皴染，必耀然于心中眼中矣。此即画家三染法也。
>
> 未写荣府正人，先写外戚，是由远及近，由小至大也。……今先写外戚者，正是写荣国一府也。

“皴染”是中国山水画中常用的技巧，先勾勒出轮廓，再模拟立体实物，增加阴影面积。“画家三染法”指的是作者在文中通过各方不同的角度反复勾勒，层层渲染，荣府的形象便跃然纸上。引文中的“心中”与“眼中”，是读者通过黛玉的观察在心中和眼中勾画出小说叙事的场所。文章通过“外戚”林黛玉的眼睛勾勒出了贾府的状貌，“荣府正人”宝玉等人的故事由此得到展开。

贾府石狮与三间兽头大门

如果说《红楼梦》中人不乏放浪形骸、荒唐胡闹之辈，那其对建筑的描摹可称得上严谨了。礼教与礼制在中国封建社会如影随形，也在《红楼梦》中留下深刻的印记。读者对贾府的初印象，大概始于贾府那两个石头狮子和兽头大门。狮子本是舶来品，随佛教传入中国已久，与中国古代神话中的龙五子狻猊相近（亦有说法是同源）。工匠们大概一生都没见过狮子，却不关碍对艺术作品的想象发挥。狮可辟邪、镇宅，是富贵人家颇受欢迎的灵兽，在大门口驻守，既是身份的表征，又能震慑宵小，和唐太宗那两位画来吓龙鬼，又给自己壮胆的门神作用相若。门狮是府邸宅院的建筑装饰，多左雄右雌成对出现，雄狮脚踩绣球，雌狮则足按幼狮，男左女右，阴阳有序，各司其职。

宁荣二府石狮子的出场都值得玩味。前文已述第三回黛玉初入贾府，首先“忽见街北蹲着两个大石狮子”，高门大户的形象可谓深刻。

第六回刘姥姥一进荣国府，她是乡下老妪，和贾府能攀大概十万八千里的亲戚关系，回回来访都有所遭遇。文中说到“来至荣府大门石狮子前，只见簇簇轿马，刘姥姥便不敢过去”，溜到角门也不受待见，最后绕到后门才被领进了后院，再次说明贾府威仪。

第六十六回宝玉好友柳湘莲以鸳鸯剑做定，配了尤三姐，向贾宝玉打听时，却失口说出“你们东府里除了那两个石头狮子干净”。言下之意，宁国府上乌烟瘴气，肮脏龌龊，他不屑娶尤三姐为妻。他悔婚要退亲，让尤三姐深觉受辱，愤而自戕。柳湘莲与尤三姐第一次照面也正是她的死期，见此女子如此标致又如此烈性，当配得起他，悔不当初，梦中再遇，确实无缘，遂遁入空门，这是后话了。短短一章，惨烈凄惶之态尽显，宁府悲剧初露。

第七十五回尤氏在宁府门首，“因见两边狮子下放着四五辆大车”，便知是一群前来赴赌、问柳评花的纨绔。尤氏的丈夫贾珍是宁国府当家，奢靡荒淫，居丧无法出去玩，就在自家开了赌局胡天胡地。狮子下有大车，足见门户显赫；停车位众多，确实是豪宅。只可惜金玉其外，败絮其中，纨绔子弟一事无成倒还罢了，只怕肆无忌惮，要多生事端。

石狮子在起初的描述里皆是威严慑人的，随着故事深入，被拿来比作最干净的物事，冷看贾府的骄奢淫靡，确实成了摆设。可叹石狮子空有刚猛威风，几十回来没辟到什么邪，镇到什么妖孽，无可奈何地成为贾府衰落的见证。

三间兽头大门则是另外的建筑规范，三间指“三间一启”，三开间的宽度，中间开门，且只能开一个门。荣国府是国公府，三间大门合乎制式，与《钦定大清会典》所载相符。大门用黑油，与皇家和官府的红色相异，门上的兽首多为衔环的虎、狮、螭。后文还有五间的门，因大观园是为元妃省亲所建，需符合皇家制式；若贾府敢用五间，或者只用一间，都是违规。

大门虽然是为出入而建，在《红楼梦》里却时常紧闭。大门不能轻易打开，也不是谁都能过的。别说黛玉进的是角门，刘姥姥连角门都不得进，非得是府上的贵客，才能从大门堂堂正正地迈入；身份稍显不足的，都有损门楣。

在《红楼梦》中，描写从大门进入的桥段是元妃省亲："贾母领合族女眷在大门外迎接。半日静悄悄的。……那版舆抬进大门，入仪门往东去，到一所院落门前，有执拂太监跪请下舆更衣。于是抬舆入门，太监等散去，只有昭容、彩嫔等引领元春下舆。"（第十八回）另有薛宝钗出闺成大礼，也从大门进入："一时，大轿从大门进来，家里细乐迎出去，十二对宫灯排着进来，倒也新鲜雅致。"（第九十七回）

贾母院：垂花门与超手游廊

黛玉进入贾府，首先到荣国府贾母院，由贾母院角门入内，先后经过垂花门、超手游廊、穿堂、三间厅，到达正房大院。

垂花门是指进入四合院大门后的二门，在四合院中颇有讲究。"垂"，檐柱不落地，即垂柱；"花"即垂柱上对垂珠的装饰雕刻，多用莲、花萼、石榴、串珠的形象。虽然是内院门，但因这巧夺天工、别具匠心的垂柱，显得格外华美。以贾母院为例，垂花门内是小小三间厅，厅后才是正房和厢房，垂花门与三间厅是三进院的隔断。宋代以后，贵族家小姐“大门不出，二门不迈”中的“二门”，多指此门。《红楼梦》写黛玉进贾母院的轿子，“垂花门前落下。众小厮退出”，“林黛玉扶着婆子的手，进了垂花门”（第三回）也照应这一规矩。

超手游廊是指垂花门内两边如两手合围般连接东西两处厢房和正房的回廊。称之为超手游廊，形象贴切。超手游廊是院内进出遮风避雨的主要交通便道，增加院落空间的层次，也丰富其中的光影变化。

贾赦院、贾政院：仪门、正房、影壁

黛玉见过外祖母后，大舅妈邢夫人带黛玉经过荣国府正门去见大舅贾赦。贾府各院皆是三进院结构，对门和厅的名称功用略有差别。若要一一说明则略显枯燥，也并非本文的立意，只依照原文的先后次序讲述，当中有详略之分，并非贾母院子只剩垂花门和游廊，而贾赦院、贾政院连大门都没了。

贾赦院外有黑油大门，内有两重仪门，即仪门和三层仪门，入内才是正房和庭院花木山石。荣国府三院的布局以及背后的缘由后文会再提及，贾赦虽然是长子，但所居院落的大门并非荣国府正门，“敕造荣国府”的牌匾，挂在贾政院

的大门之上，亦即荣国府正门。

黛玉去过大舅贾赦院，又返回见二舅贾政，经过荣国府的仪门、正房、耳房、堂屋。正房是四合院中的主人房，通常坐北朝南，正房有三间的，也有五间的，贾政院所在的敕造荣国府的正房是“五间大正房，两边厢房鹿顶耳房钻山，四通八达，轩昂壮丽”。“进入堂屋中，抬头迎面先看见一个赤金九龙青地大匾，匾上写着斗大的三个大字，是‘荣禧堂’。”黛玉观察细致，只见“大紫檀雕螭案”“青绿古铜鼎”“待漏随朝墨龙大画”“金蜼彝”（周器）等，无一不彰显主人家的情怀和身份。

普通堂屋既是会客的地方，是一家用膳之所，也是供奉祖先之处。堂屋两侧的屋舍，可以是起居室、卧室，也可以是书房。正房两侧，还有耳房，尺寸小于正房，也是三间的格局。二舅妈王夫人时常住在正室（荣禧堂）东边的三间耳房，老嬷嬷引黛玉进东房门，正房炕上横设一张炕桌。喝罢茶，黛玉又被引到东廊三间小正房。正房内摆着贾政的书籍茶具。

传晚饭了，王夫人携着黛玉去贾母处，经过夹道、抱厦厅和“一个粉油大影壁”。

影壁是用做屏蔽的墙壁，谐音“隐避”。门内为“隐”，门外为“避”，以遮挡视线。影壁又可分为外影壁和内影壁，名字也十分直白，大门外的影壁增加气势，大门内的影壁多是为了遮挡。影壁不仅具有实用价值，还有很高的建筑与审美价值，比如故宫的九龙壁、湖北襄阳藩王府的绿影壁、山西大同的琉璃九龙壁。

王夫人携黛玉经过贾政后院“小小一所房室”，它是王夫人的内侄女、贾琏的妻子，人称“凤姐”的王熙凤的居室，穿过一个东西穿堂，到了贾母后院，进房吃饭，按长幼告座。

以上荣国府的建筑都是第三回林黛玉进贾府所见。从林黛玉进贾府的路径可以看出，荣国府的建筑分为三路：西路贾母院，中路敕造荣国府贾政院，东路贾赦院。黛玉见过贾母后，从西路贾母院大门出来，经过中路贾政院才进入东路贾赦院，然后又折回来进了贾政院。西路贾母院和中路贾政院是连通的，东路贾赦院是独门独院，与中路贾政院则没有连通。

这个路线图画出来，也和现在的导游带团游览路线差不多了，只是游人可以走马观花，而对黛玉来说，步步都是小心谨慎，不愿行差踏错。初次入府固然是心情忐忑，后来住在其中成了这一大家庭中的一员，黛玉的心情也轻松不到哪里去，一边吃宝玉惹的干醋，一边伤身世的情。黛玉短短一生，仅在父亲“身染重疾”时（第十二回）由贾琏陪同回扬州看望，在料理了父亲丧事后，“黛玉回来”（第十六回），就再无踏出贾府生活的日子了。

景情相融：建筑布局与次序

与映入眼帘的贾府建筑如影随形的，是黛玉初入贾府，一路行走在内心的思忖。小说写林黛玉对正门的观感是："匾上大书'敕造宁国府'五个大字。黛玉想道：'这必是外祖之长房了。'想着，又往西行……"她对贾赦院的观感是："度其房屋院宇，必是荣府中花园隔断过来的。进入三层仪门，果见正房厢庑游廊，悉皆小巧别致，不似方才那边轩峻壮丽……"对贾政院观感则是："四通八达，轩昂壮丽，比贾母处不同。"黛玉毕竟是官家小姐，林如海虽然科举出身，先辈也是列侯，且是盐政，绝不落魄，是以黛玉看贾府，远比刘姥姥进天宫似的到此一游所见所思要有底气得多。

在贾政院，"黛玉度其位次，便不上炕，只向东边椅子上坐了"。到王夫人院，"黛玉心中料定这是贾政之位……王夫人再四携他上炕，他方挨王夫人坐了"。到贾母后院，"贾母正面榻上独坐，两边四张空椅，熙凤忙拉了黛玉在左边第一张椅上坐了，黛玉十分推让"。（第三回）书中写："众人见黛玉年貌虽小，其举止言谈不俗。"（第三回）按第二回林如海四十余岁及冷子兴口中宝玉的七八岁年庚推算，黛玉此时当只有六七岁年纪（也有十三岁豆蔻年华一说）。人虽年少，却十分早慧，在人设上是一个懂礼仪、守规矩的大家闺秀，不仅对礼数十分了解，自身性格也颇为偏执和细腻。她知道自己的身份，到各个院落坐座位从不造次。即使要她坐，也是再三再四地推让，方才挨着王夫人的边儿坐了。

这番心理活动和言谈举止，处处透着对礼制与等级的局促，只有黛玉入府可感，任何贾府中人都习以为常，反而不可见了。

第二双眼睛：贾政巡览大观园

大观园是《红楼梦》另一处重要场所，黛玉进贾府时还没有影踪，旧址是宁府的花园和荣府下人房舍。贾政的长女贾元春早年入宫，后被封为贤德妃，又称“元妃”。大观园是贾府为迎接元妃省亲而修建的省亲别院。修建的缘由和修建的过程只在第十六回简要提及，第十七回通过贾政检查竣工后的园内工程，作者详细描写了大观园内的园林景观。

园内工程与建筑师山子野先生

小说第十七回写：“这日贾珍等来回贾政：‘园内工程俱已告竣，大老爷已瞧过了，只等老爷瞧了，或有不妥之处，再行改造，好题匾额对联的。’”

中国古代不无恢宏建筑，通常用皇朝年号表示建筑的修建时间，倾向于对“主建者”即皇帝、王侯的称颂，而怠慢了建筑设计师本身。《红楼梦》修建大观园，曹雪芹提到：“全亏一个老明公号山子野者，一一筹画起造。”“凡堆山凿池，起楼竖阁，种竹栽花，一应点景等事，又有山子野制度。”（第十六回）总算让大观园有了建筑师。中国古典建筑，即营造之术，有极强的规范制式和承继关系，创意和个性上并不彰显，或者说难有发挥的空间。营造是土木工匠技术，在士农工商的时代地位有限，相比于古希腊等文明对建筑师的推崇，重视程度就不足够。古代中国的建筑史绵延数千年，但有所记载闻名遐迩的建筑师如鲁班、郭安兴等，只有寥寥数人，多因主建了桥梁、帝王陵寝、祭祀场所、都城而留名。

贾政巡园

第十七回详述贾政巡览大观园。主写正门、翠嶂、沁芳桥、潇湘馆、稻香村、蘅芜苑、大观楼、怡红院及正殿建筑群。这几乎涵盖了日后红楼儿女的起居之所，是故事发生的主要环境。

贾政在贾珍带领下来到大观园的园门前，他要贾珍“你且把园门都关上，我们先瞧了外面再进去。”贾政久历官场，女儿又在宫中，关门远观是为了皇家的体面。这是给元妃省亲修建的园子，正门是否符合建筑规范，乌纱帽事小，项上人头事大，确实不能轻慢。小说写：“贾政先秉正看门。只见正门五间，上面桶瓦泥鳅脊……果然不落富丽俗套，自是欢喜。”正门五间是大门中的最高等级“五间三启门”的规制，表明门有五开间的宽度，中间三间开启为通道。皇家规格显然比贾府“三间一启”的大门更高。制式虽高，总还有些独运的匠心以表主建人的情操，贾政自诩是文人雅士，见修得雅致，更是欢喜无比。

贾政入园，“迎面一带翠嶂挡在前面”。翠嶂即造景的假山，与影壁异曲同工，层层叠叠，可比拟群山，虽然是人工造景，也不乏自然的妙义，是山子野老先生的巧思。翠嶂掩映中有羊肠小道，贾政一行人不走大路，只钻小道，和后来元妃走的不是一条路径，是以曲径通幽。再往前走，进入石洞，可见清流，又再北行，有飞楼插空、清溪泻雪。有山有石，有楼有桥，桥上还有个亭子，此亭大名鼎鼎，乃宝玉所题“沁芳”。这样的景致并非因地制宜，而是人工引水而来。水体是中国风景园林必不可少的造景元素，大观园全仗着从会芳园“北角墙下引来一股活水”的沁芳泉溪，按地势的高下设计修建。沁芳闸是为引入控制大观园的水流而设的一道闸涵，“水如晶帘一般奔入”，形成泻景。沁芳桥是连接怡红院和潇湘馆的必经之路，而大观园内众多人物的故事很多都发生在沁芳泉溪的沿线。

正殿建筑群

贾政一行人一路出亭过池，穿花度柳，经过宝玉题名的“有凤来仪”（元妃赐名为“潇湘馆”）、“稻香村”、“蓼汀花溆”、“蘅芷清芬”（赐名为“蘅芜苑”）、“红香绿玉”（改“怡红快绿”，赐名为“怡红院”）等房舍院落。贾政一路给宝玉出题，颇有恨儿不读书之态；宝玉时有灵光，也有不怎么经心的作品。幸而游园的众人本来也准备要多拍手掌多点赞的，一路游下来气氛也不算太僵。众人欣赏赞叹，在正殿建筑群前驻足。

正殿建筑群是大观园景致的中心，包括大观楼、正殿、侧殿、缀锦阁、含芳阁、石牌坊、月台。小说写："则见崇阁巍峨，层楼高起，面面琳宫合抱，迢迢复道萦纡，青松拂檐，玉栏绕砌，金辉兽面，彩焕螭头。"贾政道："这是正殿了。"面对宏伟壮丽的玉石牌坊，宝玉寻思在哪里见过（指梦游太虚幻境的石牌坊），未能回答贾政要他题的名。正殿的题名须慎重，贾政也不逼他作题，只是嘱咐："这是要紧一处，更要好生作来！"

因时间紧迫，元妃的游园只比贾政更加紧凑，还要马不停蹄给各样屋舍、殿堂、建筑赐名。正殿建筑群是元妃省亲活动的主要场所，她给正殿赐名"顾恩思义"，正楼曰"大观楼"。东面飞楼曰"缀锦阁"，西面斜楼曰"含芳阁"（第十八回）。元妃谦虚自己文采不足，确实也作得中规中矩。

贾政眼里的建筑理念：文人学士的审美观

贾政在朝中为官，不管是真的心系自然，还是附会的雅人情操，他对园林都有自己的审美。他心悦清幽气象，喜欢有趣雅致的景观和建筑。他评翠嶂："非此一山，一进来园中所有之景悉入目中，则有何趣。"评潇湘馆："若能月夜坐此窗下读书，不枉虚生一世。"评稻香村："此处都妙极，只是还少一个酒幌。”评蘅芜苑异草芬芳：“此轩中煮茶操琴，亦不必再焚名香矣。”又识得怡红院中的女儿棠，“乃是外国之种”。

贾政一行人此番游园还兼有重任，就是为全书多个主要场景作题、命名。命名之前，景观只是匠心；点评之后，建筑便有了神韵。脂砚斋在选址建园处侧批道：“园基乃一部之主，必当如此写清。”（脂评庚辰本第十六回）又在贾政巡园入山口处夹批道：“此回乃一部之纲绪，不得不细写，尤不可不细批注。盖后文十二钗书，出入来往之境，方不能错乱，观者亦如身临足到矣。”（脂评庚辰本第十七回）

而贾政与宝玉的一问一答，亦将他严父姿态下恨铁不成钢，又得意又失望，又喜欢又讨厌的纠结心情展现，刻板透明的形象丰满起来。

第三双眼睛：刘姥姥游园

为元妃省亲修建的大观园，大兴土木，“奢华过费”（第十八回）。元妃姗姗来迟，垂泪叙情，游了园、题了字、看了戏、赴了宴、拜了佛，便请驾回銮了。皇家威仪，臣子买单，并且买得荣幸之至。元妃省亲后，大观园便被封闭，直到第二十三回元妃感到空置太浪费，遂命太监到荣国府下一道谕，让宝玉和众姐妹搬进大观园居住。

至于屋舍的分配，并非随意为之，黛玉要幽静之地，选潇湘馆。宝玉听了就说要做芳邻，选怡红院。至于其他人的选择，自是各花入各眼、“屋”似主人形了，大观园的建筑，因此有了人气生机。后文第三十七回海棠社结社，诸人的别号都是以自己居住地取名，如黛玉的潇湘妃子、宝钗的蘅芜君、李纨的稻香老农、迎春的菱洲、惜春的藕榭。史湘云是客人，没有自己的院子，用的是贾母提过的史家建筑物枕霞阁之名，号枕霞旧友。

第四十、四十一回，小说通过刘姥姥游园，对大观园作了详细的描述。和贾政游园不同，其时，园内无人入住，大观园乃是到此一游的布景；此次游园主要着笔于各位儿女的私院，也对人物性情进行描摹，为个人结局埋下伏笔，依次提到的有潇湘馆、紫菱洲、秋爽斋、蘅芜苑、缀锦阁、藕香榭、栊翠庵、省亲别墅牌坊、怡红院等。

人的心性、品质不仅依附在建筑上，同时建筑也是人的心性、品质的外化和延展。读《红楼梦》的纠结之处，便是在想得太多和思量不够间左右迟疑。

林黛玉所居潇湘馆

刘姥姥是与贾府沾亲带故的农村亲戚，源于女婿王成祖上攀附权势与王夫人之父同姓“连了宗认作侄儿”（第六回），这亲戚关系也算是相当勉强了，不过富贵人家的亲戚倒是不嫌多。刘姥姥二进贾府时，贾母领着刘姥姥各处见识，先到了潇湘馆。

潇湘馆翠竹遮映，“凤尾森森，龙吟细细”（第二十六回），竹子清高有气节，颇符合黛玉的气质。宝玉又有联：“宝鼎茶闲烟尚绿，幽窗棋罢指犹凉”（第十七回），字字都是竹意。千竹摇曳，自有清雅之态，不过到月黑风高夜，竹本中空，风声一作，也是颇为怕人。后文宝玉思念黛玉，就明知园有鬼，偏向鬼园行，“只望里走”（第一〇八回），差点儿乱了频道，要做蒲松龄《聊斋》中的痴心汉。“潇湘”二字，又不免让人联想舜之潇湘二妃娥皇、女英，偏偏两人是泪尽而亡，与黛玉的结局似有对应，更不提黛玉的别号就是“潇湘妃子”。宝玉题的牌匾是“有凤来仪”，即指此处为元妃第一处行幸地，馆名却是元妃题的。第二十三回后此处是林黛玉的住所，独门独院，两三间房舍，又有两间小小退步（供休息的附属房屋）。

刘姥姥进入潇湘馆，只顾说话，不慎摔跤。潇湘馆迎客机会不多，只有宝玉常到黛玉这里来，院子里的“土地下苍苔布满”，难免摔跤。黛玉室内案上设着笔砚，书架上垒着满满的书，刘姥姥误以为是个公子的书房，连声赞叹屋子东西齐整好看。潇湘馆别的不多，竹子太多太翠，贾母还念叨窗纱旧了，绿色配绿色太碍眼，要人拿银红色的软烟罗替黛玉做窗屉，“明儿给他把这窗上的换了”（第四十回）。软烟罗格外名贵，随口拿来配窗，直听得刘姥姥咋舌，贾母当时对黛玉确实爱怜，黛玉的潇湘馆于不经意处，用料皆非俗物。

薛宝钗所居蘅芜苑

薛宝钗住的蘅芜苑是位于半山腰的建筑。蘅是香草，芜也是香草，蘅芜苑里也确实全是香草。贾母、刘姥姥一行人入内，只觉“异香扑鼻”，但见“奇草仙藤愈冷愈苍翠”，还结了“珊瑚豆子一般”的果实。薛宝钗是出名的冷美人，看书的人都有此议。贾政初见蘅芜苑，就说此居无味，但步入其中，只见玲珑山石，各处异草，直呼“有趣”，先抑后扬。随行有人套用“蘼芜满院泣斜晖”形容，这是闺怨诗，处处都不乏对宝钗性情和结局的隐喻。到了贾母这儿，前面才说黛玉的窗纱不好，见薛宝钗处“雪洞一般”，枕衾更是朴素，没什么玩物，也没有装饰，没个小姐绣房的样子，忍不住要再当一回室内设计师，命鸳鸯去取些古董来（第四十回），为宝钗摆设装饰。

宝钗的冷和贤，至情至性的宝玉确实无福消受，他所向往的心灵伴侣，宝钗无意去迎合。黛玉是奇女子，宝钗亦是奇女子，二人的居所，都十足显露主人的性情。

妙玉所居栊翠庵

栊翠庵的由来在书中并无详述，只说为元妃省亲，采买了小尼姑、小道姑（尼姑、道姑在一处，还是用买的，奇哉），又下帖请了一位带发修行的宦家小姐来，这便是妙玉了。接驾时行程很赶，游园都来不及游全，筵宴之后，元妃倒真去了大观园内的寺庙，“山环佛寺，忙另盥手进去焚香拜佛，又题一匾云：‘苦海慈航’。又额外加恩与一班幽尼女道”。（第十八回）此处虽没有明写，但应是栊翠庵，之后也是惜春出家的居所。栊翠庵有山门，有东禅堂，还有门前的红梅（也是妙玉在十二钗中所对应的花）。妙玉虽是槛外人，性情上却是小姐的傲气更多，相当孤僻，讲究起来也不似一般的女尼淡泊。贾母、刘姥姥一干人来访，她先捧给贾母“成窑五彩小盖钟”（第四十一回），被刘姥姥接过去喝了几口，她嫌脏丢弃不肯再用。又单独请黛玉、宝钗和偷跟来的宝玉吃玄墓蟠香寺梅花上的雪水泡的茶。然而妙玉的判词是“欲洁何曾洁，云空未必空。可怜金玉质，终陷淖泥中”（第五回）。她沦落风尘的结局已定，再回看刘姥姥游园的情节更显恻然。

贾宝玉所居怡红院

怡红院是主人公贾宝玉的住所，也是园中最具特色的宅院之一。宝玉的居所名声实在太响，后世对宝玉的印象，又是为诸芳所绕的公子哥，怡红院相当悲催地成了影视和文学作品中秦楼楚馆的爱用名，实属无奈。

怡红院之名本身，并无风流快活之意。宝玉初题“红香绿玉”，指的是园中的特色植物女儿棠、绿芭蕉，元妃改为“怡红快绿”。怡者悦也，红可代指诸芳，作者假托元妃之口，不失为宝玉大观园内生活的概述，倒也没冤枉了爱吃胭脂、怜惜丫鬟、乱说胡话、毫无作为担当的宝玉。不过这个怡红公子比起偷娶二房的贾琏、花天酒地的贾珍、调戏伶人的薛蟠，实在是不够看，与其说是惜花人，倒不如说是少女之友。谁能想开到庭院深深深几许，花开荼蘼处，竟会绊到这样一块愣石头。

院子仍是正房和厢房的布局，但门多，窗也不少，像迷宫般难走。正房前是抱厦厅，有盆景古玩，精美绝伦。文中提到刘姥姥醉了酒，迷了眼，对着怡红院一架玻璃大镜一番折腾，还醉倒在宝玉的床上，以为是小姐的绣房。镜子在园林中是常用的借景，即“镜借”，多用于视觉上对空间的延展和景物的映射。刘姥姥这一醉，看的可就不是景，而是镜中的老妪自己了。

如果说贾政巡园时，大观园还没有人气，说的是景与物，那到刘姥姥游园，各个院落在刘姥姥笑话频出的造访下，叙的就是性和情了。“屋”似主人形，借由屋舍的特点和对刘姥姥展现的生活常态，将居于此处的诸人一一刻画，的确是作者精心安排的巧思。

第四十回刘姥姥游园的时候，赞美大观园“竟比那画儿还强十倍”。贾母当即指着惜春笑道：“你瞧我这个小孙女儿，他就会画。等明儿叫他画一张如何？”惜春果然画了园林，转述老太太的话说：“原说只画这园子的，昨儿老太太又说，单画了园子成个房样子了，叫连人都画上，就象‘行乐’似的才好。”（第四十二回）

便以此话为此章作结。

第二章 《红楼梦》的方与位

方位是中国古代建筑体系中不可或缺的一部分，亦千变万化，理论繁多。日归于西，起明于东；月归于东，起明于西。古人将对日月星辰、大千世界最直观的理解刻入了文化传承中。起初只是对自然变迁的观察，后续则演变为对地理方位的考究，在宫苑、墓葬、祭祀中都可窥一二。在文学中，建筑与方位的联系不似制图那般直观，却因文字的绵密细腻，增添了几分趣味。《红楼梦》对贾府及大观园院舍的方位和空间布局进行了详尽细致的说明，让读者身临其境，仅凭言语，仿佛就能步入其中一探究竟。以读者所见，怕是别有一番“眼看他起朱楼，眼看他宴宾客，眼看他楼塌了”的唏嘘。

方位词在中国古典文学中的运用

方位既可以说得十分玄妙，上及宇宙星宿，下至八卦五行，也可以说得古朴实际一点，也就是用“东西南北中”

表示地理方向和位置的词语。其中，“东、西、南、北”以及“东南、西南、东北、西北”四个亚方位为绝对方位词。在不能明了绝对方位的情况下，依据观测主体的位置，确定“前、后、左、右”以及“上、下、内、外”为相对方位词。同理，在文学描写中，若是作者没有给出明确的朝向，读者就得探出“雷达”，从相对方位词中，推论出人物的位置。在使用中，东、西、南、北有尊卑之分，上、下、左、右自然也有区别。

古典诗词的“方位诗”

绝对方位词和相对方位词的结合与应用在中国古典诗词中处处可见。如李白（701—762）《黄鹤楼送孟浩然之广陵》：“故人西辞黄鹤楼，烟花三月下扬州。孤帆远影碧空尽，唯见长江天际流”中的“西辞”“下扬州”“天际流”。杜甫（712—770）《绝句》：“两个黄鹂鸣翠柳，一行白鹭上青天。窗含西岭千秋雪，门泊东吴万里船”中的“西岭”“东吴”“上青天”。白居易（772—846）《钱塘湖春行》：“孤山寺北贾亭西，水面初平云脚低”中的“寺北”“亭西”“云脚低”。晏殊（991—1055）《蝶恋花》：“昨夜西风凋碧树，独上高楼，望尽天涯路”中的“西风”“上高楼”。

这些方位诗词中，方位词写法不一，有实写地理方位的，也有虚写人物心情的，却无一例外起到了修饰、补充、衬托的作用。方位词的用法，在章回小说中也如是。

讲史小说的方位描写

元末明初的讲史小说《水浒传》和《三国演义》的叙事大量使用绝对方位词，用以显现军事布阵的位置和战争场面，为情节增加紧迫感。

施耐庵（约1296—约1370）著的《水浒传》第三十九回叙述梁山好汉劫法场救宋江和戴宗，引文用数字分行引录如下：

1. 六七十个狱卒早把宋江在前，戴宗在后，推拥出牢门前来。……

2. 押到市曹十字路口，团团枪棒围住。

3. 把宋江面南背北，将戴宗面北背南，两个纳坐下，只等午时三刻监斩官到来开刀。……

4. 法场中间，人分开处，一个报，报道一声："午时三刻。"监斩官便道："斩讫报来！"……

5. 只见东边那伙弄蛇的丐者，身边都掣出尖刀，看着士兵便杀。

6. 西边那伙使枪棒的大发喊声，只顾乱杀将来，一派杀倒士兵狱卒。

7. 南边那伙挑担的脚夫，轮起匾担，横七竖八，都打翻了士兵和那看的人。

8. 北边那伙客人都跳下车来，推过车子，拦住了人。两个客商钻将入来，一个背了宋江，一个背了戴宗。……

9. 这一行梁山泊共是十七个头领到来，带领小喽罗一百余人，四下里杀将起来。

以上引文，第1句，相对方位词组“在前”“在后”“牢门前”。第2句，“市曹十字路口，团团枪棒围住”，属于隐含的相对方位词“中”。第3句，绝对方位词“面南背北”，“面北背南”。第4句“法场中间”。第5～9句，绝对方位词“东边”“西边”“南边”“北边”“四下里”。

评点家金圣叹（1608—1661）批改《第五才子书施耐庵水浒传》第三十九回批：“法场必在十字路口，故有东边、西边、南边、北边之文也。”劫法场的好汉从东西南北四个方向杀入法场，金圣叹批：“写出纷纷杂杂，真使其事如画。”

罗贯中（约1330—约1400）著的《三国演义》着重地理战争叙事，小说使用的方位词语在明清小说中是最多的。《三国演义》使用的方位性词语共有440余种，包括绝对方位词、相对方位词和形态方位词（上、下、内、外）。

《三国演义》空间方位词在叙事中的应用多是对应，诸如“东冲西突”“指南攻北”“南门北门”“左屯右屯”“前遮后拥”“前军后军”“上流下流”“内应外合”“寨内寨外”“东川西川”“镇南镇北”“东郡南郡”。方位词的对应，在叙事中频频出现，突出和强调了方位性。如《三国演义》第十二回写濮阳城曹操中吕布计，小说写：

州衙中一声炮响，四门烈火轰天而起，金鼓齐鸣，喊声如江翻海沸。东巷内转出张辽，西巷内转出臧霸，夹攻掩杀。操走北门，道旁转出郝萌、曹性，又杀一阵，操急走南门，高顺、侯成拦住。

这段引文描写曹操在濮阳城内被吕布兵四处追杀的情景。“四门”合围，东西夹攻，情形危急，战况惨烈。曹操狼狈奔逃的形象在一片喊杀声中可谓生动立体。短短70余字，就把一场紧张激烈，充满动感的战斗空间勾勒出来，它得力于对绝对方位词的运用。

方位词在文学中的应用脱胎于现实，如法场确实爱设在十字路口，方有东南西北各方好汉来援；濮阳城和中国古代城市的标配制式相差不远，有中轴线对应，才有四门烈火，东西夹击。情节固然天马行空，春秋笔法也众口难调，但在字里行间所涵盖的大量史料、风俗民情、考究规范，仍是为读者津津乐道的雕饰，学者孜孜不倦探寻的宝贵留存。相辅相成地，作品也凭这些细致的描写和严谨姿态，方可栩栩如生，引人入胜。

绝对方位词与贾府

《红楼梦》使用方位词的描写十分频繁。曹雪芹首先用绝对方位词建构贾府的空间布局。第二回冷子兴和贾雨村闲话宁荣二府，贾雨村说：“那日进了石头城，从他老宅门前经过。街东是宁国府，街西是荣国府，二宅相连，竟将大半条街占了。”文中的神京、石头城，有非常典型的古代城池制式。

有人聚居的地方，小有村落，大有城市，虽然依山傍水、因地制宜的城市不少，但以中轴线来设计，务求四通八达，又拥有军事防御考量的城池占了十之八九。所谓“大街小巷”，城池由十字大街、长街、巷道构成。街道大部分都是正方位，也就是正南北、正东西，而极少有斜插的。十字大街是主街，一般也有次级街道东西、南北延展。小说中的宁荣街，宁国府、荣国府一个在东，一个在西，都是坐北朝南。府邸间还有巷道，有的是官道，有的则是因为屋子太大、太豪华，不好和皇帝交代，抑或有防火防盗等实际用途，而在私地上设立的小巷，在文中另有文章，容后再提。

第三回写林黛玉进贾母院：“却不进正门，只进了西边角门。”去贾赦院：“亦出了西角门，往东过荣府正门，便入一黑油大门中。”去贾政院：“便往东转弯，穿过一个东西的穿堂，向南大厅之后……”去王夫人房：“只在这正室东边的三间耳房内。”去贾母后院：“从后房门由后廊往西，出了角门，是一条南北宽夹道。南边是倒座三间小小的抱厦厅，北边立着一个粉油大影壁……”（影壁后面是王熙凤房）由此可知贾母院、贾政院、贾赦院的位置关系。

荣国府分三路，贾赦院在东，贾母院在西，贾政院居中，贾政院才是荣国府的正门所在，其规模大于贾赦、贾母院。而特别提到的王夫人房，则是贾政院内再分的三路中的一支，即王夫人的院子在东，两位姨娘的院子在西，贾政院在中间。如此层层嵌套，组成了荣国府庞大的建筑院落。宁国府的布置亦大同小异，不过只有东西两院，贾珍院也就是“敕造宁国府”所在，也是三进院；西面是贾氏的宗祠。府苑既要建得合乎身份不可太掉价，又不能越级冒犯天威，其中颇有一番思量。

绝对方位词“东、西、南、北”描述的贾府院落，布局规范，方位明晰。小说中描写黛玉进贾府使用的绝对方位词及词组有30余种：正门、西角门、东西角门、当中、东西穿堂、南大厅、东廊、正室东边、东房门、南北宽夹道、南边、北边、靠东壁面西、正房（坐北朝南）、倒座（坐南朝北）等。使用相对方位词十余种：后院、后房门、后廊、门外、前方、穿堂前、左边、右手等。

相对方位词与大观园

在大观园中，相对方位词的应用要更多一些。《红楼梦》第十七回写贾政巡园：“左右一望，皆雪白粉墙。”到潇湘馆：“后院墙下忽开一隙……绕阶缘屋至前院，盘旋竹下而出。”到蘅芜苑：“贾政因见两边俱是超手游廊，便顺着游廊步入。”到怡红院：“左瞧也有门可通，右瞧又有窗暂隔，及到了跟前，又被一架书挡住。”

大观园为园林建筑，园内讲究“曲折得宜”“移步换景”，由第十七回贾政巡园、第十八回元妃省亲，及第七十四回抄检大观园提供索引。由正门至正殿为中轴，从文中可推出宝玉所住的怡红院在东，黛玉所居潇湘馆偏西，文中对绝对方位语焉不详，亦不一定严格按照中轴对应，绝对方位多为后人猜测推论。

相对方位词则随着游园，多有着笔，如贾政巡园使用相对方位词20余种：左右一望、迎面、前面两边、之间、亭上、里间、后院、前院、路旁、外面、里面、上下、池边、四面、两边等。指示代词十余种：一边、那一边、那墙、那闸、那洞口、那村。曲折词：盘旋曲折、曲折萦纡、盘道、转过山怀、忽一转。迷路：迷了旧路、迷了路了。

脂砚斋在贾政巡览翠嶂时亦批：“想入其中，一时难辨方向，用‘前’‘后’‘这边’‘那边’等字，正是不辨东西。”又说“万勿以今日贾政所行之径，考其方向基址。”（脂评庚辰本第十七回）

中国园林可溯源于商周的“台”“苑”“囿”，早先不乏对自然与天地万物的崇拜和追求，及后则多受士大夫文化的影响，添以风骨和意趣。历朝历代功用不一，情趣也各异，明清园林在其中可自成一派，甚而成为后世对中国园林的初始印象。

说法之一是明清园林多用“芥子纳须弥”的技巧，在一方小小天地中尽量构景包罗万有的庭园。不仅有尘世的起居场所，还有礼佛的寺庙；不仅有各色花园，还得有缥缈仙境；不仅有流水潺潺，还有山川浩渺。园子只有这么大，要包括大千世界并不容易，既要讲究自然意趣，又要梳理人文情怀，这就是工匠在曲径通幽处的巧思了。

人身在其中，以“前后左右”“这边那边”的相对方位词和指示代词表示自己所在的位置进行探寻，似是逶迤曲折行了不知多少路，其实屋舍俨然，都遮掩于其中。正如脂批：“诸钗所居之处，若稻香村、潇湘馆、怡红院、秋爽斋、蘅芜苑等，都相隔不远，究竟只在一隅。然处置得巧妙，使人见其千邱万壑，恍然不知所穷，所谓会心处不在乎远。大抵一山一水，一木一石，全在人之穿插布置耳。”又评：“仍是沁芳溪矣，究竟基址不大，全是曲折掩隐之巧可知。”（脂评庚辰本第十七回）可知大观园确实不大，但匠心独运，深得园林设计的妙谛。

第四十回、第四十一回刘姥姥游园，贾母为其指引，在各个院落穿梭。所行路径多用“进出”词句：“来至沁芳亭子”“先到了潇湘馆”“一径离了潇湘馆”“到了秋爽斋”“来至探春房中”“一齐出来”“到了荇叶渚”“来至缀锦阁”“往藕香榭去”“至栊翠庵来”“往稻香村来”“来至‘省亲别墅’牌坊”“进了怡红院”“复进园来”等。贾政迷路是乱花渐欲迷人眼，刘姥姥迷路则是头昏脑涨、稀里糊涂，但方位词的描述，依然是井然有序的。

脂砚斋亦在评点园中园的建筑位置时，对绝对方位词较为少用，而以相对方位词“后房门”“后廊”“门外”“前穿堂”“后穿堂”等为先。对难以辨认前后左右方向的小环境则用“曲曲折折”“园基”“此处”“不辨东西”等加以说明。

《红楼梦》描写的贾府和大观园表达了方位的空间意义，绝对方位词突出规整、对称、秩序，相对方位词则表现了自然、曲折、变化。而有时人的思绪亦会超脱出方位之限，神游物外，如第二十八回开端写宝玉在近处听见黛玉的《葬花吟》，由此想到黛玉、宝钗、袭人等人“到终归无可寻觅之时”，而“斯处、斯园、斯花、斯柳”也不知何属，“不觉恸倒山坡之上”，一时间置身园中，遥想界外，思绪万千，充耳不闻。曹雪芹接着写道：“正是：花影不离身左右，鸟声只在耳东西。”这是方位所不可至，而人可至之境了。

也谈贾府礼制与位置

礼制与位置，关联紧要。孔子云：“不在其位，不谋其政。”（《论语·泰伯》）个人将自己的位置在心中摆得清楚，方有宁日；若有他念，则多生事端。位置的重要性在《红楼梦》中也可窥一二，多是通过方位词表现的。

三进院落的北方四合院坐北朝南，有前后院之分。三进院由倒座房、垂花门或仪门、正房、东西厢房、耳房、过道、走廊、南房、后罩房等建筑组成。正房多为一院之主所居，北房（正房）面朝南，是采光和通风最好的一处。东西厢房为书房及晚辈居所，又以东边厢房地位略高。南房与正房相对，是院内次等的屋舍，为客房或杂用。正房与厢房内，多为堂屋（明间）在中，起居室（卧室）在两侧。中轴线的设计贯穿始终。

《红楼梦》中院落建筑的设置各有差异，但格局基本相同。以贾政院为例，敕造荣国府中轴线上的建筑分别是正门、外仪门、南大厅、内仪门、荣禧堂（正房明间）。贾政的五间正房为全院核心，东院为王夫人院，西院为二位姨娘院，也各有小正房和东西厢房。

中国封建王朝并不是历朝历代都延续旧制，尤其在继承权上，各有各的考量。摆在康熙帝面前的难题，立嫡还是立长，甚而是立贤，以致九子夺嫡，断送的不只是废太子和八贤王的人生。贾府也有长幼，虽然故事围绕在荣国府的二少爷身上，但宁国府是长房，也是贾家宗祠所在，而贾珍虽不成器，却有个一心向道不问红尘的亲爹，于是重任在身，负责操持贾府对外事务，要对外社交，如请客送礼，而更重要的，就是祭祖了。

宁国府东路以大门至正堂为轴线，文中写：“宁国府从大门、仪门、大厅、暖阁、内厅、内三门、内仪门并内塞门，直到正堂，一路正门大开。”（第五十三回）西路为宗祠，家里人出远门要去拜一拜，逢年过节进行祭祀。宗祠之后的会芳园部分，后来归入了大观园中。

第五十三回详写除夕祭宗祠，揭开贾氏宗祠的面纱：“黑油栅栏内五间大门”“抱厦”“五间正殿”。“贾母至正堂上……上面正居中悬着宁荣二祖遗像”。除夕祭宗祠是大事，其余节庆的祭祀无此规模，也无此回详尽。《礼记·祭统》写：“夫祭有昭穆，昭穆者，所以别父子、远近、长幼、亲疏之序而无乱也。”可见礼仪是不能废的，位置也是不能乱的。脂砚斋对除夕祭宗祠总批：“槛以外，槛以内，是男女分界处；仪门以外，仪门以内，是主仆分界处。”（脂评蒙回本第五十三回）供奉的菜肴果酒先由仆人传到仪门，贾荇、贾芷由仪门开始传，按次传到贾敬。贾蓉是长房长孙，再由他接力传给女眷，传给王夫人，再传给贾母。

贾府祭祖宗，按照《礼记·祭统》昭穆次序排列：“左昭右穆，男东女西，俟贾母拈香下拜，众人方一齐跪下。”（第五十三回）从排位看，正堂内女眷，贾母为首，王夫人（即贾政正妻）在贾母左近，邢夫人（即贾赦续弦）在供桌之西。正堂外男士，文字旁辈的以贾敬为首，从玉辈的以贾珍为首，草字头辈的以贾蓉为首。一举一动，依照各人在家中的长幼次序排位、各司其职。凤姐风头再盛，宝玉纵有主角光环，在此祭上都得靠边站了。

与此相应，餐桌礼仪也有方位之别。主宾正位，尚左尊东。以第三回林黛玉初入贾府，贾母传晚饭时的入席次序为例："贾母正面榻上独坐"，黛玉坐"左边第一张椅"，"迎春坐右手第一，探春左第二，惜春右第二"，李纨、凤姐"立于案旁布让"。

第四十回刘姥姥游园吃早饭："贾母带着宝玉、湘云、黛玉、宝钗一桌，王夫人带着迎春姊妹三个人一桌，刘姥姥傍着贾母一桌。"

第七十一回贾母寿辰："上面两席是南、北王妃，下面依序，便是众公侯诰命。左边下手一席，陪客是锦乡侯诰命与临昌伯诰命；右边下手一席，方是贾母主位。邢夫人王夫人带领尤氏凤姐并族中几个媳妇，两溜雁翅站在贾母身后侍立。"

第七十五回中秋饭局："上面居中贾母坐下，左垂首贾赦、贾珍、贾琏、贾蓉，右垂首贾政、宝玉、贾环、贾兰。"此时贾府颓势已现，男儿坐定，竟然坐不满，贾母觉得凋零，"于是令人向围屏后邢夫人等席上将迎春、探春、惜春三个请出来"，席间吃了什么不论，饮食礼制可见一斑。

《礼记·曲礼上》有云："为人子者，居不主奥，坐不中席，行不中道，立不中门。"即作为子弟，在家中要知规矩，不可占住家长的尊位，吃饭不坐中间的席位，行走时不走在路中间，站立时不立于门中间。恍然间，知礼而守礼，伴随着方位，竟延续了千年。

也谈中国方位文化

由一生二，得四推八

先人对方位的认知与应用也并非一蹴而就。一生二，二生三，三生万物。方位观也有简有繁，甚而由简入繁。方位并非游方术士侃侃而谈的专有名词，而是融入生活，无处不在。

日月星辰是古人于自然界中最直观的观察，中国自古便有二十四节气，将农桑与天文、地理及气候相结合。初时不辨东西南北，则日出为东，日入为西。《说文解字》释“东”（東）：“从日在木中。”《说文解字》释“西”：“鸟在巢上。象形。”太阳落下，鸟已栖息，同“西”。“大明终始”（《周易·乾·象》），太阳落下又升起，东升西落，由始至终。自然的新生与衰败，周而复始的循环，在方位中一一体现。

古人也从自然规律中确立了农耕文化“日出而作，日入而息”的二方位观念。传说在尧帝时代的民歌《击壤歌》便如此写道：“日出而作，日入而息。凿井而饮，耕田而食。尧何等力？”（载东汉王充《论衡·感虚篇》）

东、西的趣谈不知凡几，上天入地，可雅可俗，是古人对天地万物的想象及对生活起居的应用。如“立东郊以祭阳”的东华帝君，“立西郊以祭阴”的西王母，二者是中国神话传说中的方位神。又如民间俗语“买东西”，有一说是源自长安城分布在东西的两处市集，日久天长，便从“买东”“买西”，变为“买东西”了。

俗语“万物生长靠太阳”，由日生东、西，包含有生命，久而久之，民间也用“东西”特指人。说“小东西”尚可爱，说“这东西”“老东西”就有厌恶之情、骂人之嫌，是以没有用“这南北”“老南北”来表厌恶的缘由了。

已说东西，再谈南北。“南”字的外框，木字变形，草木向阳处为南。“北”字“二人相背”，背所朝的方向为北。仅以中原地理方位而言，“圣人南面而听天下，向明而治”（《周易·说卦》）：朝南日照最长，适宜居住；而朝北则阴冷多风，这对向往温暖的先民来说自然不是好选择。无论是宫殿还是民居，大都喜欢坐北朝南，正房才能有阳光，务必让一家最尊贵之人能晒到太阳。

正四方位的释义十分庞杂，与星宿相关的有四象说，即正四方的东之青龙、西之白虎、南之朱雀、北之玄武；与阴阳五行相关的有金木水火一说，即东方属木、西方属金、南方属火、北方属水。儒家经典《周易》不只有四方位，还在四方位上衍生出了八方位，包括四个主方位（东、西、南、北）及四个亚方位（东南、西南、东北、西北），正是

“《易》有太极，是生两仪，两仪生四象，四象生八卦”。（《周易·系辞上》）

《周易》的两个基本概念是“时”与“位”，即时间的前后与空间的上下，时机与位置。八卦和六十四卦从卦符、卦名、卦辞、爻辞，都按方位符号排序。主要使用的方位符号是上、下、东、西、南、北、东南、西南、东北、西北，即四面八方，泛指宇宙。

简单而言，由“日”生东、西，由二生四，由四得八，由八而及天下，这不得不说是古人将物质世界与形而上学进行的巧妙结合。

顺逆地理的方位观念

中国疆域辽阔，生活起居习惯迥异，地理对方位潜移默化的影响依然深远。以黄河流域的文明发源地为例，地处北半球北温带，房屋南向便于取得充分日照。“坐北朝南”“前堂后室”，是先人智慧，可溯源距今约7000年至5000年前新石器时代的仰韶文化，5000年前甘肃天水大地湾遗址F901房址已有四合院形式。3000年前西周，陕西周原凤雏甲组建筑群是由庭、堂、室、塾、厢房和回廊组成的台式建筑遗存，出现了台基这一建筑结构。台基主要用于防潮。《墨子·辞过》写：“穴而处，下润湿伤民……为宫室之法，曰室高足以辟润湿。”实用防潮的台基在以后的宫殿修建中，演化为高台基，成为宫殿建筑高贵宏大的基奠。

同样受地理影响的是长江流域发源的干栏式建筑，如河姆渡遗址，门的朝向并非正南，亦是为了在冬日争取光照，夏日避开酷暑。多为架空样式，增加“上下”层次，与湿热气候和地形不无关联。

方位不仅对建筑本身影响深远，在地理及行政区域划分中也有体现，古都如东京（又称汴京，今开封）、南京（又称金陵、应天府）、西京（又称长安、奉元，今西安）、北京（又称北平、燕京）。

诸省名称似乎多有方位词，却有令人混淆之处。以“山”为例：山东、山西并非以太行山为分界线，两省边界全不接壤，中间横隔河北与河南。太行山是山西省和河北省的分界线，山西的山指太行山，山西位于太行山以西；山东的山指崤山，山东位于崤山以东。又以“川”为例：河南、河北并非以黄河为分界线。河南的河指黄河，河南在黄河以南；河北却并非黄河以北，是从唐代的“河北道”而来。

中国古代的行政区划遵循的是“山川形便，犬牙交错”的原则。中国的省界划分既按照山脉河流走向的自然形态的方位观念来划分，也按照各个朝代中央集权的控制来划界，形成各个地区边界凹凸交叉的形状。

“山川形便”是指以山脉、河流走向的自然形态作为行政区划的边界，使行政区划与自然地理区域相一致，有利于农业生产和社会文化的发展。这一点和《尚书·禹贡》划分天下九州的“奠高山大川”（以高山大河奠定界域）的方位观念相符合。

“犬牙交错”指有意违背山川形便的行政区划边界，把这个地区的战略要地划分到另外一个地区，你中有我，我中有你，各省交界的形状犬牙交错。如此可破坏行政区域的地理完整性，防止地方势力割据独立，便于各个朝代中央集权控制其郡县、州郡县或行省。比如元朝实行行省制，汉中位于陕西秦岭以南，同属于四川亚热带气候，语言和饮食习惯等与四川话、四川民俗相联系，地理位置易守难攻，成为古代环卫巴蜀北部的咽喉要道。为了更好地控制四川地区，打破蜀地出现形胜之地的割据条件，汉中在元朝至元二十三年（1286年）被划入陕西省，以后朝代更迭，仍然保留汉中在陕西省内。从中国历史地理“山川形便，犬牙交错”中，可以窥见中国古代统治方法与方位文化结合之一斑。

日常生活的方位观念

对方位的认知不止于礼制与地理，在民俗中也应用广泛。“做东”“东道主”就是其中一例：在坐北朝南的正房里，东西两座，主人坐东座，而客人坐西座，做东是主人家请客的自称。又如麻将，也叫坐四方，庄家是东家，左右玩家为上家、下家，对面的玩家则是对家。牌面亦有“东西南北风”及“红中”。东家、四方、上下，都是方位概念。

再如用“上下”表明尊卑秩序，俗语中常有“上头”“下头”，在《红楼梦》里，丫鬟都知道这个上下关系。第五十八回写麝月教训撒野的婆子说："上头能出了几日门，你们就无法无天的。"第九十四回写宝玉丢失玉，袭人急得哭道："若是上头知道了，我们这些人就要粉身碎骨了。"第九十六回写袭人听得宝玉将娶宝钗，心里想道："果然上头的眼力不错，这才配得是。"丫头傻大姐多嘴被打嘴巴，她对黛玉哭诉说："说我混说，不遵上头的话，要撵出我去。"第九十七回写宝玉娶亲，丫头墨雨对紫鹃说："上头吩咐了，连你们都不叫知道呢。""上头""上下"，至今仍被使用，或许正被"老板""boss"逐渐取代，也不失为语言、语境兼容并蓄。

由《红楼梦》谈方位，既是对其中方位观念的发散，也是对方位文化的泛泛小结。读者不需要如游方术士戴上方帽、手执罗盘、拈须念念有词，也能对其中描述的东西南北有一两分了解。或许借由这一番释义，"东西南北""上下左右"更平添了一份意味深长呢。

第三章 府院风波

将故事框定在一个空间里讲述，只主讲一个大家庭，也就是经久不衰的宫斗、宅斗、一个家族的历程，这类写法古往今来都受到作者和读者的欢迎。这类故事一则是人物有主有次，作者能把盘根错节的人物关系安排得详略得当，使读者免于眼花缭乱；二则是空间有限制，作者容易把握情节递进的节拍而不至于荒腔走板，读者更容易跟上节奏。有的故事甚至只着眼于一两个主人公，配角得到的戏份则主要是报出名字、姓甚名谁，红脸还是白脸，忠奸可辨。格局宏观一些的将故事互相嵌套，穿针引线。较真说来，《红楼梦》讲的不止一个大家族，也不仅是一户姓贾的人家，无论作者醉翁之意在不在“贾”，文中主要出场的家族皆“连络有亲，一损皆损，一荣皆荣”（第四回）。

府院深几许

家庭血脉

尊卑有序，亲疏有别，血脉是联系红楼人物最直接、最繁复的纽带。《红楼梦》第二回冷子兴演说荣国府，与贾雨村在一问一答间将人物关系点明。

有祖上荫庇的世家，爵位世袭罔替只是少数，降等袭爵的是长子，几代之后也就没落了，而庶子、次子还要凭科举进身，回到万马千军过的独木桥上来。贾府上下可溯五代，第一代名中有“水”，兄弟二人贾演、贾源因从龙之功，为敕造宁国府、敕造荣国府的钟鸣鼎食奠基，乃是起源。

第二代“代”字辈为贾代化、贾代善，文中笔墨不多，按制降等袭爵，以官二代而言似乎也并无多少差池。

第三代“文”字辈，贾敷、贾敬、贾赦、贾政，至此辈贾府败象初显。宁国府上贾敷早夭，贾敬一心要做神仙；荣国府上贾赦贪婪财色，贾政被额外加恩得了官，另有一妹贾敏嫁给前科探花林如海为妻，却又病亡。

第四代从“玉”辈数人，重要人物有贾珍、贾琏、贾珠、贾宝玉、贾环。除却贾珠早亡，操持外务的是贾珍、贾琏。贾珍沉湎于酒色，是十足的纨绔；贾琏也仅仅是五十步笑百步之差；贾环太小，本性不佳；宝玉更是乖觉，说得好听些是不爱圣贤书，志不在为官，难听点便是不学无术。

第五代“草”字头辈的贾蓉、贾蔷、贾兰中，贾蓉是斯文败类，贾蔷常与贾蓉斗鸡走狗，贾兰在后书中中了举人。如果加上在家庙为王称霸的远房子孙贾芹、同宗的贾芸等，诸人的性格在前80回与后40回的争端中被解读得四分五裂（即“OOC”，Out of Character），难有定论。言而总之，“破”是免不了的，只是不知有几人“而后立”了，又或许一败涂地，一个也没“立”成呢。正如冷子兴所言：“如今的儿孙，竟一代不如一代了！”（第二回）

由此人物关系可知，宁国府一脉为贾演、贾代化、贾敬、贾珍、贾蓉；荣国府一脉为贾源、贾代善、贾赦（第三代长子）、贾琏（第四代长子）。曹雪芹主要着笔的是贾代善次子贾政的二公子宝玉，即荣国府第四代人。贾琏无子，倒是宝玉的哥哥贾珠有一子贾兰，为荣国府上第五代。

说罢泥做的男子，再说水做的女儿。只谈女子，也依身份、血脉、才情，有正副之分。第五回宝玉神游太虚幻境，将金陵十二钗正册、副册、又副册十二钗囫囵吞枣看了一回。可惜他没有读者视角，慧根有限，一开始没意识到这是作者的剧透；后来意识到了，又看破红尘，对因果宿命只是冷眼相待。金陵十二金钗依第五回判词顺序为林黛玉、薛宝钗、贾元春、贾探春、史湘云、妙玉、贾迎春、贾惜春、王熙凤、贾巧姐、李纨、秦可卿。这其中“原应叹息”（“元迎探惜”：元春、迎春、探春、惜春），嫡庶勿论都是贾家的小姐；黛玉是贾敏之女，为宝玉的表妹；宝钗、湘云是母系姻亲，即宝玉的姨表姐和表妹；王熙凤、李纨、秦可卿分别为贾琏、贾珠、贾蓉之妻；巧姐是贾琏之女。只妙玉与诸人都无血缘姻亲，是官宦后人，她身份亦特殊，是带发修行的槛外人，本不该有尘世牵连。

副册、又副册人物则多为贾府再疏远一些的外戚、丫鬟、伶人，其中比较得作者青眼的是晴雯、袭人、英莲（香菱）诸人，在此不表了。《红楼梦》中的人物难免沾亲带故，少有几位毫无干系的主要角色，这亦是以家族为叙事背景的小说的特性。

关起门来说的故事，是家中人的故事，既然是家人，则少不了血缘的羁绊、长幼的秩序、嫡庶的争端、内外的区别。《红楼梦》中一一有所呈现，以下文举例说明。

血　缘

自夏启以来，血缘是中国封建王朝的核心。西周时宗法制就已经成熟，周天子以嫡长为正统，其影响也绵延后世。以血缘辨亲疏，认亲是免不了的，“连宗”就是一例。即便几代人都不相往来，两眼一抹黑，谁也不认识谁了，仍然凭着宗谱、姓氏，递上拜帖，举行仪式，勉强也能认祖归宗。如贾雨村“父母祖宗根基已尽，人口衰丧，只剩得他一身一口”（第一回），到底还是跑去贾府认了宗，“与贾琏是同宗弟兄”（第十六回）。真论血缘关系，大概五百年前是一家了。

真正同宗是文中的贾代儒，他与代化、代善同辈，从上下文推测并非叔伯兄弟，只是先代有血缘关系，作为贾府义学家塾的教书先生。代儒辈分虽高，血缘上却不亲近，早年丧父，中年丧子，孙子贾瑞还间接死在王熙凤手上，实在晚景凄凉。

至于刘姥姥，这亲远得可真是十万八千里，刘姥姥的女婿家与王家认过宗亲，又由此认了王熙凤的女儿巧姐，再成贾府之亲。贾府对这样一位毫无血缘的亲戚，虽然也笑她无知，嫌她粗鄙，总归并无恶意。如刘姥姥这般的亲戚贾府不知多少，事到临头，宁荣二府被抄，贾珍、贾赦、贾琏全被拿了，树倒猢狲散，凭着过往这点浅薄的善意，刘姥姥还能知恩图报，救巧姐于危难，为她牵线周家为媳，着实让人感叹。刘姥姥拉着周家妈妈手说："你的心事我知道了，我给你们做个媒罢。"（第一一九回）"贾琏打发请了刘姥姥来，应了这件事。"（第一二〇回）

长　幼

长幼有序既是礼仪，也是规矩。贾府第一代分为宁国府和荣国府，但两家人仍然是紧密相连的，在宗族关系上，宁国府因是长房，地位高于荣国府。贾氏宗祠就建在宁国府，第五十三回"宁国府除夕祭宗祠"写："原来宁府西边另一个院子，黑油栅栏内五间大门，上悬一块匾，写着是'贾氏宗祠'四个字，旁书'衍圣公孔继宗书'。"不过因元春入宫，荣国府近来显得要得势些，贾珍就曾半真半假抱怨过“那边”花钱又多，又没进项，万岁爷赏的金子还不够吃饭。

贾珍吐槽归吐槽，因元春归省，贾府要修建省亲别院，建园仍是宁荣共建，二府是一荣俱荣，一损俱损的关系。贾珍作为宁府的大爷，是个负责商议、分配任务的角色。到了这一代，贾府外强中干，不如以前了，眼见其他宫妃省亲的排场，仍要打肿脸充胖子装点门面，拆了宁府的会芳园和荣府下人的住所，拼拼凑凑的大观园倒也没失掉面子。

提到长幼顺序就不得不提荣国府上一母同胞的兄弟贾赦、贾政“长幼”的微妙之处。以祖制而言，长子贾赦袭爵名正言顺，但因贾母还在，住在敕造荣国府上的贾赦、贾政并未分家。从第一〇五回锦衣军赵堂官抄家所言：“贾赦贾政并未分家。”贾政说明：“祖父遗产并未分过，惟各人所住的房屋有的东西便为己有。”抄家之时，贾赦的家产房产，“一切动用家伙攒钉登记，以及荣国赐第，俱一一开列，其房地契纸，家人文书，亦俱封裹。”（第一〇五回）贾赦“不管理家事”，贾政则“自幼酷喜读书”（第二回），得祖父贾源青眼。次子再得钟爱，袭官也是不可能的了，只是没让他去科考，皇上加恩赐了一个职衔，“如今现已升了员外郎了”（第二回）。之后，贾政又“升了郎中”（第八十五回）。

荣国府的建筑分为三路，正中敕造荣国府为贾政所住，东为贾赦院，西为贾母院。贾赦对此悻悻，觉得贾母偏颇，却也不敢公开对抗。最为明显的一次抱怨是第七十五回写击鼓传花，贾赦讲笑话影射贾母偏心，但见贾母不悦，“便知自己出言冒撞，贾母疑了心，忙起身笑与贾母把盏，以别言解释。贾母亦不好再提，且行起令来”。

嫡　庶

虽然成语有“三妻四妾”，正妻以外的平妻到底不是主流，说起来应该称为一夫一妻多妾。话本里的薄幸男子多有宠妾灭妻的势头，宫斗小说中妃也总比皇后厉害得多，但妻与妾在身份上其实有天壤之别，这在娶妻流程“六礼”中就能看出。

“纳采”是六礼的第一步，男方托付媒人上门说亲送礼；再来要“问名”，问清女方的嫡庶、生辰八字；再来是“纳吉”，也就是卜卦，看看婚姻的凶吉；到了“纳徵”，才是正式订婚，送上聘礼，俗称“过大礼”；“请期”商量好吉日成婚；到了“迎亲”才一路敲锣打鼓，喜气洋洋跑去女方家接人入门。要想明媒正娶，不仅劳心劳力，付出金钱、时间，还要求神拜佛、拜天拜地，不仅求的是“一生一世一双人”，还是两个家庭，乃至两个家族之间的利益通过礼法进行的绑定。所谓“聘则为妻，奔则为妾”，没有明媒正娶，没有在礼法上加盖公章，无论二人感情多么缠绵，女方也不会受到“妻”的礼遇。

正妻的地位不是那么容易撼动的，而正妻的子女，也就顺带沾光，子凭母贵，是嫡子女。与之相对，纳妾就简单许多，多数也有礼信、轿子入门，但几乎以男方的意志为主，谈不上伉俪情深了。妾虽也有出身不俗、门当户对，甚而才情横溢的，但在妻近乎压倒性的优势下，在文字中只留下色相，而缺少尊重。妾生子女为庶子女，因母亲身份的关系，终究要矮人一头。至于“妻不如妾，妾不如偷”中的“偷”，则连名分都欠奉，所生也只是私生子女。

嫡庶与长幼没有绝对联系，嫡出不一定是长子，只不过显得这家人宠妾灭妻，名声不太好听罢了。荣国府贾政一脉，贾宝玉确实是嫡妻王夫人所生，贾珠、贾元春的出身有待商榷。冷子兴在第二回说王夫人头胎得贾珠，二胎得元春：“这政老爹的夫人王氏，头胎生的公子，名唤贾珠，十四岁进学，不到二十岁就娶了妻生了子，一病死了。第二胎生了一位小姐，生在大年初一。”但宝玉第二十八回向黛玉诉心中苦闷曾多一句嘴，说他的兄弟姐妹都是“隔母”，自己是独出：“我又没个亲兄弟亲姊妹。——虽然有两个，你难道不知道是和我隔母的？我也和你似的独出。”即便贾珠去世太早，宝玉浑然忘记了自己还有个皇妃姐姐，一番话如果不是笔误，就是元春身份的矛盾之处（当然也可能指的是探春、贾环）。不过元春就算不是亲生，也是被当作嫡女养的，这点并无疑窦。贾探春和贾环是妾室赵姨娘所生。探春是个十分有才情的女儿，与母亲、弟弟性格迥异，然而“才自精明志自高，生于末世运偏消。清明涕送江边望，千里东风一梦遥”（第五回）。

第五十五回写王夫人外出赴席，探春按例办理赵姨娘兄弟赵国基之死的赏银之事，遭来赵姨娘当众羞辱亲女，“忘了根本，只拣高枝儿飞”。气得探春抽咽哭道：“谁不知道我是姨娘养的，必要过两三个月寻出由头来，彻底来翻腾一阵，生怕人不知道。”作为庶出的小姐，探春办事不顺受气，她的命运称得上坎坷。

同为正室，填房、续弦又比结发的嫡妻低一等。邢夫人是贾赦的续弦，亦无己出，虽为荣府长子的妻子，其地位却在王夫人之下，在贾府说不上话。加上她待人刻薄吝啬，在贾府更加不得人心。

第七十四回抄检大观园，邢夫人心里一直对王夫人不满，在她发现傻大姐拾得绣春囊时，便马上派自己的陪房王善保家的交给王夫人，引发了抄检大观园事件。王善保家的仗着有邢夫人撑腰，对黛玉不屑一顾，想找黛玉房的茬，被王熙凤阻止才没敢放肆。但是在探春房里，她没把庶出小姐放在眼里，想“况且又是庶出，他敢怎么”，“他便要趁势作脸献好”，竟然毫不尊重地去拉扯探春的衣襟翻找赃物，挨了探春一巴掌。

内　外

黛玉进贾府时，脂砚斋就有评点：“未写荣府正人，先写外戚。”（脂评庚辰本第二回）“外戚”不仅指黛玉，还包括其他女子如薛宝钗、史湘云、王熙凤。黛玉是林家嫡出的小姐，又是贾母的外孙女，身份不低，只是贾府毕竟不是林家，在心境上她仍不能摆脱寄人篱下之感。“今日寄人篱下，纵有许多照应，自己无处不要留心。”（第八十七回）

黛玉的外戚身份，不仅是她敏感自伤，贾府中许多人都看在眼中。如第六十二回众人在议论每个人的生日，探春说一月、三月都有人生日，就二月份没有。袭人便说：“二月十二是林姑娘，怎么没人？就只不是咱家的人。”（其实袭人也是花朝节这日生辰）可知内外有别了。

在贾母眼中，“外孙”在宝玉“嫡孙”面前，可就得让道了。第九十八回写黛玉因宝玉娶宝钗，悲痛气绝，贾母得知此事，本想去她那里哭一场，又惦记着宝玉的病，在王夫人等人的劝慰下，终归没去。她对王夫人交代说：

“你替我告诉他的阴灵：‘并不是我忍心不来送你，只为有个亲疏。你是我的外孙女儿，是亲的了，若与宝玉比起来，可是宝玉比你更亲些。倘宝玉有些不好，我怎么见他父亲呢。’”说着，又哭起来。

早在林黛玉进贾府的时候，王熙凤夸林黛玉说了一句：“天下真有这样标致的人物，我今儿才算见了！况且这通身的气派，竟不像老祖宗的外孙女儿，竟是个嫡亲的孙女，怨不得老祖宗天天口头心头一时不忘。”（第三回）“嫡亲的孙女”胜过外孙女，贾母眼中，嫡孙比外孙“更亲些”就是自然而然了。

血脉延续

传宗接代，大概是家族式叙事小说“如有雷同，纯属巧合”的那一部分情节，读者不可免俗地喜爱阅读，作者亦不能免俗地勤于伏笔。于《红楼梦》而言，则导致了宝黛的爱情悲剧，又给宝钗的结局作出交代。

一扯上“无后为大”，贾母对黛玉疼惜的姿态在后文中就显得格外狰狞了。如第九十回谈及宝玉婚配：“林丫头这样虚弱，恐不是有寿的。只有宝丫头最妥。”又如第九十七回贾母到黛玉处探病，对王熙凤等人说：“我看这孩子的病，不是我咒他，只怕难好。”当听说黛玉得的是心病，心里想着的是宝玉，便说：“咱们这种人家，别的事自然没有的，这心病也是断断有不得的。林丫头若不是这个病呢，我凭着花多少钱都使得。若是这个病，不但治不好，我也没心肠了。”言下之意，也不过是黛玉年寿不永，怕不能留有后嗣。

贾母临终前，拉着宝玉的手说：“我想再见一个重孙子我就安心了。”（第一一〇回）可见贾母对传宗接代、延续血脉至死挂记在心。

宝玉出走，以作者的设定是得了“高魁贵子”才走得成功。薛姨妈说：“幸喜有了胎，将来生个外孙子必定是有成立的，后来就有了结果了。”（第一二〇回）某种意义上是“打完斋不要和尚”，宝玉既然有子，总算是继后香灯，则没有必须将他寻回来的必要，也就任他去了。

姻亲之隙

四大家族的护官符

《红楼梦》中“本省最有权有势、极富极贵”（第四回）的四大家族，名列当时的“护官符”之中。第四回“葫芦僧乱判葫芦案”，官衙门子向知府贾雨村展示了“护官符”：“贾不假，白玉为堂金作马。阿房宫，三百里，住不下金陵一个史。东海缺少白玉床，龙王来请金陵王。丰年好大雪，珍珠如土金如铁。”

先说“贾不假，白玉为堂金作马”，贾家是宁国公与荣国公之后。按照清朝袭爵递减的规则，宁国府的第四代贾珍“世袭三品爵威烈将军”（第十三回），贾珍花一千五百两银子为儿子贾蓉捐了一个五品龙禁尉，老内相（太监尊称）戴权对贴身小厮说：“起一张五品龙禁尉的票，再给个执照，就把这履历填上，明儿我来兑银子送去。”（第十三回）

荣国府第三代长子贾赦世袭一等将军，林如海对贾雨村说：“大内兄现袭一等将军之职，名赦。”（第三回）第四代贾琏现捐同知之职，“这位琏爷身上现捐的是个同知”

（第二回）。第三代次子贾政任工部员外郎，长女贾元春为贤德妃。袭爵的官是皇恩，充面子的官都是真金白银捐回来的。

再说“阿房宫，三百里，住不下金陵一个史”，史家是保龄侯尚书令史公之后。史太君贾母为其长女。贾母的侄子、史湘云的叔叔保龄侯史鼐世袭侯爵，“又迁委了外省大员”（第四十九回），其弟史鼎为忠靖侯（第十三回）。

“东海缺少白玉床，龙王来请金陵王”（第四回）的王家是都太尉统制县伯王公之后。王熙凤的父亲世袭县伯爵位，王子腾是王夫人、薛姨妈的哥哥，王熙凤的叔叔，最初为京营节度使，后升迁为九省统制。这年腊月，“王子腾升了九省都检点”（第五十三回）。

“丰年好大雪，珍珠如土金如铁”的薛家是紫薇舍人薛公之后。薛宝钗的父亲是皇商，早亡，她的哥哥薛蟠世袭皇商家业与户部官职，“赖祖父之旧情分，户部挂虚名，支领钱粮”（第四回）。薛宝钗的叔叔、薛宝琴的父亲是经营海外珍宝的皇商。

四大家族祖上辉煌，门当户对，由此谈婚论嫁，通过联姻，与贾家联系在一起，“一损皆损，一荣皆荣，扶持遮饰，俱有照应”（第四回）。

简单粗暴地梳理一下四家的关系：史家小姐嫁贾家第二代贾代善；王家大小姐嫁第三代贾政，二小姐嫁薛家，王夫人的内侄女王熙凤嫁第四代贾琏；薛宝钗嫁第四代贾宝玉。

若以主角视角来看，宝玉的祖母史太君的娘家是史家，母亲王夫人的娘家是王家，妻子薛宝钗的娘家是薛家。以宝玉为中心，四大家族联系在一起，与四大家族有关联的大小故事与人物曲折穿插，亦共同导演了贾府衰亡的命运。

薛家寄居荣府梨香院：香菱命运

薛家引出的故事率先登场。小说第四回写薛姨妈带着儿子薛蟠、女儿薛宝钗进京拜望嫁到贾府的姐姐王夫人，一家人在荣国府内东北角上一处有十余间房子的闲院梨香院寄居下来。

薛蟠的戏份可不少，这么一个挂着虚衔的皇商，说他是跋扈的呆霸王，其实在文中又有谨慎、仗义的一面。若说他十恶不赦，昔日他调戏的柳湘莲把他打了个半死，又救了他一回，他倒显出几分感激，与湘莲结拜兄弟。柳湘莲因尤三姐自尽而痛悔退婚的莽撞，割发出家，薛蟠带人各处寻找不得，见到母亲，“眼中尚有泪痕”（第六十七回）。若说他有情有义，则他又有对香菱、冯渊的残忍，对夏金桂的纵容。

薛家的上场不仅带来了薛宝钗、薛蟠，也再次引入副册十二钗之一的香菱，即甄英莲。她是乡绅甄士隐丢失多年的女儿，也是全书第一个出场的金陵钗（副册）。甄英莲谐音“真应怜”，她五岁被拐，十二三岁时被卖。遇到真心喜欢她的乡绅冯渊，却不料人贩转眼将英莲二次卖给薛蟠。薛蟠倚仗权势强占英莲，令手下将冯渊打死，随后带着英莲与母亲、妹妹进京住进了贾府荣国府。

薛姨妈喜欢本分的英莲，让其在身边做丫鬟，宝钗为她取名香菱。好景不长，薛蟠向母亲讨要香菱做了妾。后薛蟠娶妻夏金桂，香菱就成了正妻的眼中钉。夏金桂想尽办法挑拨薛蟠，百般折磨香菱。后文写香菱在夏金桂死后扶正，后难产而死，不过原本的结局只怕更为残酷，有猜度她应是被夏金桂折磨致死，终归是“香魂返故乡”。

凤姐夹道毒设相思局：贾瑞之死

王熙凤不仅是贾琏之妻，亦是王夫人的内侄女。这门亲上加亲的婚事，成就了凤姐管理内宅之权，风头无两。她也因此得意过头，作茧自缚，贾赦贾琏获罪，与她放高利、妒恨尤二姐怂恿张氏告状并想将其治死不无干系。

王熙凤的尖刻泼辣，在开篇就可见一斑了：贾代儒的孙子贾瑞是贾府跟宝玉、贾琏同辈的远房“玉字辈”子弟，第十一回写贾瑞在宁国府花园会芳园与王熙凤相遇，以话勾引凤姐。对于一再纠缠的贾瑞，王熙凤的手段是毒设相思局，假意让贾瑞赴约。

第一次王熙凤让贾瑞“等着晚上起了更你来，悄悄的在西边穿堂儿等我”（第十二回）。王熙凤的房子在贾政院的后面，晚上贾瑞“果然黑地里摸入荣府，趁掩门时，钻入穿堂。果见漆黑无一人，往贾母那边去的门户已锁，倒只有向东的门未关。贾瑞侧耳听着，半日不见人来，忽听咯噔一声，东边的门也倒关了。贾瑞急的也不敢则声”。贾瑞在穿堂冻了一晚，天亮婆子开门才跑回家去。

然而，贾瑞仍不死心，于是王熙凤第二次跟他约会。这次让他在夹道等候。夹道指左右都有墙壁的狭窄道路。王熙凤的住房旁“是一条南北宽夹道”（第三回）。贾瑞第二次在晚上掌灯时候，“方溜进荣府，往那夹道中屋子里来等着，热锅上蚂蚁一般”（第十二回）。这边王熙凤点兵派将，设下圈套，让贾蓉贾蔷出面捉弄他。贾瑞在夹道里挨冻，像被关在风箱里的耗子一样，左右不能出。小说写：“贾瑞此时身不由己，只得蹲在那台阶下。正要盘算，只听头顶上一声响，哗喇喇一净桶尿粪从上面直泼下来，可巧浇了他一身一头。贾瑞掌不住‘嗳哟’一声，忙又掩住口，不敢声张，满头满脸皆是屎尿，浑身冰冷打战。只见贾蔷跑来叫：‘快走，快走！’贾瑞方得了命，三步两步从后门跑到家中，天已三更，只得叫开了门。”（第十二回）贾府庭院像摆迷魂阵一样，发生的故事可谓惊心动魄，遇上王熙凤这样的狠角色，毫无自知之明的好色之徒贾瑞只有死路一条。贾瑞回家后就一病不起了。

抄检大观园：探春之谶

王家小姐嫁贾政为妻，即宝玉的生母王夫人，她与贾赦续弦邢夫人不睦。妯娌不和引出了大观园内一场惊天动地的风波，还折损了几位红颜。

第七十四回抄检大观园，“至晚饭后，待贾母安寝了，宝钗等入园时，王家的便请了凤姐一并入园，喝命将角门皆上锁，便从上夜的婆子处来抄检起”。当大观园的各个园门皆上锁，整个园子就成了一个封闭空间，任由邢夫人陪房王善保家的对各个院子的主子丫鬟的肆意无礼，由此激起小姐丫鬟的强烈不满和反抗。

反抗最烈的主子是庶出的三小姐探春。她敢说敢当，只许搜她的物品，不许搜她的丫鬟的物品。她说：“你们别忙，自然连你们抄的日子有呢！你们今日早起不曾议论甄家，自己家里好好的抄家，果然今日真抄了。咱们也渐渐的来了。可知这样大族人家，若从外头杀来，一时是杀不死的，这是古人曾说的‘百足之虫，死而不僵’，必须先从家里自杀自灭起来，才能一败涂地！”（第七十四回）她怒不可遏地打了无礼的王善保家的一耳光，第二天还禁不住说：“亲戚们好，也不在必要死住着才好。咱们倒是一家子亲骨肉呢，一个个不象乌眼鸡，恨不得你吃了我，我吃了你！”（第七十五回）

反抗最烈的丫鬟是怡红院宝玉处的晴雯，一气之下把自己的箱子来个底朝天的抖搂，她生得太好，又是贾母点给宝玉的，王夫人看着她就像看见狐狸精，恨不得早点赶出去。晴雯被逐出大观园不久，就在哥嫂家病亡了。而引发事件的可能是迎春的丫鬟司棋，她是领头抄家的王善保家的外孙女，绣春囊推测是其与表弟潘又安在园中幽会时遗落的信物。在司棋箱子里搜出约会的情书，“若得在园内一见，倒比来家得说话”（第七十四回）。司琪被逐，后撞墙自戕。

由自家人抄检大观园，再到宁府、荣府贾赦被官府抄家，也没有多长时间，正如探春所言，自杀自灭方能一败涂地，贾家之败已一语成谶。

因麒麟伏白首双星：史湘云

前文述贾母实在太多，在此不表。活跃在贾府的史家人不止主心骨贾母，还需提到史湘云。她是贾母的内侄孙女，自幼父母双亡，曾在贾府住了几年，与宝玉、袭人都有情谊。至少在宝钗转述的湘云口中，史家旧时曾辉煌，如今也大不如前，宝钗提及湘云“在家里做活做到三更天”，又说她“在家里竟一点儿作不得主”（第三十二回）。然而湘云性格豪爽，甚至有些口无遮拦，并不将窘境放在心上。湘云与宝玉的缘分大抵还是来自两人都有的“金麒麟”上，也因此将宝黛钗的三角关系添成了宝黛钗云的四角恋。但文中对湘云的描写难以与黛钗相比，因而后世又觉得“金麒麟”大概与蒋玉菡的汗巾最后成为袭人与之婚配，“始信姻缘前定”（第一二〇回）一样，是宝玉做媒属性上身，乱点鸳鸯谱。这个谱点的是宝玉的友人卫若兰，依据是脂砚斋所批：“后数十回若兰在射圃所佩之麒麟，正此麒麟也。”（脂评庚辰本第三十一回）

如果说王夫人、王熙凤所引出来的皆是贾府一番浩劫，那湘云引出来的就是黛玉的醋海生波了。第三十一回湘云来访，恰好宝玉刚得了麒麟，黛玉心里硌硬，先对湘云说“你哥哥（即宝玉）得了好东西，等着你呢”，又说湘云“他不会说话，他的金麒麟会说话”。黛玉如此在意史湘云，无非是已对宝玉生情，事事较真。脂砚斋又批：“‘金玉姻缘’已定，又写一金麒麟，是间色法也。何颦儿为其所感？”（脂评庚辰本第三十一回）表明史湘云是“过渡色”，而实际引出的是宝玉与黛玉的感情。及后第三十二回，黛玉在窗外偷听到宝玉对史湘云所说进取仕途的话一番发作：“林妹妹不说这样混帐话，若说这话，“我也和他生分了”，又喜又惊，引宝玉为知己。由此木石前盟心意相通，不得不说湘云也算宝黛二人定情的助推者了。至此，贾府诸人及重要的外戚姻亲皆已略述。

家族式的小说，似乎总在经历从有序到乱序的过程。在富贵荣华、井然有序的面纱下，是兄弟阋墙、妯娌失和、至亲交恶、拈酸吃醋的冲突矛盾，以及在酒色财气、钱权纷争间渐渐分崩离析的人心。以众人的七情六欲，或悲或喜，或憎或爱为背景，闲闲叙出的主人翁那份渐渐萌发，细腻、真挚，又怯懦、彷徨，最终无所依凭、流离失所的情感，是作者的情不自禁，读者的意乱情迷。

也谈庭院文学

《红楼梦》绝不是第一部以府第大宅门为题材，将故事框定在特定的庭院场景叙事的作品，在行文中也对前代多有致意与借鉴。“庭院文学”指的是故事主要发生在包括亭台楼榭在内的组群式建筑物及其附属场地，甚而只发生在院子内，将建筑的前庭后院融入叙事的作品，人物之情与建筑之景相互交融。

汉乐府《孔雀东南飞》是早期以庭院为场景的叙事诗。刘兰芝与焦仲卿本来珠联璧合，遭焦母遣回娘家，被逼改嫁不从，夫妻双双殉情。场景转换从焦家的“空房”“堂上”到娘家的“入门”“家堂”，再到刘兰芝再嫁的“青庐”、焦仲卿自挂的“庭树”，一幕幕悲剧于墙内院落发生。母命的不可违背、夫妻间的莫可奈何，庭院深深深几许，方寸之间既缠绵又悲壮，其艺术表达的巧妙对后世文学影响深远。

又如唐代元稹所写传奇小说《莺莺传》（又名《会真记》），张生与崔莺莺在蒲州普救寺相恋，由红娘牵线，“待月西厢下，迎风户半开”，在僧侣的西厢房约会。以后张生往长安赴考不中，不顾莺莺泪书思念的真情，始乱终弃。后来张生已为人夫，莺莺也已嫁人。张生经过莺莺住处，又想见莺莺一面，莺莺拒不再见，写诗断绝关系：“还将旧时意，怜取眼前人。”从西厢户半开，到怜取眼前人，张生的登徒子性情不改，莺莺的心境却大为不同了。

元代马致远的杂剧《汉宫秋》唱汉元帝如何在宫中与被毛延寿丑化的王昭君相遇。王实甫的杂剧《西厢记》实在对元稹的《莺莺传》结局意难平，他在金代董解元改写的《西厢记诸宫调》（通称“董西厢”）基础上，写了个同人版本的崔莺莺与张生：他们在普救寺后花园私订终身，双双争取自由爱情，终成眷属。明代汤显祖的《牡丹亭》写思春少女杜丽娘与年轻书生柳梦梅在梦中相遇，于牡丹亭结缘，又于梅花庵再续前缘。清代洪昇的传奇《长生殿》写唐明皇与杨玉环浩劫前于长生殿盟誓，后在月宫重圆。

文学作品说的是天子宫闱也好，寻常百姓家也罢，都体现了情与景的交融。景被赋予特殊的意义，从生情到断情、从多情到绝情，点题的建筑既可以缱绻，又可以冷肃，见的不是雕栏玉柱，而是人心。曹雪芹对这些文学作品的喜爱，在文中溢于言表。

大观园有牡丹亭、梅花庵观，取自《牡丹亭》的梦中前缘；宝玉与黛玉共读的《会真记》，在书中是指以元稹的《莺莺传》为基础创作的杂剧《西厢记》，宝玉与黛玉之情，和莺莺、张生二人被拆散何其相似；贾母让芳官等唱的《寻梦》《惠明下书》，亦取自《牡丹亭》《西厢记》。文中虽不提兰陵笑笑生的《金瓶梅》（估计是因为尺度太大的关系），其隐喻暗喻，对女子性情的详述，甚而于佛道的幻化，读来亦似曾相识，更有修建的大观园与《金瓶梅》修建花园相似，说有所借鉴是不为过的。

曹雪芹笔下悲金悼玉的《红楼梦》，亦将情景交融，或假或真，似虚似幻。甚而青出于蓝，在文中不厌其烦地对器物、建筑结构进行了细致描写，引入了园林艺术的审美意趣，这固然考验作者功底，也让读书人抓耳挠腮。看似只是写了此府他宅，实则暗含人物宿命。要说他意有所指，其实也就是写了此府他宅而已。无怪乎让《红楼梦》读者都有些妄想发作，生怕自己错漏了作者的本意。

空空道人认为此书“大旨谈情”（第一回），谈的又何止是情。宁荣二府、大观园一干人等，“为官的，家业凋零；富贵的，金银散尽”（第五回《红楼梦》第十四支曲《收尾·飞鸟各投林》），欠命已还清，欠泪则泪尽，大厦将倾，飞鸟投林，果然不过红楼一梦。

第四章　场景叙事

中国古典艺术多相辅相成，明清小说不仅深受杂剧、评话的影响，对宗教、建筑、书法、绘画、音律也有涉猎。作者不一定能应试科举、大谈经济，却大都哭过崔莺莺，慕过杜丽娘；批注人不一定博古通今，却总能点出此处是“烘云托月”，彼处是“千皴万染”的绘画技法。场景既像徐徐展开之画卷，又如缓缓拉开之帷幕，作者对场景的运筹帷幄，对人物性格与对话的推敲斟酌，方有流传后世的洗练明丽之文风。本章便是从文中画、文中戏的设定来谈场景叙事的。

园林视点

文中有画

本文所谈视点（point of view），指小说空间叙事的角度。如果说贾政巡园、元春游园皆移步换景叫人目不暇接，《红楼梦》对大观园内诸人的起居玩乐则充满国画意趣。中国文学向来与中国画相通，所谓“诗中有画，画中有诗”。

清代不仅山水、花鸟画盛行，亦有仕女图、行乐图等人物和风俗画。第三十八回写大观园诸人在藕香榭吃螃蟹，拿菊花论了一回诗，三三两两相聚玩乐，便是一例。

（黛玉）倚栏杆坐着，拿着钓竿钓鱼。宝钗手里拿着一枝桂花玩了一回，俯在窗槛上掐了桂蕊掷向水面，引的游鱼浮上来唼喋。湘云出一回神，又让一回袭人等，又招呼山坡下的众人只管放量吃。探春和李纨惜春立在垂柳中看鸥鹭。迎春又独在花阴下拿着花针穿茉莉花。

这几人钓鱼的钓鱼，赏花的赏花，观鸟的观鸟，如脂砚斋所批："看他各人各式，亦如画家有孤耸独出，则有攒三聚五，疏疏密密，直是一幅《百美图》。"（脂评庚辰本第三十八回）

"攒三聚五"是国画中点树叶的技法，用在文中以表诸人三三五五聚在一处分组描写。"疏密"则是作画的章法，通过线条的疏密体现层次和远近，在文中指详略得当。这家人吃螃蟹看鱼也有声有色，有主有次，有远有近，不失为作者的巧思。

文中有没有黄金屋不得而知，《红楼梦》中倒是不缺颜如玉的。第二十七回黛玉因被晴雯拒之门外，误会了宝玉，伤心之态尽显，"愁眉""倚着床栏杆，两手抱着膝，眼睛含着泪"正是以文字勾勒出一幅凭栏抱膝的仕女图。脂砚斋也批道："前批的画美人秘诀，今竟画出《金闺夜坐图》来了。"（脂评庚辰本第二十七回）也是这一回，将宝钗扑蝶与黛玉葬花放到一处，一个"香汗淋漓，娇喘细细"，一个"独把花锄偷洒泪"，将宝钗比作杨玉环，黛玉比作赵飞燕，全然不同的两幅仕女图，画面构思巧妙，人物也十分传神。

散点与焦点

透视法在绘画中应用广泛，画家观察物体的空间位置，并依此对远近、层次作区分。尽管不能一概而论，中国画的视点大都随着画家的笔触进行移动，仰看群山，俯观流水，平视俯仰屋舍与人物，即散点，如北宋张择端的长卷画《清明上河图》。至于有没有实际意义上的"透视"，那就是另外一番唇枪舌剑了。

西洋画作多用一个视点进行聚焦，按照几何学进行描绘，画家选取的视点，也是观者赏析的视点。焦点，也作灭点、消失点，将对称的建筑上下连成四条直线后聚为一点，即焦点透视，如意大利画家达·芬奇的《最后的晚餐》（1495—1498）。达·芬奇将米兰圣玛利亚感恩修道院和教堂饭厅天花板和两侧墙壁的直线条绘制出一个具有焦点透视、通向耶稣身后窗户的消失点。这个消失点就是半圆形山花的中间窗户，由此在平面画面上创造了三维空间。这种技法与西洋绘画注重人体结构和立体空间关系的审美倾向一脉相承。

这种散点与焦点的风格差异，在文学作品中亦十分明显。19世纪法国作家雨果的《巴黎圣母院》（1831）是一部将故事情节与建筑、建筑的透视紧密相连的作品。故事主线是副主教孚罗诺对吉卜赛姑娘艾斯梅拉达求爱不得，威逼利诱，最终艾斯梅拉达被冤判绞刑。曾被艾斯梅拉达善待救助的圣母院敲钟人加西莫多在赫然看清抚养他的恩人孚罗诺的伪善面具及目睹暗恋对象的惨死后，将孚罗诺推下巴黎圣母院，自己去到墓穴永远躺在暗恋的姑娘身边。

小说以巴黎圣母院为题，整个故事也是围绕着此建筑展开的，视点多次从巴黎圣母院延展，第7卷第1、2章写孚罗诺在圣母院塔楼上俯视脚下格雷勿方场上跳舞的艾斯梅拉达。小说写“他呆定的眼光向广场投射着”，“她没有觉得那像铅一样投到她头上的可怕的凝望”。第8卷第6章描写巴黎市民从哥特式建筑的阳台和窗台俯视圣母院广场押解艾斯梅拉达的死刑车：“那些窗口露出成千上万个人头”，“观众从窗口上可望到囚车里头”。俯视、聚焦的描写是《巴黎圣母院》叙事的一大特点，与建筑风格、建筑格局息息相关[1]。

与之相对，《红楼梦》文中的三五聚散、疏密有致，应和了中国画散点的特性，读者的视线随着作者的描述移动，虽也有远近高低之分，在距离感上却十分模糊。

① 张世君：《〈巴黎圣母院〉人物形象的圆心结构和描写的多层次对照》，《外国文学研究》1981年第4期。

同样是由远及近，宝玉见贾兰近前与英国作家哈代小说《德伯家的苔丝》（1891）中苔丝丈夫安玑见苔丝近前便有微妙不同，仅此举例。

《红楼梦》第二十六回，宝玉见贾兰由远而近：

（宝玉）出至院外，顺着沁芳溪看了一回金鱼。只见那边山坡上两只小鹿箭也似的跑来，宝玉不解其意。正自纳闷，只见贾兰在后面拿着一张小弓追了下来，一见宝玉在前面，便站住了。

《德伯家的苔丝》第57章，苔丝丈夫安玑伫立在山路上远看苔丝：

他走上了西边的山坡，在他停下来喘一口气的时候，无意间回头看了一眼。

他只见身后的那条大路像一根带子，越远越细，但是当他回头看去的时候，在那条空旷的白色大路上出现了一个移动着的小点（a spot）。……那个小点（that spot）原来是一个正在跑来的人（a human figure）……那个人（that somebody）跑下山谷的坡了，是一个女人（a woman）的模样……等到她走到眼前，他才敢信是苔丝（to be Tess）[①]。

① ［英］哈代著，张谷若译：《德伯家的苔丝》，北京：人民文学出版社1980年。
Thomas Hardy：*Tess of the D'Urbervilles*，Airmont Publishing Company 1965.

以宝玉视点看：近处金鱼—远处惊鹿—贾兰从后面跑来—在宝玉面前站住。只见小鹿突然出现，只见贾兰由后追击，宝玉所看到的画面没有明显的递进，远处看是贾兰，近处看仍是贾兰，贾兰如折子戏中的人物般提着道具踩着鼓点闯入了。

以安玑视点看：远处大路像带子般越远越细——一个小点（a spot）—那个小点（that spot）—人（a human figure）—那个人（that somebody）——一个女人（a woman）—苔丝（to be Tess）。整个描述，从不定冠词“a”，到代词“that”，到泛指的“人”（somebody）、“女人”（woman），到最后的“苔丝”（Tess），读者被代入了安玑的视线，道路尽头是消失点，而苔丝随着文字描写逐渐走近，人物逐渐清晰，形容愈发精准。这是充满西洋画艺术感的写实写法。

场景纵览

所谓场景，俗套些来说即有画面感、有场所限定的故事。一如戏台上的折子戏，人物言谈是精华所在，情节也必须精彩纷呈，才能吸引观众的注意。场景叙的事，大多是文中高潮迭起的部分。《红楼梦》的场景不少，悲喜勿论，也都热热闹闹，每个角色称得上各司其职。若做个总结，场景大概能分成亡故、节庆、庆生、诗乐、梦幻五类。

亡　故

与其问贾府数年间没了多少有所着墨的女性角色，还不如数数还剩多少个来得便利。贾母83岁算寿终正寝；病死的如秦可卿（存疑，应是上吊）、元春、王熙凤、黛玉、晴雯；自戕的如瑞珠触柱，金钏投井，鲍二媳妇上吊，尤三姐自刎，尤二姐吞金，司棋殉情，鸳鸯殉主；暴死的如赵姨娘、夏金桂；难产死如香菱；推断遭劫而死如妙玉。

秦可卿是第一位身死的十二钗，其死亡本该有所详述，但她在文中只在第十三回魂托于凤姐，而后潦草数言说是没了。从脂砚斋所批可知，秦可卿不是简单病死，是与公公贾珍有染被撞破而“淫丧天香楼”上吊而死（脂评靖藏本第十三回），因故被曹雪芹删去。后文第一一一回鸳鸯想死，见一人示范上吊，认出是“东府里的小蓉大奶奶”，也就是可卿，算是照应前情。即便如此，从第十三回料理棺木一直写到第十五回灵柩入寺。贾珍为丧礼上风光些给儿子贾蓉买了个五品龙禁尉的官，与贾家有旧的亲朋友人官员皆来吊唁，王熙凤也是在这场丧事里出了风头，得到褒奖。秦氏身死只一句话工夫，身后却风光无限。

后40回中对黛玉之死的描述最为翔实。王熙凤如何哄差点失心疯的宝玉娶亲不提，黛玉先是焚稿断情，身边只有雪雁、紫鹃；到病入膏肓时，紫鹃寻贾母、宝玉不到，把李纨请了去，而后平儿受王熙凤之命来看情况，林之孝家的把雪雁骗去让宝玉误会娶的是黛玉，又探春来看。黛玉留遗嘱要送柩回南，再叫道“宝玉，宝玉，你好……”（第九十八回），便一命呼呜了。潇湘馆自然哭声一片：“大家痛哭了一阵，只听得远远一阵音乐之声，侧耳一听，却又没有了……探春李纨走出院外再听时，惟有竹梢风动，月影移墙，好不凄凉冷淡。”（第九十八回）潇湘馆内的情形与宝玉宝钗成婚相对，又联想竹梢风动，潇湘妃泪尽而亡的典故，必然是凄凄惨惨戚戚的。

这个场景中，由黛玉焚稿的决绝，到紫鹃求助无门，再到平儿、林之孝家的来访顺走了雪雁，最后黛玉不肯留在贾家，要魂归故里，明明白白也生生冷冷地道出了黛玉死时的孤独。而平日里最为疼惜她的贾母、与她亲近的王熙凤即便在她死前仍有算计，爱慕她的宝玉则浑浑噩噩，又或许知道了也无能为力。后40回许多剧情难免有潦潦草草之嫌，唯黛玉死亡的场景运用了多重手法，伏笔、穿针、对照、皴染、烘托，才有场面的情感爆发，令人哀恸。黛玉之死对作者而言实在伤心，对读者来说也是无不痛心。而落井下石的贾府诸人心中有鬼，之后都不敢到潇湘馆。贾宝玉倒是去了一回，哭着对想象中的冤魂说：“林妹妹，好好儿的是我害了你了！你别怨我，只是父母作主，并不是我负心。”（第一〇八回）轻飘飘一句，倒真是负心人惯常使用的经典台词，只怕得来的是读者的一声叹息。

贾母在黛玉死后担心宝玉情况不肯去看黛玉，没过数回自己也寿数尽了。贾母之死与黛玉之死大相径庭。此时宁府已经被抄，家财也散尽，贾家倒了一半，老太太这一死，内堂也倒得差不多了。贾母死时毕竟还是儿孙环绕，邢夫人、王夫人在侧，贾琏、贾兰、宝玉都见了，也问了王熙凤、宝钗。贾母死亡场景与一般大家长的离开似乎别无二致，仍然是憾逝。她问宝玉要重孙，“我想再见一个重孙子我就安心了”，又说自己“心实”（第一一〇回），没有早些积德吃亏，最后念叨了在外的贾赦、贾珍和没能到的湘云。贾母身后事与第十三回秦可卿出殡相对，算得上窘迫非常了。王熙凤办秦可卿的丧事得宜，办贾母的丧事却把自己都搭了进去，这是后话。

王熙凤之死是后40回中最后一个比较详细的死亡场景。自秦可卿托梦于她，再到催命林黛玉、操办贾母丧事，她恐怕在文中是必有一死，且与他人不同，还有几分因果报应之意。王熙凤的病自抄家前就埋下了，贾赦、贾琏罪加一等，和旧日她不满尤二姐进门，撺掇尤二姐未婚夫张华去告状有关；私放高利贷的证据，抄家的时候被抄了出来；操办贾母丧事又没得个好，让贾琏埋怨她；甚而到她死后，她弟兄王仁还觉得她私下该藏了钱，不满贾家草草料理发了一通火。于外于内，离心离德，她梦见因她吞金的尤二姐，自觉冤魂索命，挣扎着托孤刘姥姥，到最后病糊涂了，“从三更天起到四更时候，琏二奶奶没有住嘴说些胡话，要船要轿的，说到金陵归入册子去”（第一一四回）。贾府的人莫名其妙，读者倒是了然于心的。自宝玉神游太虚幻境见着金陵十二钗正册起，秦可卿、元春、黛玉、迎春、王熙凤十二去五，剩余的出家、远嫁、守寡，竟无一人有好结局。王熙凤之死，也是点金陵十二钗之题了。

节　庆

贾府节庆场面不少，诸如庆元宵、端午、中秋，也有升迁、娶亲、生辰、团聚设宴，大大小小节庆描写共有11次。最盛大莫过于第五十三至五十四回贾母元宵开夜宴。宴席好大的排场，不说盆景、花卉、茶盘、璎珞，玻璃芙蓉彩穗灯、漆干倒垂荷叶烛、各色宫灯挂上梁柱、窗格、廊檐，十几席座无虚席，这还不算族中不肯来的人。

先是宴席，再是听戏、听书，贾母还颇有时下人的习惯，边看边听边揶揄，怎么大户人家的小姐身边就只带着一个丫头和风流才子谈恋爱："就只小姐和紧跟的一个丫鬟？""这些书都是一个套子，左不过是些佳人才子。"（第五十四回）最后是击鼓传花，放了烟火，才算把年过完。阖家欢喜，确实难得。

第七十五至七十六回中秋夜宴赏月就冷清许多，开宴的背景是甄家被抄，贾家难免人心惶惶；再是宁国府的透明当家贾敬真的登仙了，失去制约的贾珍越发不像话。贾赦、贾政等人与贾母吃的宴席不提，只说内眷的夜宴，有人生病，有人服孝，有人回家，贾母看了看人丁稀疏的情形，不免感叹。"只听桂花阴里，呜呜咽咽，袅袅悠悠，又发出一缕笛音来”（第七十六回），众人也觉得凄然，这与元宵那一场相比是截然不同的氛围，暗示贾府之败。

庆　生

庆生也是一件大事，书中详略描写过生辰的有贾敬、贾政、宝钗、薛蟠、凤姐、宝玉、宝琴、平儿、岫烟、探春、贾母、黛玉，提到生日的还有元春、王夫人、贾琏、薛姨妈、袭人、四儿，以及北静王等。

凤姐的生日本来过得十分得意，贾母亲自过问，酬她操持家务的辛苦。听戏、敬酒好不高兴，谁想乐极生悲，叫她撞见贾琏偷情，还被骂是阎王、夜叉（第四十四回）。

第六十二至六十三回写宝玉生日，加之宝琴、岫烟、平儿也是这天生日，众人先在红香圃摆酒为四人庆生，划拳行令，怡红院内又偷偷摆了夜宴吃酒。虽然宝玉行事向来放浪形骸，这场生日却显得并不奢靡俗气。众人抽花签行酒，先是宝钗的花签牡丹——“任是无情也动人”，再是湘云的花签海棠——“只恐夜深花睡去”，后是黛玉的花签芙蓉——“莫怨东风当自嗟”（第六十三回）。诸位红颜的命运正如此签，嬉笑中竟有几分冥冥之意。

第八十五回黛玉生日简略不提，第一〇八回宝钗再过生日就显得十分萧瑟了，行令还让宝玉想到了黛玉，跑去潇湘馆哭一场，这是后话。无论是庆佳节抑或庆生，随着贾府的由盛转衰，庆祝也随之变更，从奢靡盛大到凋零衰败，从无忧无虑到悲从中来，也不过是几年的光景。两相对比，最能道出物是人非。

诗　乐

第十七、十八回大观园题咏不提，海棠诗社始于第三十七、三十八回探春的建议。吟诗作赋既是家学，也是雅兴。大观园里住着的几位都颇有才情，兴起念头来给自己改号。黛玉被取潇湘妃子，薛宝钗得蘅芜君，贾宝玉得怡红公子，探春为蕉下客，李纨为稻香老农，迎春叫菱洲，惜春叫藕榭。

第一回论诗，咏白海棠，限韵一首七言律诗，韵牌“门”“盆”“魂”“痕”“昏”。海棠诗社的主意虽然是探春提的，主持的是李纨，迎春限韵，惜春监场。然而诸人毕竟才学不同，黛玉的诗“风流别致”，宝钗的诗“含蓄浑厚”，李纨评的是宝钗第一，黛玉第二，宝玉不大愿意，心中推的仍是黛玉。

诸人对诗社的事情兴致勃勃，直到结束了宝玉才想起来还漏掉了史湘云。湘云（枕霞旧友）铁了心要入社，连作两首当申请表，之后做东要写菊花诗。宝钗心思细腻，从旁提点，众人次日不仅题了菊花，还咏了螃蟹，闺中之趣，其乐融融。

第五十回芦雪庵争联即景诗，不懂诗的凤姐想了半天，得一句“一夜北风紧”，连刚刚学会作诗的香菱也上阵。其后宝玉“为乞嫦娥槛外梅”，而在妙玉栊翠庵中费了好大劲儿才讨到的梅花，正是雪中红霞，香欺兰蕙，于是又咏了一回梅花。

海棠诗社散后一载，第七十回发起了桃花社，以黛玉为社主，不过因贾政要回家，宝玉要做些功课搪塞，桃花诗没什么水花，到暮春才有咏柳絮的诗作。

咏菊、咏梅、咏螃蟹、咏柳絮都是寻常题目，特别之处在于各人的喜好性情，在诗中一览无遗。黛玉方能写出“孤标傲世偕谁隐，一样花开为底迟”，宝玉才有“泉溉泥封勤护惜，好知井径绝尘埃”（第三十八回）。这般出世之意，二人隐隐相互照应。

宝玉咏螃蟹“持螯更喜桂阴凉，泼醋擂姜兴欲狂”，全然一副开怀大吃之态，率直有趣。宝钗的螃蟹咏“眼前道路无经纬，皮里春秋空黑黄”讽刺非常（第三十八回）。前者无牵无挂，怡然恣意；后者借物抒情，字字藏锋。

再有黛玉咏柳絮的“漂泊亦如人命薄，空缱绻，说风流。草木也知愁，韶华竟白头”哀伤悲戚。而宝钗的柳絮诗“韶华休笑本无根，好风凭借力，送我上青云”青云之志掩盖不住，闺中女豪杰之姿翩然纸上（第七十回）。这几回都是大观园中小儿女的生活情态，你一言我一语，互相品题，诗才敏捷的心中得意，胸无墨点的掩稿不提，结社联诗的场景让人会心一笑。

第七十六回凹晶馆黛玉与湘云联诗不提。第七十八回贾政让宝玉、贾环、贾兰为一位阵亡的女将军作挽词，题目是《姽婳词》。贾兰、贾环作诗都说林四娘知恩图报，忠义云云。宝玉作的七言诗倒没表现出多少忠肝义胆，诉说恒王如何好武好色，军中养的女兵，有风流之态、桃李之姿。恒王身死后，一众女将也临战场战死。战事惨烈，群芳末路，对比“天子惊慌恨失守，此时文武皆垂首”，更显得朝堂的无能无用。“何事文武立朝纲，不及闺中林四娘”，是宝玉为奇女子的深叹。此时晴雯刚刚病死，宝玉心中郁郁，借此诗抒怀。

到第九十四回怡红院海棠花冬月开，人人惊奇，有人觉得事出反常必有妖，也有人说花枯又荣乃是喜。又是宝玉、贾环、贾兰兄弟叔侄赏花作诗，这也是全书最后一回作诗品题。没有史湘云、探春、宝琴、宝钗、黛玉参与，三首诗都平平无奇，没有出彩之处，与从前联诗“奇文共欣赏，疑义相与析”的热闹景况相对，显得潦草萧疏。

几年过去，春流到夏，秋流到冬，诸人诗兴大发时正是贾府尚风光，黛玉、宝钗诸人也由初萌到成熟的时候，个人风格更加彰显。而后群芳离散，黛玉焚稿，贾府被抄，项上人头都差点不保，也就难有一纸闲情，空留一幕幕咏诗的场景，长印读者心间。

梦 幻

“假作真时真亦假，无为有处有还无”（第一回），《红楼梦》的梦幻场景无数。或吉或凶，似梦似幻，做梦或产生幻觉的人有甄士隐、贾宝玉、贾瑞、凤姐、秦钟、红玉、香菱、柳湘莲、尤二姐、林黛玉、妙玉、水月庵师傅、甄宝玉、凤姐、尤氏、鸳鸯、赵姨娘、袭人等。

着笔最多的梦幻场景当属太虚幻境。其名本身就是幻化虚无：第一回甄士隐梦太虚幻境、第五回宝玉梦游太虚幻境、第九十三回甄宝玉梦太虚幻境、第一一六回宝玉第二次梦游太虚幻境、第一二〇回甄士隐到太虚幻境。不仅读者为幻境翻来覆去，辗转反侧，连宝玉对这个梦也是念念不忘的，于全书时时提起。

幻境之外，又有托梦。如第十三回秦可卿托梦王熙凤，望她能置办祭祀供给，以防日后家族衰败，无以为继，“也有个退步”；又说不久将有喜事临门（指元春封妃），不可忘了“盛筵必散”。可惜王熙凤问不出喜事，对“早为后虑”的劝诫也并未谨从。

第六十六回尤三姐自戕后托梦于柳湘莲，一手拿着定情信物鸳鸯剑，一手拿着一卷册子说：“今奉警幻之命，前往太虚幻境修注案中所有一干情鬼。”这场梦点出了柳湘莲遁入空门的后续，又呼应了前回宝玉的“到此一游”。

第六十九回尤二姐梦见妹妹又捧鸳鸯剑来，要她杀王熙凤，回归太虚幻境。尤二姐性格不似三姐刚烈，一副认命姿态，三姐长叹而去。尤二姐因此梦恻恻，向贾琏泣诉病入膏肓，恐胎儿难保，哪知却间接导致贾琏去请了个庸医胡君荣，将胎儿打掉了。

第七十七回宝玉梦见被赶出去的晴雯对他说道：“你们好生过罢。我从此就别过了。”醒来大哭晴雯死了。晴雯固然故去，这“你们”却没哪个好生过了。

托梦之外，还有梦兆。第七十二回王熙凤梦见别的娘娘的下人“来要一百匹锦”，她“不肯给他”，双方便争夺起来。此娘娘不是元春，却问贾家要锦，末了还要夺去，这摆明是凶兆了。不仅暗含元春在宫中涉势力之争，连贾家也不可避免地陷在其中。锦绣乃是富贵、前程，又是皇恩，是贾家立身的根本，如今俱被夺去，凤姐平时何等精明干练，醒来却只觉“可笑”，未免大失水准。前梦秦可卿，后梦元春，不能说王熙凤不聪明，而是作者让她看不透罢了。

第八十二回黛玉病中睡迷糊了，梦见父亲要来接她，将她嫁给继母的亲戚做续弦。她去贾母处哭求，贾母不应，她急道：“老太太！你向来最是慈悲的，又最疼我的，到了紧急的时候儿，怎么全不管？”便“深痛自己没有亲娘，便是外祖母与舅母姊妹们，平时何等待的好，可见都是假的”。与宝玉说时，被宝玉剖心吓得魂飞魄散。这场梦在梦外却一点不落地应验了。宝玉丢了玉，痴痴呆呆顾不上她，梦中与梦外的贾母、一干舅母亲戚如何狠心，而且黛玉的确是被逼死的。

第八十七回妙玉之梦也是大不祥，王孙公子来娶，盗贼来抢，而她不肯依从，先是怒斥“我是有菩萨保佑，你们这些强徒敢要怎么样”，再说“我要回家”，再再说“不得活”。妙玉也于之后被强盗掠去，生死不知。

妙玉被劫只寥寥提了几句，“可怜一个极洁极净的女儿，被这强盗的闷香熏住，由着他掇弄了去了”（第一一二回），一点描写也无。然而她在梦中的情状，只怕就是她在梦外的遭际了。由是，妙玉的遭遇并非无处着笔，而是前文已述，不再赘提。

场景叙事的转换手法

既有场景，则一定有切换。花开两朵，各表一枝，小说中没有报幕、幕布，更无配乐、灯光，也不可能有抬凳子搬道具的剧务，如何“转场”，且转得不生硬，这是对作者叙事手法的考验。《红楼梦》中的场景转换采用了多种分切手法，名称多变，作用大同小异。以下一起读书，举几个例子。

插　入

插入切换是指一个场景的描述完成时，作者安排场景外的人物插入打断正在进行中的叙事，使场景中断，转入下一段叙事，同明清小说评点中的断法（打断）、横云断岭法

（岭断而云连）[1]。

如第一回甄士隐邀贾雨村到书房说话，“方谈得三五句话，忽家人飞报：‘严老爷来拜。’”，士隐慌忙起身告辞雨村，到前厅去了。下文严老爷没有出场，他是谁，作者也没有交代，士隐去见他的情况，文本也不做描写。以家人报信切断甄、贾二人谈话，场景转向贾雨村对甄家丫鬟娇杏动心。

又如第六十二回庆贺宝玉、宝琴、平儿、岫烟四人生日，小说写：“正说着，只见一个小丫头笑嘻嘻的走来：‘姑娘们快瞧云姑娘去，吃醉了图凉快，在山子后头一块青板石凳上睡着了。’”众人就此离席，到花园去看“憨湘云醉眠芍药裀”。小丫头的出场，起到打断情节，转换场景的作用。

再如第十四回王熙凤协理宁国府，处罚迟到的下人。正在这时，仆人王兴媳妇来领牌取钱，打断了王熙凤的责罚。这是一个节外生枝的描写，丰富了情节。在王兴媳妇走后，凤姐便说道：“明儿他也睡迷了，后儿我也睡迷了，将来都没了人了。”继续处罚下人。这里插入王兴媳妇，场景中断又接续，脂砚斋批：“接的紧，且无痕迹，是山断云连法也。”（脂评庚辰本第十四回）

插入切换的引入，主因是故事重点大致已经交代，人物该说的话说完了，再说下去显得冗长乏味，于是安排一个

① 张世君：《明清小说评点山水画概念析》，《学术研究》2002年第1期。

由头打断情节，原写的情节或分头另述，或就此而止。还有的则是犹抱琵琶半遮面，故事戛然而止，这合该是作者的恶趣味。

第六十三回宝玉生日，宝钗、探春、李纨、湘云、麝月、香菱、黛玉、袭人都抽了花签，亦有对应的诗句，只晴雯还没轮到。“袭人才要掷，只听有人叫门。老婆子忙出去问时，原来是薛姨妈打发人来了接黛玉的。”于是生日会就不了了之，读者还眼巴巴等着晴雯该抽到什么样的签呢，这就有始无终了。曹雪芹对晴雯笔墨并不多，同是宝玉房的大丫鬟，戏份与袭人相比不足十分之一，只知道这是个生得格外好，性格又十分傲，嘴上不饶人的姑娘，但字里行间能看出作者对其的欣赏与喜爱，唯此回不提，甚是有趣。后文《芙蓉女儿诔》已经非常详尽地写了晴雯，此处不提，大概也有留存气力，不多重复之意吧。

脱　卸

谈及场景转换，要引入另一个概念——“脱卸”。脱卸本是古人生活中脱换衣物的日常用语，明清小说评点家把小说情节的转换称为“脱卸”[①]，指叙事场景之间、段落之间的停顿与转折，由此情节转为彼情节。通俗一些，即在讲一件事时突然有个由头，转到下一件事上。

---

① 张世君：《中西叙事概念“脱卸”与“转换”辨析》，《江西社会科学》2008年第10期。

如《红楼梦》第十九回写宝玉的奶妈李嬷嬷摆架子，在宝玉房里指手画脚，受到丫鬟们的怠慢。当她刚要吃一碗酥酪时，丫头便说：“快别动！那是说了给袭人留着的。”就此引出下文对袭人的描写。脂砚斋在此夹批：“过下无痕。”（脂评庚辰本第十九回）轻轻一句话，不着痕迹地成为转换的脱卸，由上文的内容转向下文的另一内容。

又如第十六回写贾府诸人先是在给贾政庆生，突然被降旨，惶惶不安等了两个时辰，才知道是元春晋封，一时得意非凡。一惊一乍、一忧一喜本就抑扬顿挫了，突然下文说“谁知今日水月庵的智能私逃进城”，智能逃出来找秦钟被发觉，秦钟的老父亲打了儿子一顿还不解气，竟然被气死了，一时间家破人亡。这悲伤事似乎与贾府热闹没什么关系，话锋一转，又回到宝玉身上。宝玉因好友秦钟病重，对家中大喜浑浑噩噩，“宁荣两处近日如何热闹，众人如何得意，独他一个皆视有如无，毫不曾介意”。于是这热闹至极中怅然若失的场面，将诸人狂喜庆贺中痴儿的性情一并体现，合该宝玉才是本书主人公了。

缀段式与间架

明清小说藻荇交横的叙事方法让读中国小说的西方读者和评论家丈二和尚摸不着头脑，盖因西方文学推崇首尾相连的完整情节。美国学者罗溥洛在研究中国小说时说：“西方读者有时批评中国情节发展不紧凑，很像没有连贯性的插曲的组合，普遍地结构松散。”[①]他认为《水浒传》“共有108位好汉在一系列乱糟糟的互不相干的故事情节中上了梁山”。[②]

《水浒传》的章回转换和《红楼梦》的场景转换被认为是“缀段式”（片段式）的，即西方评论中的“插曲式”，将人物及其故事零零碎碎地穿插写入小说中成书。中西文学有不同的写作技巧和欣赏习惯，不能生搬硬套地代入。中国古代小说也是有结构的，只是结构也比较有中国特色罢了，它被称为“间架”。

间架是一个建筑概念，古代称房屋建筑结构为“间架”。间架的间，是柱子对房屋建筑面积的划分，相邻两柱之间的距离为间，柱子上面数层重叠的梁枋为架；面阔称间，进深为架。《鲁班经》载：“木匠按式用精纸一幅，画地盘阔窄深浅，分下间架，或三架、五架、七架、九架、十一架，则在主人之意。”[②]整个房屋的构架即间架。

明清小说家用间架建立小说结构，作出行文安排，看似纵横交错，却又能梳理出各自的结构。仅以前面提及的西方学者所批评的《水浒传》的结构为例，它就是一个典型的间架结构。

《水浒传》讲述梁山好汉造反的故事，它的故事空间没有特定的限制，而非像《红楼梦》那样主要故事发生在庭院

① ［美］罗溥洛主编，包伟民、陈晓燕译：《美国学者论中国文化》，北京：中国广播电视出版社1994年版，第301、306页。

② 肖默主编：《中国建筑艺术史》，北京：文物出版社1997年版，第907页。

内。评点家金圣叹同样以房屋间架来评价《水浒传》的结构框架："吾每见今之以文名世者，亦止用叠床架屋一法。"（《水浒传》第十四回）"耐庵胸中，其间架经营如此，故能量其才之斗石也。"（《水浒传》第二十三回）[①]

《水浒传》的间架结构别具一格，小说以108位好汉投奔梁山为总间架，它没有西方文学那样单一地描写一人或一事的时间叙事的情节整一性的框架，而是描写各个好汉在投奔梁山的旅途中纵横交错的空间叙事结构。小说结构的有序性是通过人物的交卸描写，从一个人物过渡到另一个人物的写法，来实现情节的过渡和转换。

比如第一回，史进是最先出场的梁山好汉，作者写他出场，是要通过他引出第二个好汉鲁达（鲁智深）。因此史进在这里就是一个脱卸转换的过渡人物。第二回写史进遇到鲁达，然后"街上分手"，以下按下史进不表，专写鲁达："只说鲁提辖回到经略府前下处……"金圣叹批："此回方写过史进英雄，接手便写鲁达英雄。"（第二回）第二至五回写鲁智深上梁山途中的故事；第六回，鲁智深与林冲相遇，按下鲁智深不表；第七至十回写林冲上梁山途中故事；第十一回林冲与杨志相遇，按下林冲不表；第十二至十五回写杨志上梁山的故事等。

《水浒传》的叙事，就是这样从一个人物引出另一个人

① 陈曦钟、侯忠义、鲁玉川辑校：《水浒传》（会评本），北京：北京大学出版社1987年版，第467页。

物，前一个人物是后一个人物脱卸转换的媒介。故事就像接力赛一样，通过人物交卸，不断交接接力棒，把108位好汉投奔梁山的故事接力演绎下去。即使最后一个上梁山的人物兽医皇甫端，也是通过第107个人物张清推荐的，张清成为脱卸皇甫端的交卸人物。这是作者非常有序的上梁山的结构安排，只是如果读者不留意，就会误以为“乱糟糟”的了。

脂砚斋在《红楼梦》第一回做眉批说：“事则实事，然亦叙得有间架、有曲折、有顺逆、有映带、有隐有见、有正有闰，以至草蛇灰线、空谷传声、一击两鸣、明修栈道、暗度陈仓、云龙雾雨、两山对峙、烘云托月、背面傅粉、千皴万染诸奇。书中之秘法，亦不复少。”（脂评甲戌本第一回）脂砚斋批语的“间架”是针对整个小说文本的叙事而言的，有了间架，而后才有结构的曲折、顺逆的发展[①]。

如贯穿《红楼梦》全书始终的香菱，她是甄士隐被拐的女儿（第一回），为薛蟠所霸占随其进入贾府，以亦丫鬟亦小妾的身份与大观园内诸人学诗、对句，又因是薛蟠的妾而被正室折磨，历经薛蟠因指使手下杀人案被抓被放、贾家由盛而衰种种事情，最后难产而死，被父亲接引上太虚幻境（第一二〇回）。她的情节零零碎碎穿针于书中，与他人命运相连，却又自成故事，这不得不说是中国古典小说的魅力所在。

① 张世君：《中西叙事概念“间架”与“插曲”辨析》，《文艺理论研究》2009年第3期，第31–38页。

第五章　门的叙事

贾府无处不有门，海棠诗社结社，诸人作诗的头韵便是“门”。以实际功用而言，门是连接内外空间的介质；以文学性而言，门被赋予了更多的想象空间。寻常人家已有门户之分，大家族则有门第之争；而在民间文化中十分流行的“江湖”，将人聚集与联结的，是门派。门的制式又暗喻身份地位，开间、门钉、门环、门楣、门匾将世家分为三六九等。着笔于文中的“门”，既是为了增加《红楼梦》的阅读角度，也是借由此多谈几句文学中的门。醉翁之意在酒，亦在乎山水之间也。

门的描写

门的制式

《钦定大清会典》几乎涵盖清朝制度的方方面面，其中就有对营造的详细规范。王公贵族的府第严格按照爵位、官位进行约束，如果有逾越的地方，小则乌纱不保，大则人头落地。“敕造”的府邸，即奉皇帝的诏令所建，能得敕造的府邸居住，可见皇恩浩荡。不过一旦犯了事丢了爵，房子也会被查封收回。宁荣二府都是敕造，仅以《红楼梦》宁荣二公的官衔举例，镇国公、辅国公府“基高二尺，正门三间，启门一。堂屋四重，各广五间，脊用望兽”。基即台基，正门开间为三个等宽的屋宅建筑，只居中一间开门。堂屋即宅院内居中的正房，宽度为五间。脊为屋脊，兽为屋脊兽，即常见于清宫建筑正脊和垂脊上的雕塑。故宫太和殿上的屋脊兽掐头去尾有十只之多，每只兽各有典故，但无非是守护、震慑、吉祥之意；皇帝的院子已经是顶配了，“公”就要寒酸一点，只可用没什么来头的望兽。《红楼梦》对府第的制式描述与清典别无二致。如宁荣二府为三间一启门，大观园为省亲别墅，则是五间三启门，制式上高于宁荣二府。敕造荣国府的堂屋是“五间大正房”（第三回）。

四合院门不仅有制式，还有类别和构成的区别。在此仅以较有特色的类别和构造举例。门可以是板门，也可以是隔扇门。板门顾名思义，即实用性比较强，用于城门、院门，是有防卫守备意义的门，因此是实心的，比较厚重。而隔扇门用在屋院中，一般是木条框架，分为隔扇芯、裙板等部分，隔扇芯可以安装菱花、棂条，裙板有雕花图样，工艺相当复杂精致，在采光、通风的同时，有糊纸和裱绢提供一定的隐私保障。一整套有四扇，也有六扇的，还有内槽和外槽多层之分。

先说板门（多为大门），功用性较强的部分是门扇及其上的铺首衔环，可想而知门扇用于开启和防御。铺首是安装在大门上衔门环的底座，通常所说兽头大门的“兽头”即兽头装饰的铺首。兽头可以是猛兽，也可以是传说中的生物如龙九子中的狴犴、椒图，门环则便于拉动和叩门。皇家门多用朱漆，贵族门多为黑油大门。门上兼具固定及装饰的门钉，多用于城门和宫门，主要为金黄色，最高规格为纵横九行九列81个，也有亲王府的九行七列63个。

门两侧各有石鼓或枕石，即门当；门上方有横木，即门楣；门楣上方的木雕，即户对，合在一处便是“门当户对”，这成语大家想必不陌生。以门的制式来论男婚女嫁是否匹配，可见仅仅观门，就能知家世及身份了。门楣之上还有门匾，材质不一，多为木石，上书张宅李府的有之，书祖传家训的亦有之，与门的功用及位置匹配。门框下方的横木即门槛，妙玉自称“槛外人”，而宝玉回帖则说自己是“槛内人”（第六十三回），如此便是以门槛区别俗世与青灯古佛之境。

门指代一户人家的头脸，第七回宝玉和秦钟一见如故，暗地思量：“可恨我为什么生在这侯门公府之家，若也生在寒门薄宦之家，早得与他交结，也不枉生了一世。”贾家袭爵国公，在朝中做官，宝玉是侯门贵府上的公子。秦钟是秦可卿之弟，其实家境并非贫寒，只是家族无贾家那样显赫的权势。二人结交朋友，宝玉尚有一番感叹，更不用提贫民贱籍，可知当时门户之见是如何如天堑般横在人与人交往之间。王公府大门外多设石头狮子，内外则还有屏障功用的影壁，于本书其余章节有详述，在此不表。

隔扇门与隔扇窗可以互通，最有审美趣味的是其中的菱花和棂条，图案纹样花样繁复，名字也十分贴合，常见的菱花有双交斜交四椀、三交六椀，常见的棂条有步步锦、冰炸纹、卍字、套方锦等。菱花要比棂条更精美，也更奢侈，寻常人家用不起，故宫倒是有很多。隔扇门和隔扇窗的心屉也可以是实木、纸糊、纱、绢、布，可以是双层夹纱，还可以是外面糊纸，内层套纱。材料丰俭由人，越是通透轻薄的越贵重。贾母就曾将极为名贵的软烟罗给黛玉糊窗屉，文中还有提及“绿纱”“蝉翼纱”。另一种材料在清初并不常见，即玻璃。康熙朝才建玻璃厂，可知玻璃在当时是时髦贵重之物。宝玉房中的窗屉使用的便是玻璃，“从玻璃窗内往外一看”，他才能看见“窗上光辉夺目”，原来是夜间下的厚雪的反射（第四十九回）。没有软烟罗、玻璃也无妨，屋主也可以“DIY”，自己动手制作。譬如碧纱橱的纱上可以写字，也可以作画，常见的有“梅兰竹菊”四君子及花鸟画，夜色中屋内烛灯摇曳，窗上花、鸟栩栩如生，典雅中还有几分意趣。

四合院门的类别也数不胜数，大门如广亮大门、金柱大门、蛮子门、如意门，都在门梁、门柱、门框的大小、位置、颜色及装饰上有所异同以示区分，宅院内较为普遍的有装点繁复的垂花门、开在墙上的随墙门、屋外的隔扇门、屋内的碧纱橱，甚而也有没有门扇、只有门洞的院门，在园林建筑中多见。

回到《红楼梦》中，贾府之门俯拾即是，关于门的指称有30余种，诸如：大门、二门、三门、角门、旁门、腰门、后门、正门、垂花门、仪门、钻山门、院门、后房门、宫门、房门、便门、东门、西门、园门、小门、篱门、月洞门、过街门、穿堂门、内宫门、外宫门、屋门、龙门口、庵门、门口、殿门、城门、牌坊、碧纱橱等。在故事中，门有时出现得猝不及防，有时被轻描淡写，究其根本，小说中的建筑终究是为情节发展服务的，门亦不例外。

如第六十二回写宝玉生日，薛蝌送寿礼给他，宝玉于是去薛家所居陪他吃面喝酒，之后与宝钗、宝琴同返大观园。“一进角门，宝钗便命婆子将门锁上，把钥匙要了自己拿着。”宝玉说：“这一道门何必关，又没多的人走。”他与薛家长期走动，锁起来麻烦。宝钗却语带双关：“你瞧瞧你们那边，这几日七事八事，竟没有我们这边的人，可知是这门关的有功效了。若是开着，保不住那起人图顺脚，抄近路从这里走。”宝钗所指不仅是第六十回玫瑰露茯苓霜之案，也隐指近来贾府诸事纷杂，并不太平。宝钗自第五十五回与李纨、探春帮凤姐暂理家务，所见所思远比游手好闲的宝玉更多。贾、薛两家互为姻亲，区区一个角门物理属性极低，真有麻烦事哪里撇得清？锁角门不过是她的姿态，一伏贾府祸事之笔，二表宝钗回避之意。此门不仅是贾府之门，也是宝钗的心中之门。

再如刘姥姥四进贾府（第六回、第三十九回、第一一三回、第一一九回），别说大门不能入，连角门都不配入，四次都是从后门进去的。第一次攀了亲，第二次游了园，第三次受凤姐托付做了巧姐干娘，第四次救巧姐于危难。文中述凤姐尸骨未寒，贾琏未归，昏了神智的邢夫人经居心叵测的贾芸、贾环、贾蔷怂恿，逼婚巧姐。平儿对凤姐尚有主仆之谊，一时苦无对策，刘姥姥便自告奋勇："就到我屯里去。我就把姑娘藏起来。"平儿怕邢夫人知道担当不起，刘姥姥问："我来他们知道么？"平儿答："大太太住在后头，他待人刻薄，有什么信没有送给他的。你若前门走来就知道了；如今是后门来的，不妨事。"（第一一九回）看来营救巧姐能事成，后门厥功至伟。若非刘姥姥不配走前门，巧姐便落入龙潭虎窟了。

门的出入

有一静自有一动，《红楼梦》描写的门与动作相连，明指门内外穿梭的词语、词组有40余种，诸如：进门、掩门、进后门、绕进便门、锁门、关园门、看门、入门、穿过门、步入园门、立门外、赶到门前、拦住门、到穿堂门、倚门、出了院门、到院门、扣门、气怔在门外、从仪门跪至大厅、找不着门、角门虚掩、挨门边坐下、到门前、只奔后门、关门、击院门、直扑房门、叩门、送到门口、走进宫门、走便门、出门、封门、小门半开、跨进门、三门掩上、门儿紧关、照看前后门、门窗大开、庵门紧闭、推门、门前下马、送出门等。

隐含穿门而过的则多用“进出”形容。叙述虽然不曾写“门”字，但已暗含着穿梭门的动作，可视为一类，如：

1. 宝玉揭起绣线软帘（门），进入里间。（第十九回）

2. 只见探春也笑着进（门）来找宝玉。（第四十九回）

3. 大家进入房（门）中。（第五十回）

4. 宝玉便知已经祭完了，走入屋（门）内。（第六十四回）

5. 尤氏答应着退了出来（退出门来），（进门）到凤姐儿房里来吃饭。（第七十一回）

上面引文括号中的“门”即为笔者所加隐含的门。与门相关的动作使得剧情收放自如，充满动态。其中一例便是贾瑞被王熙凤设局（第十二回），段落文字不多，但通篇都是在门与门间的切换中进行的。却说贾瑞自以为得了凤姐青眼要去偷情，摸黑进荣府，趁“掩门”时“入”穿堂，发现贾母那边的门户锁了，向东的门没有关，突然“咯噔一声，东边的门也倒关了”。贾瑞于是夹在两门间吹了一夜风，“好容易盼到早晨，只见一个老婆子先将东门开了进来，去叫西门”。贾瑞趁她背过头去没注意，“一溜烟抱着肩跑了出来”，“从后门一径跑回家去”。这一系列做贼心虚、狼狈猥琐的动作，让人忍俊不禁。

“来”与“去”

额外一提的是《红楼梦》中关于进来出去的动词，不仅有“穿门”，亦有“穿府”“穿园”之意，当然“门”仍然隐含其中。小说中关于“进来”的词语、词组有50余种，诸如：进来、往某处来、走进院来、有人来、取来、来见、往花厅来、赶来、进来了、带回来、方回来、往这边来、前边来、跑来、进前来、进园来、前来、送来、抬来、都来、来叫、来看、上来。

“回”20余种，诸如：回家、回到家中、回园内、回房中、找回房、回来、回至房中。

“至”十余种，诸如：至、走至、至房中、至前边来、赶至寺中、先至、至上房、来至三间抱厦。

“到”十余种，诸如：到家中、跟到书房、到宝玉房、到荣府、到那里、到寺中、到了、送到。

“过”“入”十余种：过宁府、过这边来、见过、过东府、走过来、入、出入、进入、入内、送入、接入、进内、入内等。

“去”的词语、词组有30余种，诸如：去了、接了出去、去见王夫人、遣人回去、过去、迎了出去、拿了去、谢了去、不去、抱进去、送去、送她去、欲去、进院去、请出去了、自去了、往前边去了、起身去了、自去、去后、散去、接去、归去、辞去、出去了。

其他表“出去”的有十余种，诸如：走出、走开、欲走、出院、退出来、里间出来、退出、晃出、出来、到外面、往外忙走等。

门的进出连接

为何对门如此执着，盖因门是《红楼梦》全书的介质，由门本身对情节进行铺垫，又由与门的互动，为读者提供不同的叙事角度[①]。全书120回中有114回的开端结尾由门或与门有关的进出连接。仅6回的开端或结尾没有写门的进出，分别是第五十回结尾宝琴拿出自己作的十首怀古诗；第五十一回开端众人争着看宝琴的怀古诗；第七十一回开端叙述贾政事重身衰“复聚于庭室”；第七十八回结尾写宝玉在花园作《芙蓉女儿诔》；第七十九回开端宝玉仍在园中，结尾是夏金桂与香菱谈话；第八十回开端夏金桂和香菱继续谈话。

章回首尾门的连接

《红楼梦》每回开端结尾由门和门的进出连接，但每回

① 张世君：《红楼门的叙事视角》，《红楼梦学刊》2000年第1辑，第156–173页。

结尾与开端描写的门都不一样，因此读者并不会感觉到这114回开端和结尾描写门的枯燥和沉闷。首先以小说开端的两回描写为例。

第一回结尾写：“至晚间，正待歇息之时，忽听一片声打的门响，许多人乱嚷，说：‘本府太爷差人来传人问话。’封肃听了，唬得目瞪口呆，不知有何祸事。”

这一结尾“打的门响”的描写带来事情不妙的紧张感，它既是给读者造成一个悬念，不知为何打门，而且也表现了老百姓对官府衙门“打上门”来的紧张，“不知有何祸事”。因此甄士隐的岳父封肃被“唬得目瞪口呆”。

第二回开端正文写：“却说封肃因听见公差传唤，忙出来赔笑启问。”原来是贾雨村高升了，要娶甄家的丫鬟娇杏。文本写：“封肃喜的屁滚尿流，巴不得去奉承。”

这个结尾、开端门的描写，呈现出一个戏剧性的场面，由“唬得目瞪口呆”转变为“喜的屁滚尿流”，这个转变是由打门和开门实现的。

又以文本中间的两回为例。

第五十九回结尾写：“只见平儿走来，问系何事。”“走来”是走进怡红院来，平儿问找她何事，袭人说，没事了。

第六十回开端写：“只见李纨的丫鬟来了，说：‘平姐姐可在这里，奶奶等你，你怎么不去了？’平儿忙转身出来，口内笑说：‘来了，来了’……平儿去了不提。”这里的丫鬟“来了”，是进到怡红院，平儿转身“出来”，是离开怡红院。

我们从第五十九回的结尾和第六十回的开端进出怡红院门的描写看到，这两段情节本是一个连贯的叙述段落，只是用有人进出门来切断和转换场景。怡红院发生的故事不需要平儿，但是叙事的转换需要她来了又离去实现，作者故此安排了这个由门粘连的章回结尾与开端。

再以文本最后两回为例。

第一一九回结尾写：“平儿回了王夫人，带了巧姐到宝钗那里来请安，各自提各自的苦处。……正说到这话，只见秋纹忽忙来说：‘袭人不好了！’”到这回结尾，凤姐已死，宝玉出走，平儿带着巧姐到各处请安，交代贾府中旁人的现状。交代完毕，便有人进门报告“袭人不好了”，场景结束。

第一二〇回开端写：“话说宝钗听秋纹说袭人不好，连忙进去瞧看。巧姐儿同平儿也随着走到袭人炕前……大夫来了，宝钗等略避。大夫看了脉，说是急怒所致，开了方子去了。”此后叙事转向了袭人，为宝玉的大丫鬟的最后结局做交代。

《红楼梦》不仅写出了不同样的章回结尾与开端，还把这种不同样的结尾开端放在共同的门的进出描写中去表现。如金圣叹说的“正犯法”和脂砚斋说的“特犯不犯”，“犯”即“重复”，要在“犯”中写出“不犯”，就是要在重复中写出不重复。

串联情节线的媒介：门

除了章回首尾门的连接外，文本内的情节线索也有“门”踪，由门而启，又由门而终。以与黛玉相关的情节为例：第三回写黛玉初入贾府投亲，由黑油大门到角门、垂花门、穿堂门，认贾母，识宝玉，命途多舛由此起。第二十六回黛玉往怡红院探宝玉，因晴雯不开门，“气怔在门外”，她认为这是宝玉指示晴雯所为，由此引出第二十七回葬花时的一番伤心：“侬今葬花人笑痴，他年葬侬知是谁。”宝黛二人情劫初现。第九十六回黛玉在“当日同宝玉葬花之处”从丫头傻大姐那里得知宝玉将与宝钗成亲，自己要被说亲另嫁，“到潇湘馆门口”吐血。第九十七回，“王夫人叫了凤姐命人将过礼的物件都送与贾母过目”。“过礼”即迎亲前男方送给女方的聘礼，王熙凤为了欺瞒黛玉，刻意叫人给宝钗送过礼“不必走大门，只从园里从前开的便门内送去，我也就过去。这门离潇湘馆还远，倘别处的人见了，嘱咐他们不用在潇湘馆里提起。”宝钗虽是明媒正娶，此番结婚却鬼鬼祟祟，讽刺之意无尽，总算宝钗嫁入还是走的大门，符合她正妻的身份。黛玉临死时嘱咐灵柩回南，后续则语焉不详，只于第九十九回提及灵柩已出贾府停在城外庵中，第一一六回提及“紫鹃送了林黛玉的灵柩回来”。至此，黛玉剧情便完结了。

又以宝玉相关情节为例：第三回写宝玉与黛玉第一次见面，“只听外面一阵脚步响，丫鬟进来笑道：‘宝玉来了！’”，“丫鬟话未报完，已进来了一位年轻的公子”。这便是宝玉闪亮登场了。第二十六回，宝玉“顺着脚一径来至一个院门前”，“举目望门上一看，只见匾上写着‘潇湘馆’三字”，近前只听得黛玉午睡，正在叹息“每日家情思睡昏昏”，正是《西厢记》中怀春忧思之句，便情不自禁“掀帘子进来了”，拿戏文调情黛玉，此是宝玉看闲书太多的“忘情”之举。第七十七回晴雯被赶出大观园，宝玉无法，偷偷摸摸“出了后角门”，跑出去见晴雯最后一面。自己的丫鬟被逐，他对王夫人“不敢多言一句，多动一步”，到头来也只能痛哭一场。迎娶宝钗前文已述，略过不提。第一〇八回，宝玉病愈，酒后烦躁，可巧见尤氏处有通向大观园的园门，“腰门半开”，便晃了进去。园内一派萧瑟凋零景象，他倒还嚷着要去潇湘馆，哭了一回黛玉，只喊：“林妹妹，林妹妹！好好儿的是我害了你了……”第一一九回，宝玉与贾兰离家赴考，“他从没出过门”，此时情状又有几分疯癫，只说“走了，走了！不用胡闹了，完了事了”，“遂从此出门走了”。此一去，已暗含了却尘缘，遁入空门之意了。

“叩”门的情节亦多不胜数，如刘姥姥于第六回、三十九回、一一三回、一一九回四次进荣国府，皆是从后门而入。又如抄检大观园时，“王善保家的便请了凤姐一并入园，喝命将角门皆上锁，便从上夜的婆子处抄检起”（第七十四回）。关起门来算账，大约如是了。

中西小说串联情节的媒介

以某一事物为媒介串联情节，并非只在《红楼梦》中有迹可循，西方文学中对媒介的呼应显得更为明显。

《巨人传》串联情节的媒介“喝”

16世纪文艺复兴时期法国小说家拉伯雷的《巨人传》，主写巨人家族三代巨人的故事，祖孙三代都好酒。第一代高朗古杰“爱喝酒，酒到杯干，世无敌手”（第一部3章）[①]，第二代高康大出生“高声喊叫：‘喝呀！喝呀！喝呀！’”（第一部6章），第三代庞大固埃的名字意为“干渴”（第二部2章）。巨人家族坟墓以酒杯为标志，意为“饮酒于此”（第二部1章）。作者以喝酒隐喻人文主义精神，直至全书结尾，庞大固埃和朋友巴奴日远涉重洋，寻访神瓶，神瓶的启示亦是“喝”（第五部44章）。

全书5部，每部前言大都与喝酒相关，祝酒词多不胜数，作者不厌其烦地要将“酒”字大写地印入读者脑海，读罢熏熏然、昏昏然，一个饥渴的酒鬼家族形象跃然纸上。“喝”也在其中推动情节，如高朗古杰的育儿之道便是喝酒，高康

① ［法］拉伯雷：《巨人传》，成钰亭译，上海译文出版社，1981年。

大听敲击酒瓶之音长大，幼年时“心不在焉地再念上一段经文，满满地喝上几杯酒，满得酒都流到手上”（第一部22章），“开饭时，有人先读两段古代的武侠故事，读到他表示酒喝够了为止”（第一部23章）。到即位为王时，建立特来美修道院以嘉属下约翰修士从龙之志，院规是“随心所欲，各行其是”，“如果一个修士或修女说：‘我们喝酒吧’，大家便都去喝酒。”（第一部57章）

第4～5部的核心情节是寻访神瓶，庞大固埃的舰队桅杆上挂着象征“喝”的“珍贵非凡的藤碗”“细工精制的金碗”“香楠木的酒杯”：“只要一看到这一浩荡舰队的标志，就没有不马上转怒为喜、笑逐颜开的；并不约而同地全要说船上的旅客定是爱酒的朋友、善良的好人；可以有把握地断定他们这次旅行，不管是去还是回来，一定非常快活，而且身体健康。”（第四部1章）

全书结尾描写也是“喝”。书中守护神瓶的祭司巴布解释神瓶的谕示说：“我不跟你说：‘请你读这一章，请你念这个注释。’我却说：‘请你干了这一章，请你品品这一章，请你饮下去这一注释……请你喝下去一本书。’”（第五部45章）

作者如此不厌其烦地将“喝”融入叙事中，大概与拉伯雷所处时代相契合。时值文艺复兴，在一个知识无尽，可以被人们孜孜不倦求取甚至索取的时代，作者以喝酒喻渴求知识，追求幸福，开创新世界的愿望[①]。

《德伯家的苔丝》串联情节的媒介“路”

19世纪英国作家哈代的小说代表作《德伯家的苔丝》叙写挤奶女工苔丝的漂泊命运，书中人物无时无刻不在路上。从第一章开端家境窘迫的苔丝之父德北小贩道听途说原来自己有贵族血统，有了日后让苔丝去攀亲的缘由，到第2章苔丝在妇女游行会出场：“她的头发上系一根红色的发带，在一群穿白色衣服的队伍里，她是唯一能以这种引人注目的装饰而感到自豪的人。”[②]之后苔丝认亲被冒牌本家亚雷·德伯侮辱离家出走，去奶牛场做了挤奶女工：“苔丝坐车走了长长的一段路……接着她就提起篮子开始步行，向一片广袤的荒原高地走去。荒原把韦瑟伯利同远处低谷的一片草场分隔开来，而坐落在山谷中的奶牛场才是她当日行程的目的地，也是她当日行程的终点。”（第16章）再到她于奶牛场与安玑·克莱在路途中相恋。身为丈夫的安玑因无法原谅苔丝的过去而出走，最终悔悟时已经太迟。苔丝遭到亚雷辱骂，她在绝望中刺死亚雷与安玑逃亡，两人一路行至英国史前时代的神庙遗址巨石阵。清晨，警察包围了巨石阵，苔丝被捕了。“她站起来，抖了抖身子，就往前走，而其他的人一个也没有动。‘现在可以走了。’她从容地说。”（第58章）

① 详见张世君《外国文学史》，华中科技大学出版社，2007年。

② 《德伯家的苔丝》，人民文学出版社，1980年。

“路”是哈代4部“性格与环境小说”的故事情节的串联媒介，以路象征人生道路的坎坷曲折，纵然主人公一生遭遇种种不幸，仍不断对人生进行探索，格外引人深思[①]。

无论是“喝”，抑或是“路”，再回到“门”，作者在叙事中加入媒介将情节串联，既有其引申的寓意，也有连接章节的作用。读书时若能相互关联，则能有更多体会。

叙事动作与程序

由门谈叙事动作

《红楼梦》中的门不仅是串联情节的媒介，还是叙事程序的一环。叙事动作即在叙事中的动词应用，叙事程序即在陈述中一系列推动情节发展的主谓动作顺序。主语即“谁”，谓语是主语动作和状态的表达。以《红楼梦》的叙事程序而言，多以人物进门出门的动作进入下一个场景，再由此展开叙述。先“进”后“看”再“说”，一系列动作可称为A+B+C结构[②]。举例如下：

1. 却说宝钗来至王夫人处，只见鸦雀无闻，独有王夫人在里间房内坐着垂泪。宝钗便不好提这事，只得一旁坐了。

---

① 张世君：《哈代“性格与环境小说”的悲剧系统》，《外国文学研究》1982年第4期。

② 张世君：《论〈红楼梦〉的叙事动作》，《中山大学学报》2000年第4期。

王夫人便问："你从那里来？"（随后为王夫人、宝钗对话，第三十二回）

2.（宝玉）一面同翠墨往秋爽斋来，只见宝钗、黛玉、迎春、惜春已都在那里了。

众人见他进来，都笑说："又来了一个。"（随后为探春、宝玉、黛玉、李纨、迎春等对话，第三十七回）

3. 袭人一直进了房门，转过集锦槅子，就听的鼾齁如雷。忙进来，只闻见酒屁臭气，满屋一瞧，只见刘姥姥扎手舞脚的仰卧在床上……那刘姥姥惊醒，睁眼见了袭人，连忙爬起来道："姑娘，我失错了！并没弄脏了床帐。"（随后为袭人、刘姥姥对话，第四十一回）

4. 宝玉听说，一径往花厅来，耳内早已隐隐闻得歌管之声。刚至穿堂那边，只见玉钏儿独坐在廊檐下垂泪，一见他来，便收泪说道："凤凰来了，快进去罢……"（随后为宝玉、贾母、王夫人等对话，第四十三回）

5. 一日，黛玉方梳洗完了，只见香菱笑吟吟的送了书来，又要换杜律。黛玉笑道："共记得多少首？"（随后为黛玉、香菱对话，第四十八回）

以上五段引文的叙事程序分别为：

1. 来至（门）—只见—便问（王夫人处）

2. 来、进来（门）—只见—笑说（探春处）

3. 进了、进来（门）—只见、见了—道（宝玉处）

4. 来、刚至（门）——一见—说道（花厅处）

5. 只见—来（门）—笑道（黛玉处）

叙事的第一个动作是人物“进出门”。《红楼梦》的叙事场景以人的出入门进行切换，这与其故事发生的背景是紧密相关的，前文已详述，此番不提。

第二个叙事动作是“看”，人物进出门后对场景空间环视，直到这个“看”遇着宾语的人物或景象。文本中关于“看”的相关词语有：看、痴看、看见、见、只见、忽见、不见、一见、果见、正见、眼一溜、乜斜着眼、望着，等等。

“看”的动作既有牵引情节之意，也能展现人物内心活动。仅以第二十六回红玉（小红）与贾芸相见的场景为例：

1. 一时，只见一个小丫头子跑来，

2. 见红玉站在那里，便问道：“林姐姐，你在这里作什么呢？”

3. 红玉抬头见是小丫头坠儿。……

4. 这里红玉刚走至蜂腰桥门前，只见那边坠儿引着贾芸来了。

5. 那贾芸一面走，一面拿眼把红玉一溜；

6. 那红玉只装着和坠儿说话，也把眼去一溜贾芸：

7. 四目恰相对时，红玉不觉脸红了，一扭身往蘅芜苑去了。

这段引文有七处由远及近、相互切换的“看”。第1段“一个小丫头”由远处跑来；第2段切入丫头视角，跑近见着是小红；第3段切入了小红视角，抬头看清了来人是坠儿；第4段小红见坠儿引着贾芸来，将视线由坠儿移至贾芸；第5段贾芸“拿眼把红玉一溜”，此处“一溜”大有文章，既是在意，又有几分打量；第6段是小红也“溜”了一回贾芸，她本就要走不走在等着坠儿引来之人，少不得左顾右盼；第7段两人四目相对，小红“不觉脸红，一扭身”。贾芸与小红有情，在文中贾芸归还了小红丢失的手帕，这段颇有几分张生崔莺莺的影子，两人数次相“看”都颇为微妙，不仅仅是“看”而已，亦为后文作了铺垫。

第三个叙事动作是“说”，它是人物环视环境之后形成的对话场景。小说中关于“说”的词语和词组有20多种，诸如：问、因问、便问、乃问、说、便说、道、因道、说道、因说道、笑道、因笑道、恨道、咬牙道、自思道、就道、冷笑道、叹道、回头道、回道、问道、也道、诧异道、啐道、都道、唱道、喧嚷道、笑答，等等。

对话是叙事中非常重要的组成部分，在《红楼梦》中尤其突出。无论是第十六回贾琏凤姐絮絮叨叨说出大观园的修建，还是第四十五回李纨找凤姐要银子成立诗社，对话或一笔带过，或详细交代，都是为情节作铺垫之用。

“进出门—看—说”的动作程序在叙事中是重复进行的，即（A+B+C）+（A+B+C）+……+（A+B+C）。这样的重复形成的循环构成了故事本身。以第二十八回为例，循环经过了16轮，用数字分行标记如下：

1. 这里宝玉悲恸了一回，忽然抬头不见了黛玉……往怡红院来，可巧看见林黛玉在前头走……（随后为宝玉、黛玉对话，在宝玉处表白心迹）

2. 二人正说话，只见丫头来请吃饭，遂都往前头来了。王夫人见了林黛玉，因问道……（随后为王夫人、黛玉、宝玉、宝钗等人对话，在王夫人处说吃药）

3. 凤姐因在里间屋里看着人放桌子，听如此说，便走来笑道……（随后为宝玉、凤姐、黛玉、王夫人对话，在王夫人处说药）

4. 正说着，只见贾母房里的丫头找宝玉林黛玉去吃饭……（随后为宝玉、黛玉、宝钗、王夫人对话，在王夫人处说吃饭）

5. 宝玉吃了茶，便出来，一直往西院来……（随后为宝玉凤姐对话，在凤姐处说红玉）

6. 说着便来至贾母这边，只见都吃完饭了。贾母因问他……（随后为宝玉、贾母对话，在贾母处说吃饭）

7. 宝玉进来，只见地下一个小丫头吹熨斗……（随后为宝玉、丫头、黛玉、宝钗对话，在贾母处说剪裁）

8. 只见宝钗探春等也来了……（随后为宝钗、宝玉、黛玉、丫头对话，在贾母处说剪裁）

9. 宝玉出来，到外面，只见焙茗说道……（随后为宝玉、焙茗对话，在贾母处报信）

10. 焙茗一直到了二门前等人，只见一个老婆子出来……（随后为老婆子、小厮对话，在宝玉处说出门穿的衣服）

11. 一径到了冯紫英家门口，有人报与了冯紫英……（随后为冯紫英、宝玉、蒋玉菡、薛蟠等人对话，在冯紫英处玩乐）

12. 少刻，宝玉出席解手，蒋玉菡便随了出来……（随后为宝玉、蒋玉菡、薛蟠对话，在冯紫英处交换礼物）

13. 宝玉回至园中，宽衣吃茶。袭人见扇子上的坠儿没了，便问道……（随后为宝玉、袭人对话，在宝玉处说礼物）

14. 至次日天明，方才醒了，只见宝玉笑道……（随后为宝玉、袭人、紫绡对话，在宝玉处谈赐物）

15. 宝玉听说，便命人收了。刚洗了脸出来，要往贾母那里请安去，只见林黛玉顶头来了。宝玉赶上去笑道……（随后为宝玉、黛玉对话，在园内猜忌）

16. 正说着，只见宝钗从那边来了……（随后在贾母处宝玉、宝钗、黛玉对话）

16轮叙事“进出”“看”“说”构成第二十八回的所有重要情节，其余章节亦有相同的结构程序。

明清小说叙事程序比较

叙事程序及循环并非只《红楼梦》一家，在其他明清小说中也多有所见。在此只比较几部较有特点的作品。

在上文所述，《红楼梦》的叙事程序为：（A+B+C）+（A+B+C）+（A+B+C）+……+（A+B+C）

大写字母A+B+C表示“进出门+看+说”的叙事程序，且叙事程序不断重复。

《金瓶梅》的叙事程序：A（xy）+B（xy）+C（xy）+A（xy）+D（xy）+A（xy）+C（xy）+D（xy）+B（xy）+E（xy）+C（xy）+E（xy）

大写字母A、B、C、D、E表示作为叙事主体的各个妇女（潘金莲、李瓶儿、吴月娘、孟玉楼、庞春梅等），但是她们不是按照字母顺序出场，其生平传略是断断续续插写的，小写字母xy表示不确定的叙事客体。

《水浒传》的叙事程序：A+AB+B+BC+C+CD+D

A、B、C、D分别是叙事的主体，前后主体的遇合AB、BC、CD，则是主和宾的转换，把叙事接续下去。例如，A鲁智深（第二至五回）+ AB 鲁智深与林冲（第六回）+ B 林冲（第七至十回）+BC林冲与杨志（第十一回）+C杨志（第十二至十五回）。

《三国演义》的叙事程序：A（a+b+c）+B（a+b+c）+C（a+b+c）+D（a+b+c）

A、B、C、D表示各次大战役，a、b、c表示在大的战役中的各次小的战斗。《三国演义》板块式的叙事段落按叙事顺序，依次有官渡之战（第二十五至三十三回）、三顾茅庐（第三十五至三十八回）、赤壁之战（第四十三至五十回）、三气周瑜（第五十一至五十七回）、取西川（第五十八至六十五回）、争汉中（第六十七至七十三回）、夷陵之战（第八十一至八十五回）、七擒孟获（第八十七至九十回）、六出祁山（第九十一至一零五回）、九伐中原（第一〇八至一一五回）、三国归晋（第一一六至一二〇回）。

由门谈起，以叙事循环为终，或许本章之后，诸人再探《红楼梦》，无足轻重的门的存在感就更强了。这便是此章的立意了。

第六章　门、窗、墙的分隔与连通

空间构成是建筑设计的基础，不仅表现在视觉审美上，更表现在对点、线、面的分隔和组合上。文学中的建筑空间用门体、窗体、墙体把故事场景隔断，又通过人物与门体、窗体、墙体的互动把场景连接起来。这不仅是为了建构和描摹故事发生的背景，为唱戏搭台，更是为了在动与静的互动中，一步步推进情节发展。门有前后之分，墙有内外之别，《红楼梦》把空间分隔纳入了讲故事中，对门、窗、墙的描写别开生面。隔门对话，靠窗偷听，翻墙入内，往往是小说耐人寻味处。

空间的分隔

“门”内之事

门是房屋、庭院的出入口，分隔内外。窗在墙曰牖，在屋曰窗，用于室内通风采光。围墙是庭院建筑中的空间隔断，既有护卫府苑安全的实际功能，也有世俗赋予的身份表征。

门、窗、墙的分隔是建筑构造的本意，即分隔出不同的空间以便于生活起居。物理空间的分隔带来文学创作中的想象空间，在文学中，门、窗、墙的分隔作用并不被刻意提及，但有所涉及时，大多别有深意。恰如苏轼《蝶恋花》所写："墙里秋千墙外道。墙外行人，墙里佳人笑。笑渐不闻声渐悄。多情却被无情恼。"一墙之隔，相思无处可寄。不过是笑声透墙，就能让行人生出情思；不过是笑声渐去，就能让行人觉得被辜负。佳人不懂情意，是因不知墙外有人倾听，无端端成了负心人，真是冤枉。路人心中有情，是因墙内欢声笑语、生机勃勃，引人神往，若是越墙而观，看见巧笑嫣然的是个声音悦耳的老妪，又或者是个会口技的壮汉，那路人的情伤怕是要大打折扣。这便是墙又隔又连的妙处了。

如第十二回写王熙凤给贾瑞设的相思局，第一次贾瑞被引入府中关在门墙内，"将门撼了撼，关得铁桶一般。此时要出去亦不能了，南北俱是大墙，要跳也无攀援"，贾瑞打不开门又翻不过墙，吹了一夜风。第二次更甚，王熙凤联合贾蓉、贾蔷狠狠耍了他一把，贾瑞被泼了一头粪水，仍不回头，成了个牡丹花都没见着的风流鬼。

又如第十九回写宝玉到宁国府看戏，路经贾珍书房时突然发痴，想去看房中一轴画得栩栩如生的美人图："那美人也自然是寂寞的，须得我去望慰他一回。"书房的窗户关着，室内有声音，他还以为是画上美人活过来了，“乃大着胆子，舔破窗纸，向内一看”，不成想撞破了小厮茗烟偷情。舔破窗纸可不是正经主子所为，房内行的也不是光明正大之事，只是遇上宝玉这个旁人眼中的奇葩，不仅饶了两人，还觉得茗烟对那丫头万儿不够真心，为她抱不平。

第二十六回黛玉叩怡红院门，晴雯没听出她声音，不肯放人进，只说：“二爷吩咐的，一概不许放人进来呢！”结果里面又传来宝玉、宝钗二人笑语，让黛玉疑窦丛生，对宝玉的不见面更加误会。门内笑声，门外哭音，硬生生隔出两个世界。

再如第三十回，宝玉这一日格外气闷，先是因掺和黛玉、宝钗不和还说错了话，被两人轮流冷待；无聊跑到王夫人处调戏金钏儿，又被王夫人打金钏儿的一巴掌吓跑了；撞见龄官画“蔷”被淋了个落汤鸡，回到怡红院还被关在门外（这回是他被关门外了），一尝黛玉吃闭门羹的滋味。“宝玉见关着门，便以手扣门，里面诸人只顾笑，那里听见。叫了半日，拍的门山响，里面方听见了。”黛玉被关门外，心中郁郁难舒，只有掉眼泪的份儿，但怡红院毕竟是自己的院子，宝玉的脾气就大不同了：“宝玉一肚子没好气，满心里要把开门的踢几脚”，待袭人开门，宝玉一脚便把袭人踢倒。这一脚虽然是错踢，宝玉只想着寻人撒气，却也将他纨绔的一面暴露无遗。他对着黛玉、宝钗的冷淡不敢多言，对着王夫人的声色俱厉不敢造次，对自己院内丫头的怠慢理所当然要教训。不过袭人毕竟和普通丫头不同，是宝玉通房，宝玉若知道是她应门，定然不会踢，这是物理阻隔，见不着门内人才引发的事。

由是，空间的分隔在情节发展中对人物性格进行了补笔。

“墙”外之意

门窗墙的分隔还有言外之意，即暗示身份尊卑、内外有别。第三回林黛玉进贾府，在垂花门前落轿，“众小厮退出，众婆子上来”。此处垂花门又作仪门，即“大门不出二门不迈”的“二门”，外人止步，内眷轻易不得出。第一一一回说荣府上的规矩：“荣府规例，一、二更，三门掩上，男人便进不去了，里头只有女人们查夜。”

第十八回写元妃归省：“街头巷尾，俱系围幕挡严。”不仅皇室外出有这样森严的门禁，就是不足一箭之地的宁荣二府的出入也要封门禁。讲排场，要屏退旁人，生人勿进。“这一条街上，东一边合面设列着宁国府的仪仗执事乐器，西一边合面设列着荣国府的仪仗执事乐器，来往行人皆屏退不从此过。”（第五十三回）第七十五回写宁府的尤氏参加贾母的夜宴后，返回宁府，“两边大门上的人都到东西街口，早把行人断住”。由此可见一斑。

第四十七回宝玉曾对柳湘莲抱怨：“我只恨我天天圈在家里，一点儿做不得主，行动就有人知道，不是这个拦就是那个劝的，能说不能行。”此处“圈在家里”，是写实，也是写意。

然而被拘束墙内、门内，并非全是怨怼。对府中婢女、优伶而言，“进来”是卖身入府，如小戏班12人，是因元妃省亲临时配置的，鸳鸯、平儿等各院的大丫鬟，都是自小入府侍奉。“出去”即是被贾府遣散，有的发放钱银打发，也有的是犯了事情被驱逐的。虽然侍奉他人地位卑微，但对贫寒的家庭来说，未尝不是一个出路。如第五十八回因太妃去世不得筵宴音乐，尤氏给这12个女孩选择是否出府的机会，竟只有四五人愿意出去，大部分都愿留在贾府做婢。可知贾府的墙围，在她们看来也是保护这些姑娘的屏障。在墙内虽是丫鬟要看人眼色，要被人管束，总算衣食无忧；到外界天大地大，倒不见得有自己容身之所。饥寒病痛之外，还有再被亲人所卖之虞。为出府而苦苦哀求，甚而以死了之的丫鬟，不止金钏、司棋、入画，连袭人知道自己要出府嫁人，也存着死志。这样的彷徨心思，恐怕是宝玉、冯紫英、薛蟠等子弟，并迎春、惜春等姝所不能体会的了。

空间的连通

隔门对话

门、窗、墙的分隔是静态的，与之相关的情节则是动态的。互动打破了分隔，将上下文、前因后果连续。《红楼梦》中的许多章节，都是在隔着门窗墙的互动中展开的。

以第二十六回围绕怡红院之门的情节为例，前文已述黛玉葬花缘起于晴雯不肯开门，此处则对不肯开门的隔门对话分行叙述以说明其中的空间转换：

1. 忽听

2. 又有人叫门，

3. 晴雯越发动了气，也并不问是谁，便说道："都睡下了，明儿再来罢！"

4. 林黛玉素知丫头们的情性，他们彼此玩耍惯了，恐怕院内的丫头没听真是他的声音，只当是别的丫头们来了，所以不开门，因而又高声说道："是我，还不开么？"

5. 晴雯偏生还没听出来，便使性子说道："凭你是谁，二爷吩咐的，一概不许放人进来呢！"

6. 林黛玉听了，不觉气怔在门外。……正是回去不是，站着不是。正没主意，只听

7. 里面一阵笑语之声，

8. 细听一听，

9. 竟是宝玉、宝钗二人。

10. 林黛玉心中益发动了气。

引文的1、3、5、7、9处是晴雯、宝玉、宝钗在屋内，2、4、6、8、10处是黛玉在门外。门内之人有多少欢声与笑

语，门外之人就有多少惊怒与愁绪。

如此空间转换的叙述，一句写门里，一句写门外，有如电影镜头的切入切出的切换。两个机位的摄影机分别对着门里门外的晴雯和黛玉，而后将拍摄的镜头交叉剪辑，形成镜头反打的画面切换。门里画面刚结束，门外画面迅速出现；如此周转，几番切入切出，形成对比，增添情节上的冲突，由此能体会到一门之隔的切入与切出。

又以第二十一回贾琏、王熙凤、平儿三人于门内外的一番对话为例。贾琏趁着凤姐不在与多姑娘偷情，一绺头发丝被平儿发现，凤姐回来后一番旁敲侧击，平儿到底没有出卖贾琏。平儿既是凤姐陪嫁，又是贾琏的通房，她与贾琏因这绺头发丝玩笑起来，贾琏要求欢，被平儿挣脱跑到屋外。贾琏问她跑什么，平儿说怕凤姐吃醋。正是此时，刚出去的凤姐杀了个回马枪折返院子：

一句未了，凤姐走进院来，因见平儿在窗外，就问道："要说话两个人不在屋里说，怎么跑出一个来了，隔着窗子，是什么意思？"贾琏在窗内接道："你可问他，倒像屋里有老虎吃他呢。"平儿道："屋里一个人没有，我在他跟前作什么？"凤姐儿笑道："正是没人才好呢。"平儿听说，便说道："这话是说我么？"凤姐笑道："不说你说谁？"平儿道："别叫我说出好话来了。"说着，也不打帘子，也不让凤姐，自己先摔帘子进来，往那边去了。

凤姐自掀帘子进来，说道："平儿疯魔了。这蹄子认真要降伏我，仔细你的皮要紧！"

这三人的对话让人大为玩味。贾琏极为惧内，却又忍不住拈花惹草；王熙凤是十足的醋坛，连与她同心的平儿有时也容不下。凤姐见他二人独处却一个门内、一个门外，话中有话地试探"正是没人才好呢"，意指二人的关系不浅。平儿倒借话发作一通，摔帘子进房门。如此大不敬，凤姐却并不真恼她，盖因凤姐撞见两人的对话是在屋内和屋外进行，心中无鬼，身不临境，足可自证清白了。若是两人都在同屋交谈，平儿不敢有这个胆量。脂砚斋亦有评："若在屋里，何敢如此形景，不要加上许多小心？"（脂评庚辰本第二十一回）此番便是分隔与连接的妙趣了。

再以第八十四、八十五回贾环与母亲赵姨娘于门内外因贾环打翻了巧姐儿的药为例：

1. 环儿在外间屋子里躲着，被丫头找了来。（第八十四回）

2. 赵姨娘便骂道："你这个下作种子！你为什么弄洒了人家的药，招的人家咒骂。我原叫你去问一声，不用进去。你偏进去，又不就走，还要虎头上捉虱子。你看我回了老爷，打你不打！"这里赵姨娘正说着，（第八十四回）

3. 只听贾环在外间屋子里更说出些惊心动魄的话来。

（第八十四回）

4. 话说赵姨娘正在屋里抱怨贾环，（第八十五回）

5. 只听贾环在外间屋里发话道："我不过弄倒了药铞子，洒了一点子药，那丫头子又没就死了，值的他也骂我，你也骂我，赖我心坏，把我往死里糟踏。等着我明儿还要那小丫头子的命呢，看你们怎么着！只叫他们隄防着就是了。"（第八十五回）

6. 那赵姨娘赶忙从里间出来，握住他的嘴说道："你还只管信口胡唚，还叫人家先要了我的命呢！"娘儿两个吵了一回。（第八十五回）

引文1、3、5处，贾环在外间屋，2、4处，赵姨娘在里间屋，第6处赵姨娘由里至外。赵姨娘口中"不用进去""你偏进去"，自是埋怨贾环进了凤姐处问巧姐病情旁生枝节。王熙凤是王夫人侄女，王夫人是宝玉生母，自然对庶出的贾环及其母赵姨娘不待见，这两边素来有隙，探病意思意思也就罢了，进门实在没趣。母子二人因此发生口角，贾环由此对凤姐及巧姐更生恶念，在外间嚷着要巧姐性命，吓得赵姨娘从门内出来捂他的嘴。探病进不进门有规矩，什么话门内门外说亦有讲究。至于之后一语中的，赵姨娘于贾母送灵时中邪暴毙，凤姐死后贾环差点卖了巧姐，在此不提。

隔窗偷听

《红楼梦》中隔着门说话的情节不胜枚举，隔着窗户偷听也有数例。彼时之窗少有玻璃，糊的多是纸、绢，如第二十五回提到宝玉要看窗外："一时下了窗子，隔着纱屉子，向外看的真切。"由内往外，或由外往内，都并不容易观看，倒是偷听的功用多在文中提及。

如第二十回王熙凤路过赵姨娘处，偶尔从窗外听到贾环抱怨被莺儿欺负输了钱，被宝玉赶，赵姨娘呵斥贾环去宝玉处自讨没趣。凤姐便隔着窗户说："环兄弟小孩子家，一半点儿错了，你只教导他，说这些淡话作什么。"呛赵姨娘毫不留情。又教训贾环："你也是个没气性的！时常说给你：要吃，要喝，要顽，要笑，只爱同那一个姐姐妹妹哥哥嫂子顽，就同那个顽。你不听我的话，反叫这些人教的歪心邪意，狐媚子霸道的。自己不尊重，要往下流走，安着坏心，还只管怨人家偏心。"把赵姨娘和贾环对宝玉的妒意淋漓尽致地数落出来，打了一巴掌又给个甜枣，要帮贾环还钱，让二人对她愈发忌惮。赵姨娘和贾环对宝玉的嫉妒怀恨之心路人皆知，此处再次点出。凤姐偷听得光明正大，倒是赵姨娘和贾环背人说是非，显得阴险猥琐，能这么理直气壮偷听的，也只有凤姐了，再次表明她泼辣干练的秉性。

另一个化被动为主动的例子来自宝钗。第二十七回宝钗不小心在滴翠亭外隔窗偷听到亭中小红（红玉）和坠儿在谈贾芸捡到的手帕（前文已述红玉与贾芸有几分张生崔莺莺的郎情妾意）。男女私情上不得明面，两人说着说着就担心窗外有人偷听，想要开窗见机行事。宝钗暗忖开窗自己就暴露了，急中生智，假意自己追黛玉至此，“一面说，一面故意往前赶”。金蝉脱壳之际，倒是把黛玉狠狠“坑”了一把。连小红也信以为真，道：“若是宝姑娘听见，还倒罢了。林姑娘嘴里又爱刻薄人，心里又细，他一听见了，倘或走露了风声，怎么样呢？”

宝钗性情凉薄又恪守规矩，她觉得小红与贾芸有私是“奸淫狗盗”，虽然她自己也读过《西厢》《牡丹》。窗下偷听这一幕，写了她的急智，也写了她的刻板，与宝玉、黛玉的性情对比更是迥异。

听得肆无忌惮的是王熙凤，听得心中一惊的是宝钗，听得大喜过望的却是宝玉了。第五十二回晴雯生了病，疑心平儿和麝月在背地里说她长短，宝玉听了便自告奋勇要去偷听：“让我从后门出去，到那窗根下听听他们说些什么，来告诉你。”也真的偷跑到窗下听丫头们说话。不过他没想到能听到另外一则故事。原来是平儿在众人吃鹿肉时丢了虾须镯，宋嬷嬷说是宝玉房的坠儿偷的，平儿顾全宝玉的脸面不想声张，才悄悄过来叙话让宝玉房几个大丫头寻个由头将坠儿打发了。宝玉听了虽然恼怒坠儿偷东西，对平儿的体恤却是欢喜的。坠儿是小红与贾芸的红娘，小红在宝玉处不得重用跑去了王熙凤处。与小红、坠儿相关的故事随着后来晴雯一顿发作，把坠儿打发出了贾府而戛然而止，后文不再提及了。小红、茜雪都是评点中应在后文还有出场，但最终踪影全无的人物，是刻意删去还是存稿遗失，不得而知。

窗下偷听惹出事情的还有第四十四回凤姐偷听贾琏和鲍二家的偷情。凤姐刚刚过生日，贾母过问，尤氏操持，诸姐妹和长辈凑份子，真是风头无限，脸上有光。又是听戏，又是饮酒，开开心心。谁知道喝得太多，和平儿跑出来透气，叫她撞见自己院的鬼鬼祟祟的小丫头。凤姐敏感的雷达告诉她事出反常必有妖，逼问之下才知道竟然是贾琏背着她偷情，还找人望风。回到家里，蹑手蹑脚走到窗前，竟然听到贾琏和鲍二家的在说她坏话。鲍二家的说：“多早晚你那阎王老婆死了就好了。”“他死了，你倒是把平儿扶了正，只怕还好些。”贾琏说得更绝：“平儿也是一肚子委曲不敢说。我命里怎么就该犯了‘夜叉星’。”没有什么比偷听到别人（其中一个还是在偷情的老公）说自己是“阎王”“夜叉”更叫人抓狂的了，气得凤姐都顾不上自己偷听不体面，冲进去打鲍二家的，又去打平儿。平儿跟着偷听到这等内容，而且自己还成了话柄，更是委屈，也去打鲍二家的，结果被贾琏踢骂，要去寻死。贾琏仗着自己有醉意，振一回夫纲，去拿墙上的剑，说要四个人同归于尽，四个人打的打，骂的骂，闹得不可开交。

又如第七十五回贾珍的妻子尤氏“悄悄的来至窗下”，偷听到贾珍薛蟠等人聚赌，此事后续成了宁国府被抄的伏笔。

再如第八十九回黛玉隔窗偷听到紫鹃与雪雁对话，方知道宝玉要成亲，新娘子却不是自己。黛玉能听到此话，不是紫鹃、雪雁要让她听，而是作者要让她听了。听也听过了，该如何转场？“正说到这里，只听鹦鹉叫唤，学着说：‘姑娘回来了，快倒茶来！’倒把紫鹃、雪雁吓了一跳，回头并不见有人，便骂了鹦鹉一声，走进屋内。”黛玉自此没了生念，二人结局如宝玉第三十回玩笑所说：“你死了，我做和尚”终了。

与隔门对话不同，隔窗偷听的双方一个在明，一个在暗。有些事当着面说不出口，非得偷听才行。有的偷听反客为主，有的偷听暗自神伤，围绕的都是“秘密”二字。“秘密”是文学戏剧冲突里最惹人心痒的关键词，秘密情报需得在隐秘的环境透露，而分隔私密环境的窗下，正提供了秘密被人知晓揭发的场所。隔窗偷听的情节在《西厢记》《金瓶梅》中也有不少。隔而不断，是文学中门、窗、墙的功用。

因地制宜：中西文学中的墙与窗

无事不谈情，横贯中西，古往今来皆如此。爱恋是文学中永恒的主题之一，结局或许大同小异，不是“生离死别”，便是“终成眷属”，过程却各有各的精彩，连带着墙与窗也沾光。

翻　墙

《诗经·郑风·将仲子》有云："将仲子兮，无逾我墙，无折我树桑。""仲子"这位仁兄大约是谁家排行老二，与女孩有情，摩拳擦掌，似乎想翻墙跨院而入。女孩既劝他别翻墙，别折了树枝，又怕情人误会自己无情，连忙说倒不是可惜树枝，而是慑于礼教，怕家中父母兄弟、邻里不悦。战国时期的思想家孟子一再劝诫："逾东家墙而搂其处子，则得妻；不搂，则不得妻。则将搂之乎？"（《孟子·告子下》）大意是跳墙就能娶到妻子，难道就要去跳墙搂人家吗？越是劝人不可为之，可见那时的登徒子这么做的还不少。情人翻墙约会的传统，千年前便有了，当时的墙还是土墙，比较好翻，而且各家都是合围的建筑，既然不能光明正大地由门进去，非得翻墙不可。呜呼，明明约束人的是礼教，墙被当成了有情人不成眷属的罪魁祸首。其实，翻了墙也不见得能娶得到妻子，干吗要和墙过不去？写出来怕是反效果，只会叫人跃跃欲试。

《西厢记》中也有墙，元代王实甫对唐代元稹《莺莺传》再创作，张生："不思量茶饭，怕待动弹；晓夜将佳期盼，废寝忘餐。黄昏清旦，望东墙淹泪眼。"莺莺写信给张生："待月西厢下，迎风户半开，隔墙花影动，疑是玉人来。"（《西厢记》第三本2折）红娘与张生会面讨论莺莺说了什么，就此诗做起了阅读理解。毕竟是邀约幽会，引"郎"入室，莺莺还有几分小姐的矜持，不肯把话说得太露骨。红娘可比莺莺直接多了，“着你跳东墙‘女’字边‘干’”，正是“跳墙通奸”。张生听得头昏脑涨、脸红心跳，居然还真的这么做了。

《金瓶梅》中也有墙，却说第十三回西门庆翻墙与李瓶儿幽会，其时李瓶儿尚是他好友花子虚的媳妇，两人早就有意。“只见丫鬟迎春黑影里扒着墙，推叫猫，看见西门庆坐在亭子上，递了话。这西门庆就掇过一张桌凳来踏着，暗暗扒过墙来。这边已安下梯子。”西门庆没有什么武功，墙又比以前要建得结实许多，幸甚道具丰富，又是凳子又是梯子，非要把情偷到不可。

《红楼梦》中当然有墙，第十二回中了凤姐相思局之计的贾瑞爬不出墙。第一次被堵在穿堂里，“南北皆是大房墙，要跳亦无攀援”，被冻掉了半条命，还不死心。第二次被堵在巷道里喊打喊抓，吓出病来，犹不记打，淫心催命，“满心想凤姐”，连另外半条命也交待了。

第一一二回盗贼劫妙玉，院门已关，三更夜静，盗贼拿着短兵器“跳上高墙”，潜入房中，“却说这贼背了妙玉来到园后墙边，搭了软梯，爬上墙跳出去了”。妙玉被劫出园，又是贼人起的淫心，她的结局虽没有明确交代，但也凶多吉少。

拿墙考验男女之心也好，以墙暗示劫难也罢，翻这许多墙，首先得有墙可翻。此处就不得不说到中国古代对“围”的执着了。城墙、宫墙、院墙，皆是为了护卫、拘束，既抵御外人，又约束内眷。墙既然将人合围在内，则翻墙约会，是在所难免的联想。

其次，则是要翻得过去，张生便说过：“小生读书人，怎跳得那花园过也？”（《西厢记》第三本2折）红娘一个劲地鼓励怂恿，告诉他这次翻墙与之前两次不一样。张生思念莺莺，终究是心一狠，“手挽着垂杨滴流扑跳过墙去”（《西厢记》第三本2折）。民间的围墙并不难爬，即便难爬，也有李瓶儿似的人物备上梯子，倒是张生心中的礼教大防要更难逾越一些，但终究对莺莺的情意占了上风，跳墙的同时，也不失为对束缚二人规矩的叛逆。翻墙文化正是在这物理与心理的双重否定下愈战愈勇，后世作品对这样的情节多有借鉴和致敬。

爬　窗

与之相对，西方文学对窗情有独钟，与其建筑和传统是相关联的。

西方文学中的窗前约会传统，源于中世纪的城堡建筑。在骑士盛行的中世纪，骑士大都在城堡的窗台下与夫人、小姐相见，以表达爱慕之情。中世纪骑士文学的作品《小夜曲》，骑士出征归来在城堡的窗下为贵妇人弹琴便是一例。

英国剧作家莎士比亚喜剧《维洛那二绅士》（约1594）既写了爬窗私奔，也写了唱小夜曲。绅士凡伦丁教公爵爬窗约会的方式：“只要找一副轻便的绳梯，用一对铁钩把它抛到窗沿上就成了；若是你有胆量冒这个险，就可以像古诗里的少年那样攀上高楼去和情人幽会。”绅士普洛丢斯则教修里奥窗下唱小夜曲的求爱方式：“你应该在晚间到她的窗下用柔和的乐器，一声声弹奏出心底的忧伤。黑夜的静寂是适宜于这种温情的哀诉的，只有这样才能博取她的芳心。”（《维洛那二绅士》第三幕3场）

最著名的当数莎士比亚悲剧《罗密欧与朱丽叶》（1595），男女主人公的阳台对话发生在窗下，它是西方文学爬窗约会的经典。罗密欧在窗下（其实他也是先翻墙才到窗下的）向朱丽叶表达爱慕之意：“那边窗子里亮起来的是什么光？那就是东方，朱丽叶就是太阳。”朱丽叶于是回应出金句：“罗密欧啊罗密欧，你为什么偏偏是罗密欧？”天这么晚了，这二人在窗下居然既见了太阳又看了白云，既看了星星，又观了月亮，可知窗下的情话是做不得准的。

19世纪法国作家司汤达的小说《红与黑》（1830）中有一段小说主人公于连爬窗进入玛特尔的房间约会的情节。玛特尔是个叛逆十足的贵族小姐，和中国古代的闺中小姐偷读《西厢记》一般，深受文学作品中爬窗文化的“荼毒”，她写信给于连：“我需要跟您谈谈，必须今晚就谈；半夜一点的钟声响时，您到花园来。搬来园丁的大梯子，就在井边；搭在我的窗口上，爬到我屋里。有月光，没关系。”（第44章）

于连还真的去爬了：“一点五分，他把梯子靠在玛特尔的窗口上。他手上拿着枪，慢慢地往上爬，奇怪居然没有受到攻击。他到了窗前的时候，窗子无声地开了。‘您来啦，先生，’玛特尔对他说，非常激动，‘我看了您一个钟头了。’”（第44章）

爱她，就为她爬窗。爱他，就帮他翻墙。

有关翻墙与爬窗的文学创作，的确是因地制宜的产物。中国庭院建筑平房墙多便于翻，西方楼房建筑窗多便于爬，作者符合实际地将建筑与情节相联系，又不约而同地将其比作爱情路上的坎坷与险阻。

只是同为翻墙，元稹笔下的张生最终负了莺莺，王实甫版的二人有情人终成眷属；同是窗之恋，罗密欧与朱丽叶先后为爱赴死，爬窗只是玛特尔满怀叛逆与浪漫的冒险游戏。无论是墙，抑或是窗，左右人心的，终究还是人心。

第七章　声音与听觉空间

“未见其人，先闻其声”是《红楼梦》中王熙凤的登场方式。其中，“听”的重要性不下于“看”。没有人物的对白，很难推进情节；没有内心的独白，难以产生共鸣；缺少环境音的补白，则失却趣味。

声音的层次丰富，人声表露性格，响声暗示远近，乐音渲染气氛。声音不是平面的，具有空间的立体性，能在读者脑海中激发想象力和共情。自本章起，将着重讲述《红楼梦》空间艺术的第二个层次——听觉叙事。

此处音声有常

三国时期曹魏思想家、音乐家、文学家嵇康在《声无哀乐论》中，力辩人之声、物之音不可与情感相对照，即“音声之无常”。他认为，声音只有好听与不好听之分，而无悲喜之意。至于所谓的哀乐、喜乐，则是人的情感在声音这一媒介的引导下，依其心境对声音作出的诠释，即声音本身无哀乐，只有自然。这一审美论点固然与嵇康其人的政治观点相投契，亦表明声音与人物情感的关系繁复。

在文学叙事中，音声大多是有常的，有声是刻意为之，以作者的意志为转移，再套上读者的听筒。哭声笑声道尽悲喜，风声雨声点出意境；走卒跑马声用于转换场景。读者能“听”到的声音，是写作之人想与读者分享的声音。如此你来我往，不过是一场文字游戏。

《红楼梦》中的声音大多可分为人声、环境音、乐音。诸音各司其职，交织出贾府由人声鼎沸到万籁俱寂。

人　声

对人声的描述可分为三种表达，其一是人物特质。

声音有音调、响度、音色之分，音调定高低，响度定大小，音色则关乎特质，人声又随着性情习惯、吐字发音各有不同，几处相合，就足以勾勒人物形象了。

仅说贾府诸位小姐丫鬟之声，第二十七回王熙凤招揽小红（红玉）时，便说了一番“蚊子音”的理论。她先夸小红：“好孩子，难为你说的齐全。别象他们扭扭捏捏的蚊子似的。”又对在旁的李纨说：“我就怕和他们说话。他们必定把一句话拉长了作两三截儿，咬文咬字，拿着腔儿，哼哼唧唧的。”话锋一转，连平儿也贬低了一番：“先时我们平儿也是这么着，我就问着他：难道必定装蚊子哼哼就是美人了？”凤姐的诗词才情和贾府上的夫人小姐比确实不够看，她识字不多，也无意去进修，不过总算在抄检大观园的时候，能把潘又安写给司棋的情书“从头念了一遍”（第七十四回）。她的语言更加有接地气的民间气息，在《红楼梦》里可是说民间俗语、谚语的高手。凤姐这番“蚊子音”的评价是她性格泼辣使然，大抵也有三分自傲、二分不屑、一分自卑。她说的“他们”是谁，真是耐人寻味。由她之口，可想府上小姐丫鬟说话莺声细语（凤姐说这是拿腔拿调、故作美人）是难免的。

又如第二十回黛玉笑史湘云“二”“爱”不分：“偏是咬舌子爱说话，连个‘二’哥哥也叫不出来，只是‘爱’哥哥‘爱’哥哥的。回来赶围棋儿，又该你闹‘幺爱三四五’了。”湘云虽咬字不清，“爱”哥哥却颇有趣味，其娇憨之态跃然纸上。

再如文中薛宝钗在偷听时能分出小红的声音；晴雯在门内却分辨不出黛玉的声音；麝月是宝玉房中的丫头，却把宝玉的声音听成了宝钗。可见人声互有相似，又各有区分。辨得清，辨不清，何处有声音特质，何处是情节接引，不过是作者的一念之间。

其二是情绪表达。声音于此处确有喜怒哀乐。

也说笑声：文中“笑”“冷笑”“笑道”“赔笑”极多，真正大笑出声的倒不多。“叽叽呱呱”笑，描摹出一番诸人玩闹好不热闹的情景；“噗嗤”一笑，是小红被凤姐收作女儿之言的逗乐；“哈哈”笑，是众人见刘姥姥摔跤出丑；“哄然大笑”，是因贾政问下人宝玉究竟读了什么书，答曰“呦呦鹿鸣，荷叶浮萍”，可把一干读书人笑死了。笑本是开心、愉快的情绪，但贾府上能放下矜持，放肆一笑的姑娘小姐却少有。

也说哭声：第五回宝玉吃的茶“千红一窟（哭）”，品的酿“万艳同杯（悲）”便是伏笔了。第十三回秦可卿死，贾珍哭得如泪人一般，公公哭媳妇如此，确实越礼，乃因二人有私情。第二十九回黛玉因宝玉砸玉又哭又吐：“脸红头胀，一行啼哭，一行气凑，一行是泪，一行是汗，不胜怯弱。”宝玉要砸通灵宝玉的前因，是因张道士说亲，他和黛玉情窦初开，互相试探，本不过是耍性子。一番发作后黛玉哭，他也哭，在旁解语的袭人也哭，收拾清理的紫鹃也哭。一时四人各哭各的，哭的尚是儿女情思，各有几分踟蹰。第三十三回贾政因宝玉近期犯下的几件事气得亲自上阵打他，王夫人见打得实在太狠，失声大哭“苦命儿”，哭着哭着想起了早死的贾珠，又哭叫贾珠之名，惹得贾珠遗孀李纨也放声大哭起来。一个可怜儿子，一个伤心丈夫，为母为妻不易，实属真情流露。

而书末有21回众人之哭，则樯倾楫摧，悲切更甚。

第一百回：“薛姨妈又气又疼，日夜啼哭”，“宝玉听了，啊呀的一声，哭倒在炕上”。（哭因：前者因薛蟠坐牢，后者因探春远嫁）

第一〇一回：“平儿听说这话，越发哭的泪人似的”，

“（凤姐）说着，又哭起来”。（哭因：凤姐病重）

第一〇三回：“香菱已哭的死去活来”，“金桂的母亲听见了，更哭喊起来”。（哭因：金桂死）

第一〇四回：“王夫人也掌不住，也哭了”。（哭因：黛玉死）

第一〇五回：“平儿披头散发拉着巧姐哭啼啼的来说”，“（贾母）便嚎啕的哭起来。于是满屋里人俱哭个不住”，“邢夫人无处可走，放声大哭起来”，“里头呜咽不绝”，“焦大见问，便号天蹈地的哭”。（哭因：贾府被抄家）

第一〇六回：“（贾母）说着，又哭”，“平儿守着凤姐哭泣”，“平儿听了，放声大哭”，“（贾母）呜呜咽咽的哭泣起来……只见王夫人带了宝玉、宝钗过来请安，见贾母悲伤，三人也大哭起来”，“（宝玉）竟嚎啕大哭”，“满屋哭声惊天动地”。（哭因：抄家）

第一〇七回：“只有邢夫人、尤氏痛哭不已”，“贾母看这般光景，一只手拉着贾赦，一只手拉着贾珍，便大哭起来。他两人脸上羞惭，又见贾母哭泣，都跪在地下哭着说”，“贾琏贾蓉两个也只有拉着父亲啼哭”，“贾政见母亲如此明断分析，俱跪下哭着说”，“（凤姐）说着，悲鸣”，“（宝玉）如今碰来碰去都是哭泣的事，所以他竟比傻子尤甚，见人哭他就哭”，“好好的一个荣国府，闹到人嚎鬼哭”。（哭因：贾赦、贾珍被发配台站、海疆）

第一〇八回：“（迎春）说着，又哭起来”，“（宝玉）愈说愈痛，便大哭起来”。（哭因：迎春夫家受气，宝玉哭黛玉）

第一〇九回：“邢夫人听了，也便哭了一场”，“那里知道史姑娘哭得不得了”。（哭因：迎春死，湘云丈夫病危）

第一一〇回：“于是贾政等在外一边跪着，邢夫人等在内一边跪着，一齐举起哀来”（“举哀”即高声号哭），“（湘云）于是更加悲痛，直哭了半夜”，“（宝玉）趁着贾母的事，不妨放声大哭。众人正劝湘云不止，外间又添出一个哭的来了……这场大哭，不禁满屋的人无不下泪”。（哭因：贾母死）

第一一一回：“孝幕内的女眷大家都哭了一阵。只见鸳鸯已哭的昏晕过去了”，“王夫人宝钗等听了，都哭着去瞧”，“宝玉死命的才哭出来了”，“（紫鹃）于是更哭得哀切”。（哭因：贾母死）

第一一二回：“惜春一句话也没有，只是哭道……说着，又痛哭起来”，“贾政等在贾母灵前辞别，众人又哭了一场”，“贾政、邢夫人等先后到家，到了上房哭了一场”。（哭因：妙玉被劫，贾母丧事）

第一一三回：“赵姨娘双膝跪在地下，说一回，哭一回……赵姨娘的声音只管暗哑起来了，居然鬼嚎一般”，“贾环听了，然后大哭起来”，“（周姨娘）于是反哭的悲切”，“这句话又招起凤姐的愁肠，呜呜咽咽的哭起来了”，“巧姐儿听见他母亲悲哭，便走到炕前用手拉着凤姐的手，也哭起来”，“平儿气得哭道”，“这里凤姐愈加不好，丰儿等不免哭起来”，“这里紫鹃被宝玉一招，越发心里难受，直直的哭了一夜”。（哭因：赵姨娘死、凤姐病重、黛玉死）

第一一四回：“众人不懂，他（凤姐）只是哭哭喊喊的”，“只见好些人围着哭呢，宝钗走到跟前，见凤姐已经停床，便大放悲声。宝玉也拉着贾琏的手大哭起来。贾琏也重新哭泣”，“（贾琏）更加悲哭不已，又见巧姐哭的死去活来，越发伤心。哭到天明”。（哭因：凤姐死）

第一一五回：“那巧姐儿是日夜哭母，也是病了。所以荣府中又闹得马仰人翻”，“里头又哭出来说：‘宝二爷不好了！’”，“王夫人等只顾着哭，那里理会”。（哭因：凤姐死，宝玉病）

第一一六回：“急得王夫人等哭叫不止”，“那麝月一面哭着，一面打定主意”，“（宝玉）便痛哭起来”。（哭因：宝玉病）

第一一七回：“怎奈袭人两只手绕着宝玉的带子不放松，哭喊着坐在地下”，“袭人紫鹃听到那里，不禁嚎啕大哭起来”，“王夫人宝钗急忙赶来，见是这样形景，便哭着喝道”，“（王夫人）说着，大哭起来”。（哭因：宝玉疯狂）

第一一八回：“王夫人回过味来，细细一想，便更哭起来”，“（宝钗）也掌不住便放声大哭起来。袭人已经哭的死去活来”，“只有袭人，也顾不得王夫人在上，便痛哭不止”。（哭因：惜春出家）

第一一九回：“巧姐哭了一夜”，“巧姐儿一把抱住，哭得倒在怀里。王夫人也哭”，“王夫人也难和邢夫人争论，只有大家抱头痛哭”，“巧姐儿听见提起他母亲，越发大哭起来”，“贾兰也不及请安，便哭道：‘二叔丢了。’……袭人等已哭得泪人一般”，“珠泪交流，呜呜咽咽哭个不住”，“如此一连数日，王夫人哭得饮食不进，命在垂危”，“（探春）便也大哭起来”，“大家又哭起来”，“这句话又招得王夫人等又大哭起来”，“（贾赦贾琏）父子相见，痛哭了一场”。（哭因：巧姐逢难，宝玉出走等）

第一二〇回：“贾兰念到贾政亲见宝玉的一段，众人听了都痛哭起来，王夫人宝钗袭人等更甚”，“宝钗哭得人事不知”，“（袭人）便哭得咽哽难鸣”，“见了哥哥嫂子，也是哭泣，但只说不出来”。（哭因：宝玉出家，袭人嫁人）

堪堪数来，最后21回无处不哭。其悲不自胜，惟有哭尽。贾府上上下下，男女老少都哭过。先是探春远嫁，接着凤姐生病，抄家，贾赦、贾珍发配，迎春死，贾母去世，妙玉被劫，凤姐死，宝玉大病，惜春出家，巧姐避难，宝玉出走。一波未平，一波又起，这里的痛哭刚刚收声，那里的大哭又起。已出嫁的迎春、湘云，远嫁的探春，都回来大哭一场。连天不怕地不怕，倚老卖老，敢说贾珍是非的仆人焦大，也“号天蹈地的哭”。

哭皆有因，都有哭的主角，其他人是哭的配角，借着由头哭自己。那些丫鬟大都如此，像鸳鸯、袭人、紫鹃，哭得来气绝昏倒。很少露面的周姨娘，也让她哭得悲切。甚至宝玉，也趁别人悲痛的时候，大放自己的悲声。哭足了21回，叙事以种种理由让所有的角色——有名的和无名的、在家的和离家的，都一哭同悲了。

其三是规则使然，少不得要七情上面，其中有几分真，就只你知我知、天知地知了。

第十四回料理秦可卿的丧事，丧葬礼仪之一便是要举哀，即高声哭嚎，以表悲伤。这场丧事是凤姐操持，也是她带头行事的：“凤姐吩咐得一声：‘供茶烧纸。’只听一棒锣鸣，诸乐齐奏，早有人端过一张大圈椅来，放在灵前，凤姐坐了，放声大哭。于是里外男女上下，见凤姐出声，都忙忙接声嚎哭。”王熙凤对秦可卿倒真有情谊，不过在丧礼上举哀，形式大于真意。而旁人则要等凤姐哭第一声再哭，因丧葬礼仪上必须要哭，更没有多少真情在内了。

环境音

说罢人声，再说环境之音。风声雨声读书声，声声入耳，环境音在文中数不胜数。风雨声如“风气森森”“龙吟细细”“风声”“风声鹤唳”“吻喇喇一片风声”“唰喇喇”“唏嚠哗喇”“吱喽喽发哨”“淅淅沥沥”“淅沥”“雨声淅沥”，鸡鸣狗叫如“天明鸡唱”“咈咈哧哧”，鸟音如“呱呱”“乱啼”“忒儿”“忒楞楞”“吱喽一声”“嘎的一声”“啾啾唧唧”，水溅音如“泼泼撒撒”，钱响声如“满台钱响”“豁啷啷”“铿锵叮当”，撕裂音如“嗤的一声”“嗤嗤”，走动声如“铿锵叮当”“飒沓之响”，炮鼓响如“毕驳之声”“爆竹起火”，器乐音如“笛韵悠扬”“袅袅悠悠”，打更声如“漏下四鼓”“五鼓”“残漏之滴”“一二更”“五更”“打更上夜”，撞击声如“叮叮当当”“哗啷一声”“骨碌碌”“响声不绝”“门一声大响”“咕咚一声”“一声响”“哗喇哗喇”“擂起法鼓”，钟摆声如“咯当咯当”“当当”。

其中，有的声音是对故事发生背景的描绘，有的暗含人物心境的纷扰，有的如抽刀断水是情节的延续，有的戛然而止是故事的转折。

第四十五回雨滴竹梢，黛玉有感作《秋窗风雨夕》，其词曰“已觉秋窗秋不尽，那堪风雨助凄凉”“不知风雨几时休，已教泪洒纱窗湿”。无情人只道秋雨淅沥，有心人但觉思绪悲切。黛玉是有心人中的有心人，常自苦身世，最是容易被一景一情所困，这是她的劫数，要用泪去应劫。

第七十五回“开夜宴异兆发悲音”写道：“只听得一阵

风声，竟过墙去了。恍惚闻得祠堂内槅扇开阖之声。只觉得风气森森，比先更觉凉飒起来；月色惨淡，也不似先明朗。众人都觉毛发倒竖。”夜宴在宁国府上，风声吹入，祠堂门窗开阖，有几分鬼意。祠堂本是晚辈敬奉祖宗保佑后人的场所，祖宗有异，使众人忧惧，伏贾府山雨欲来风满楼之势。

第八十七回，好好的一阵“唿喇喇”的香风吹来，却引起黛玉思念家乡的悲情：“正说着，忽听得唿喇喇一片风声，吹了好些落叶，打在窗纸上。停了一回儿，又透过一阵清香来。”黛玉只觉“寄人篱下”，“无处不要留心”。又及“只听得园内的风自西边直透到东边，穿过树枝都在那里唏嗗哗喇不住的响”，“黛玉手中自拿着两方旧帕，上边写着字迹，在那里对着滴泪”。

环境音不仅移情，也在文中三言两语拉开帷幕，隔出场景。如前文所说黛玉在雨夜抒情，后接冒雨而来、穿得像蓑衣渔翁的宝玉，两人在雨声中的对话犹如以雨隔断的空间，再无旁人能插入。又如贾珍的家宴，觥筹交错，众人微醺，好不欢乐，忽然就笔锋一转，风声萧瑟将欢喜打散，转瞬便是魑魅魍魉。

乐　音

乐音与戏曲关联紧密，逢年过节过生日，少不得要听戏。贾府自己也有小戏班，后文有一章试谈戏曲，于此就不再赘述。

刘禹锡《陋室铭》中说：“无丝竹之乱耳”，丝是弦乐，竹是管乐，弦乐又有弹拨和拉弦之分。丝竹音色都比较细腻缠绵，能合奏，也可以独奏。与之相对的是打击乐器，红白事、报信、打更，要“敲锣打鼓”，也就是锣鼓钹镲，声音更亮，节奏感很强，在戏班里是非常重要的常驻乐器。除了这两种分类，声乐也是一支，所谓“丝不如竹，竹不如肉”，肉就是人声唱歌，乐器“器”的成分太多，而人声才最有表现力。

《红楼梦》中描写乐音的有20余处，诸如：“乐声”“歌管之声”“一阵音乐之声”“一棒锣鸣”“笛韵悠扬”“钟鸣鼓响”“诸乐齐奏”“细乐之声”“细乐声喧”“歌声婉转”“低吟悄唱”“歌欺裂石之音”“吁嗟音韵”“呜呜咽咽”“呜咽悠扬”“箫管悠扬”“笙笛并发”“吹笛弹筝”“笙歌聒耳”“鼓声”“鼓声疾”“迸豆之疾”，弦断“蹦的一声”。

箫、笛都是民间吹奏乐器，历史悠久，横笛竖箫，音色各有不同。宋元南戏、明清传奇大都采用南曲，伴奏乐器多为箫笛。第七十六回“凸碧堂品笛感凄清”，中秋凸碧山庄的家宴，贾母提议闻笛赏月。小说写：

1. 猛不防只听那壁厢桂花树下，呜呜咽咽，悠悠扬扬，吹出笛声来。趁着这明月清风，天空地净，真令人烦心顿解，万虑齐除，都肃然危坐，默默相赏。

2. 只听桂花阴里，呜呜咽咽，袅袅悠悠，又发出一缕笛音来，果真比先越发凄凉。大家都寂然而坐。夜静月明，且笛声悲怨，贾母年老带酒之人，听此声音，不免有触于心，禁不住堕下泪来。众人彼此都不禁有凄凉寂寞之意，半日，方知贾母伤感，才忙转身陪笑，发语解释。又命暖酒，且住了笛。

笛声先是清亮忘忧，而后哀怨凄凉，不知是乐音使人发愁，抑或是人辨乐音可悲呢？

又如锣、鼓，都为民间打击乐器，《红楼梦》中锣、鼓是贾府戏班演出、节日、丧葬中的重要音色。如第十一回写宁国府庆贺太爷贾敬寿辰，“找了一班小戏儿并一档子打十番的，都在园子里戏台上预备着”。第十四回写秦氏的丧礼，“只听一棒锣鸣，诸乐齐奏”，渲染丧礼隆重。

第八十六回黛玉和宝玉谈“琴”，宝玉说从来没听见黛玉弹过。黛玉只说“高山流水，得遇知音”，心中有感。又说了一番自己对抚琴的见解：“风清月朗，焚香静坐，心不外想，气血和平，才能与神合灵。”需得两手“从容抬起”，知道“轻重疾徐，卷舒自若”，才能弹得好琴。可见弹琴不仅要技巧，也考究心境，否则琴音会受到干扰，无法弹出好音色。

第二十八回宝玉会好友冯紫英、表哥薛蟠，唱曲的蒋玉菡、锦香院妓女云儿相陪，云儿用琵琶唱了一支艳曲：“两个冤家，都难丢下，想着你来又记挂着他。”琵琶是弹拨乐器之一，音色清脆优美，需要很高的技法。名曲《十面埋伏》《春江花月夜》都是琵琶独奏，前者激昂宏伟，后者委婉缠绵，可知琵琶表现力。不过云儿是作陪的妓女，陪的又是薛蟠这样的纨绔子弟，实在很难一本正经弹什么《十面埋伏》，弹唱的都是不怎么能上台面的靡靡之音。

曲毕，宝玉、冯紫英、薛蟠、蒋玉菡以女儿悲、愁、喜、乐为题目行酒令，还用“肉”唱了一回曲。宝玉唱：“滴不尽相思血泪抛红豆，开不完春柳春花满画楼。”乃是唱女子相思难眠，新愁旧怨涌上心头，花容憔悴，确实哀婉。冯紫英唱：“你是个可人，你是个多情，你是个刁钻古怪鬼灵精，你是个神仙也不灵。我说的话儿你全不信，只叫你去背地里细打听，才知道我疼你不疼。”娇嗔之态，欢喜冤家之意尽显。云儿唱：“豆蔻开花三月三，一个虫儿往里钻……肉儿小心肝，我不开了你怎么钻。”唱得也太露骨了些。蒋玉菡行的令则引出他和袭人日后的结缘。轮到薛蟠了，这平日里不学无术、花眠柳宿的纨绔，硬是憋出几句话来：“女儿悲，嫁了个男人是乌龟；女儿愁，绣房蹿出个大马猴；女儿喜，洞房花烛朝慵起。”女儿乐则更是粗俗不堪。到唱曲了，唱的是飞虫之歌：“一个蚊子哼哼哼。两个苍蝇嗡嗡嗡。”若不是众人忍受不住要他罢唱，只怕他接着要唱“三个蟋蟀蝈蝈蝈”“四个蛤蟆呱呱呱”了。这绝对是肉不如竹，倒还不如倒回去听云儿的琵琶洗耳朵。

第九十三回宝玉再听蒋玉菡唱曲。时过境迁，陪酒时的蒋玉菡唱小旦，如今是领班唱的是小生了。只听他声音响亮，口齿清楚，唱得情真意切，把宝玉听得魂飘：“《乐记》上说的是‘情动于中，故形于声。声成文谓之音’。所以知声，知音，知乐，有许多讲究。声音之原，不可不察。诗词一道，但能传情，不能入骨，自后想要讲究讲究音律。”一时间想出了神。可知诗词传情，竹肉入骨，音律富含丰富的情感，正是声情并茂。

锣鼓震天也好，笛音萧瑟也罢，绘声绘色绘影，都是叙事中的要素。声与音的回绕，以文字的方式表达，在纸外构建画面，这是作者给予读者的通感。

此处无声胜有声

有声色固然引人遐思，无声息也有其妙用。寂静，正如画中的留白，悄无声息的词语诸如“寂静的很”“杳无人声”“鸦雀无闻”“万籁无声”，是文中不可闻之声，要来道作者未尽之意。

如第三十二回写：“却说宝钗来至王夫人处，只见鸦雀无闻，独有王夫人在里间房内坐着垂泪。”“鸦雀无闻”隐含的是气氛的压抑，王夫人之哭也是无声的“垂泪”。宝玉调戏伺候王夫人的金钏儿，王夫人不在儿子身上找原因，一口咬定是金钏儿这个淫娃教坏宝玉，而后金钏儿受辱投井，事情越发向不可收拾的局面延展。王夫人一向自称是佛口佛心，偏生逼死了金钏儿，此处的寂静无闻，既暗示王夫人心中的几分后悔，也有几分王夫人持家导致家中离心离德的寂寥之意。一个看起来温文雍容的贵族太太，于后文中还抄了大观园，逼死晴雯，偏生她仍是那副佛心的姿态。王夫人之恶，并不比夏金桂之流来得轻巧。

后40回最高潮处，莫过于宝玉成亲并黛玉之死。小说写：

黛玉只作不闻，回手又把那诗稿拿起来……雪雁正拿进桌子来，看见黛玉一撂，不知何物，赶忙抢时，那纸沾火就着，如何能够少待，早已烘烘的着了。雪雁也顾不得烧手，从火里抓起来撂在地下乱踩，却已烧得所余无几了。那黛玉把眼一闭，往后一仰，几乎不曾把紫鹃压倒。紫鹃连忙叫雪雁上来将黛玉扶着放倒，心里突突的乱跳。（第九十七回）

却说宝玉成家的那一日，黛玉白日已昏晕过去，却心头口中一丝微气不断，把个李纨和紫鹃哭的死去活来。（第九十八回）

半天，黛玉又说道："妹妹，我这里并没亲人。我的身子是干净的，你好歹叫他们送我回去。"说到这里又闭了眼不言语了。那手却渐渐紧了，喘成一处，只是出气大入气小，已经促疾的很了。（第九十八回）

猛听黛玉直声叫道："宝玉，宝玉，你好……"说到

“好”字，便浑身冷汗，不作声了。紫鹃等急忙扶住，那汗愈出，身子便渐渐的冷了。探春李纨叫人乱着拢头穿衣，只见黛玉两眼一翻，呜呼，香魂一缕随风散，愁绪三更入梦遥！（第九十八回）

当时黛玉气绝，正是宝玉娶宝钗的这个时辰。紫鹃等都大哭起来。李纨探春想他素日的可疼，今日更加可怜，也便伤心痛哭。因潇湘馆离新房子甚远，所以那边并没听见。一时大家痛哭了一阵，只听得远远一阵音乐之声，侧耳一听，却又没有了。探春李纨走出院外再听时，惟有竹梢风动，月影移墙，好不凄凉冷淡！（第九十八回）

黛玉气息奄奄，已无几分人气。平素最疼她的贾母刻意回避，最心爱的宝玉正在与他人拜天地，她房中景象只能用清冷凄凉形容了。而黛玉的未尽之语“宝玉，你好……”，“好”字后再无声息，究竟是恨他薄情寡义，还是叹他可怜可悲，言语已随佳人而去，空余憾恨了。偏生作者又安排一阵若隐若现的音乐之声，“侧耳一听，却又没有了”。这音乐之音，可能是宝玉娶妻拜堂的热闹，虽然宝玉还是个傻子，这时候还以为娶的是黛玉，只有欢喜无限。只这能听见的一瞬间，而后再无声息，让人更觉凄楚，黛玉可怜、可悲、可叹，不知能不能称得上作者“落井下石”之意呢。

再如第一〇一回写王熙凤路过大观园，“杳无人声，甚是凄凉寂静”。这个时候，元妃死、黛玉亡、宝玉失玉、探春远嫁，大观园已是人去园空。人声不可闻，倒是有风声和狗吠声，还跑出来秦可卿的魂魄（自是凤姐臆想），把凤姐吓得肉跳心惊。须知秦可卿死时托梦，让凤姐警惕贾府金玉其外，败絮其中，但凤姐只想着金玉，早把败絮忘在九霄云外。黛玉之死，或多或少也有凤姐的手笔，此时人无声息，才有鬼至。正是人无亏心事，半夜不怕鬼敲门，凤姐心中有愧，难免惊惧了。

中西小说的声音描写

声音不只在《红楼梦》中被特别描写，在许多文学作品中亦是画龙点睛之笔，下举两例十分突出的西方文学事例。

哈代的风声

英国作家哈代的“性格与环境小说”描写的声音特色鲜明。由于题材不同，他的小说故事背景是乡村环境，人物的活动范围是户外空间。哈代的小说充满了自然音响的描写，像“嘶嘶声”（hiss）、“沙沙声”（husky）、“嗡嗡声”（humming）和“吱嘎声”（creaking）这样的象声词有40余种，构成了一个丰富的音响世界。哈代直接把这些自然音响当自然音乐，纳入文字音乐的描写里[1]。《还乡》（1878）

① 张世君：《哈代“性格与环境小说”的悲剧系统》，《外国文学研究》1982年第4期，第24-36页。

中爱敦荒原的风声描写就是比较典型的自然音乐。小说写：

风的音调，有一部分，十分特别，只能在这儿听到，不能在任何别的地方听到。连串无数的狂飙，一阵一阵从西北方一个跟着一个吹来，它们之中的每一阵在飞奔而过的时候，都在进行的过程中把声音分化成三种。低音、中音和高音都能在里面听出来。

全体的风势，掠过坑谷，扑过冈峦，就是和鸣的众钟里那个最沉重的声音。第二种能听出来的，是冬青树飒飒作响的中音。还有一种，比这两种力量小而调门高，听起来像是老年人变细变弱了的嗓子却强作粗音哑音的情形。（《还乡》第1卷6章）[①]

作者用教堂里高低音调的"和鸣的众钟"和低音、中音、高音来描写风声，使读者宛如置身于这一苍茫凄迷的自然环境中。风的音调辅助女主人公游苔莎表达内心激情和追求自由的渴望。

声音在空间的传播，引读者遐想，对声源猜测。无独有偶，《还乡》中遥远听见的钟声与李纨探春等人听见的相似，也是喜乐。远方的教堂里克林和游苔莎正在举行婚礼，小说写道：

① ［英］托马斯·哈代著，张谷若译：《还乡》，北京：人民文学出版社，1980年。

她（姚伯太太）正在那儿由于预见凶兆而难过，只听得屋里的老钟响了十二下。过了不大的一会儿，悠渺的声音，隔着重叠的岗峦，送到她的耳朵里。原来微风正从那方面吹来，把远方和鸣的钟声带到，悠扬起伏，一声，两声，三声，四声，又五声。东爱敦村的喜钟，正在那儿宣布游苔莎和她儿子的婚礼告成。（《还乡》第3卷7章）

爱伦·坡的心跳

美国作家爱伦·坡的《泄密的心》（1843）讲述的是一个谋杀者自述自己杀死一个老人的过程。谋杀不为图财害命，只为老人的那秃鹰似的眼睛，让谋杀者感到不安和恐惧。谋杀者把老人杀了，心里不断响起的心跳声，越来越大，最后他精神崩溃，承认了自己的杀人罪。小说视觉描写的关键元素是眼睛，听觉描写的关键元素是心跳声（the heart beat）[①]。

心跳是心肌的收缩和舒张，瓣膜关闭和血流冲击的振动产生的细小的声音，医学上叫心音，人们通常说心跳。老人凶狠的眼睛，引起谋杀者的心跳。当老人被杀，停止心跳后，谋杀者的心跳在继续。并且在谋杀者的幻觉中，老人还以魔鬼的身份重新返回，继续他的心跳。小说以谋杀者高叫

① 张世君：《〈泄密的心〉电影叙事特征》，《广州大学学报》2005年第1期，第71–75页。

老人心跳的声音结束："这里，这里！——这就是他那可怕的心在跳！"[①]

爱伦·坡通过对心跳的描写，把声音形态化，唤起读者对心跳声的倾听，心跳声成为听觉的声音代表。文本中关于"听"的词语有"听"（hear、listening）、"倾听"（hearken）、命令的"听！"（hark!），它们以现在式和过去式的形式反复出现，突出听觉的作用，把它和读者的听觉器官耳朵相联系。《泄密的心》把人内心的恐惧放大，恐惧使得心跳之声远远超出实际，也使读者切身感受到了杀人犯主人公崩溃的精神状态。声音是对环境气氛的渲染，也是人物情绪的发泄。

① ［美］埃德加·爱伦·坡著，陈良廷译：《泄密的心》，《爱伦·坡短篇小说集》，北京：人民文学出版社，1998年。

第八章　听觉叙事

故事需要读者，讲述需要听众。听觉叙事有两种表达形式。其一，叙事是在听故事中跟进的，读者通过文中人物讲述的故事在交错的时空中了解某年、某月、某人、某事。故事相互联系，互有照应；讲述人身份各异，各有伏笔。讲述与倾听，是听觉叙事不可分割的部分。

其二，叙事是在对话、独白中起承转合的。明清小说受传奇、话本影响深远，在无法面面皆圆交代故事时，往往由对话进行叙事和场景的转移。读者身临其境，“听”文中人物之所“听”，是叙事独特的魅力所在。

故事中说故事

《红楼梦》有不同的叙事层次，惯于在故事中讲故事。第一层的叙事包含了第二层叙事的人物，第二层的人物或与其他重要情节相关联，由此在结构上镶嵌。法国结构主义叙事学代表热拉尔·热奈特的《叙事话语》（1972）对此有总结归纳，本章不详谈。这种手法的运用，需借由“听”来实现。

作者信手拈来，游走于书中的各色人物，以他人之口将前因后果向读者娓娓道来。书中讲故事的人可以是甲乙丙丁，听故事的可以是张三李四。而通过故事的讲述，作者与读者犹如隔书对话，这是此书格外动人之处。

读者所“听”到的故事，是作者层层相套地讲述的，全书开篇即有例子。《红楼梦》第一回交代了一段与石头有关的故事：有块女娲补天遗下的大石，悲叹其他石头都身负使命，自己却没什么用处，听一僧一道在絮叨红尘的富贵荣华，不觉动了凡心想去见识一下。如天上人间的各色仙人、神物、精怪一样，一旦动了尘念，大多是劝不住的。僧人便在滚滚红尘中推了石头一把，小说写：

那僧便念咒书符，大展幻术，将一块大石登时变成一块鲜明莹洁的美玉，且又缩成扇坠大小的可佩可拿。那僧托于掌上，笑道：“形体倒也是个宝物了！还只没有实在的好处，须得再镌上数字，使人一见便知是奇物方妙。然后携你到那昌明隆盛之邦，诗礼簪缨之族，花柳繁华地，温柔富贵乡去安身乐业。”

这一僧一道携了这块石头飘然而去，竟不知下落了。不知多少岁月，有个空空道人无意间经过，在大石头上读了一段往事，便是石头下界之后的亲历。空空道人读罢有些踟蹰。大抵时人也是讲究潮流的，没什么卖点的故事不受待见。空空道人觉得这个故事既无雄才大略，也无朝代史实，而且过于靠近当代了，不够传奇，费心尽力传抄出去，估计也没什么受众。石头便愤愤不平他不识货，推销起自己的故事来：

我师何太痴耶！若云无朝代可考，今我师竟假借汉唐等年纪添缀，又有何难？但我想，历来野史，皆蹈一辙，莫如我这不借此套者，反倒新奇别致，不过只取其事体情理罢了，又何必拘拘于朝代年纪哉！……我半世亲睹亲闻的这几个女子，虽不敢说强似前代书中所有之人，但事迹原委，亦可以消愁破闷；也有几首歪诗熟话，可以喷饭供酒。至若离合悲欢，兴衰际遇，则又追踪蹑迹，不敢稍加穿凿，徒为供人之目而反失其真传者。……所以我这一段故事，也不愿世人称奇道妙，也不定要世人喜悦检读，只愿他们当那醉淫饱卧之时，或避事去愁之际，把此一玩，岂不省了些寿命筋力？就比那谋虚逐妄，却也省了口舌是非之害，腿脚奔忙之苦。再者，亦令世人换新眼目，不比那些胡牵乱扯忽离忽遇，满纸才人淑女、子建文君红娘小玉等通共熟套之旧稿。我师意为何如？

空空道人这才将《石头记》抄下来，传于后世。

这便是《石头记》在书中的由来了。一僧一道也好，石头美玉也罢，自然不是如文中所说，遇仙缘、念红尘、悼前世而传抄的。借由僧道与石头、石头与空空道人的对话，作者将《红楼梦》成书的立意仔细交代。假假真真，虚虚实实，带着几分创作者的狡黠。其实此书处处溢出真情实感，于细节处又写得极其繁复考究，没有几分现实的索引是不可能的。作者再三说明此书大旨谈情，无关时世，不值得考据，大概是因其既想要故事流传于世，但在特定环境下，又恐落下话柄，被人穿凿附会，受到牵连，于是在一开头便“满纸荒唐言”，来了个“如有雷同，纯属巧合”，把自己撇干净些。

一本正经地交代了此书“只应天上有”，“人间能得几回闻”后，情节终于展开，开始讲述刻在石头上，而由空空道人所载，曹雪芹所增删编纂的故事了。

话说姑苏有位乡宦甄士隐，颇有仙缘，在梦里听一僧一道讲故事：赤瑕宫有位神瑛侍者，没有什么别的爱好，平常喜欢浇花，不知怎么就浇活了一株仙草，绛珠草要报甘露之恩，随侍者下凡，把泪还给他。

侍者与仙草是宝玉与黛玉的前缘，“还泪”两字，简简单单，冷冷清清，就点明了两人红尘走一遭的原委。甄士隐此梦醒后，由他的遭际，关联贾雨村，又由贾雨村的际遇，关联黛玉，贾雨村送黛玉投奔贾府亲人，继而将读者的目光引向了贾府。此间真正听故事的，只有读者而已。

在故事中讲故事，由一个主讲人变为多个讲述者，《红楼梦》并不是孤例。文学中多用此手法，将叙事分开层次，进行镶嵌和连环，用以引出故事、增加读书的趣味性、吸引读者的注意，如古希腊荷马史诗《奥德赛》、阿拉伯民间故事集《一千零一夜》、意大利作家薄伽丘的《十日谈》等。

叙事分层并不是中国古典文学喜欢套用的理论，但在《金瓶梅》《西游记》中都能找到相似的运用。又如当代武侠小说家金庸的《笑傲江湖》（1967），仪琳口中所言华山派首徒令狐冲与采花大盗田伯光的纠纷。《雪山飞狐》（1959）用了大量的倒叙，一群江湖中人在峰顶石屋讲苗、范、田、胡四家百年家仇的纠缠，以及雪山飞狐胡斐的来历。

在故事中讲述故事，是写作运用的技法，讲故事的人万万千千，听众全是读者一人。

对话听得玄机

在听觉叙事中，由人物对话引出的故事亦精彩纷呈。如第二回冷子兴演说荣国府，通过勉强能和黛玉扯上些关系的老师贾雨村和贾府管家周瑞的女婿古董商冷子兴的一问一答，将贾府如何发迹、五代人如何传承、哪些人有奇异之处一股脑全抖了出来。读者对贾府的初印象，是由此二人的对话描摹的。

贾雨村偶遇冷子兴，兴冲冲想讨论一下最近流行的八卦奇事。冷子兴果然不负所望，把话头绕到了与贾雨村同姓，大概几百年前是一家的贾府上去（雨村自认同宗），说是最近出了一件奇异事。

贾雨村说此门“那等荣耀”，“不便去攀扯”，冷子兴则暗示宁、荣两门“不比先时的光景”。读者由此可知宁荣两门先时十分显赫，旁人高攀不得，而今时不同往日，两门已有些衰颓了。贾雨村又提及他眼中的宁荣二府楼阁亭台“峥嵘轩峻”，不像是衰败之象。冷子兴便将话引到贾府诸人上，“谁知这样钟鸣鼎食的人家儿，如今养的儿孙，竟一代不如一代了”，将贾府人一一介绍起来。读者由此得知宁荣二府钟鸣鼎食是因从龙之功，而后代子孙似乎没什么建树。

贾雨村再三探问，冷子兴终于说起了异事的主角，也就是此书的主人公贾宝玉来。在二人的争论中，读者方知贾宝玉衔玉而生，似乎天生是个情种，说得出“女儿是水做的骨肉，男子是泥做的骨肉”这样的话来。然而无独有偶，贾雨村还知道一位甄宝玉，也是与贾宝玉一般见解。至此，宁荣二府、甄贾宝玉、贾府“原应叹息”四位小姐、王熙凤等人被一一提及，更有两三处伏笔。

冷子兴是谁的女婿不重要，贾雨村是否真的与贾家沾亲带故也不重要，此二人对话所引出的贾府诸人，才是读者该关心的“某地”“某人”。

由对话交代故事的还有一例，即贾琏与王熙凤家长里短中的贾府，以及大观园的来龙去脉。第十六回说到贾琏陪黛玉奔丧返回，风尘仆仆回到家里与熙凤叙旧。全回点了三四件可大可小，或内或外的事情，都是在贾琏与熙凤、赵嬷嬷等人的对话中一一交代的。

第一件是王熙凤自贾琏走后一展才干操持家务，她自觉做得妥帖，在“管家奶奶们，哪一位是好缠”的贾府出了风头，虽然嘴上说自己“见识又浅，口角又笨，心肠又直率”“脸又软……心里慈悲”“胆子又小”，实际做起事来可比嘴上硬百番，对自己操办秦可卿丧礼一事是十分得意的。这是凤姐在贾府上初露头角的写照了。作者借着凤姐之口，向诸位读者一番隆重介绍，此角也是主要人物，又在字里行间显露出她的真性情来。

第二件也是后院事，则是贾琏和凤姐说他人家长里短，提到薛蟠垂涎香菱，而后纳香菱为妾，得到了便不珍惜。在贾琏口中，香菱是薛家上京买的小丫头，“越发出挑的标致了”。凤姐倒是对香菱有几分另眼相看，说她“温柔安静，差不多的主子姑娘也跟她不上”。贾琏等不知香菱身世，但读者一看，便知道是第一回交代的甄士隐的女儿英莲。贾琏与薛蟠一丘之貉，都是万花丛中过客，贾琏说起香菱来念念不忘。凤姐看不过眼，暗讥他眼馋肚饱，还开玩笑要拿平儿把香菱换过来。凤姐的妒意、贾琏的风流，于此也可见一斑了。

第三件事，则是省亲。赵嬷嬷是贾琏的奶妈，正巧来给自己两个儿子赵天梁、赵天栋谋事说情，求贾琏和凤姐关照。三人说话间闲闲叙出了元妃省亲的大事来。在贾琏看来，今上念后宫嫔妃抛离父母多年不能相见，特旨让后宫嫔妃回娘家探亲，叙骨肉亲情是一方面；元妃能省亲，贾府能够接驾，也是贾家恩宠备至的表现了。既然要接驾，就得盖省亲别院，三言两语，将大观园修建的前因说得明明白白。

贾琏刚到家，并没参与大观园前期的议事，借来访报告的宁府侄辈贾蓉、贾蔷二人之口，提到大观园的选址“从东边一带，借着东府里花园起，转至北边，一共丈量了三里半大”，由宁国府的花园、荣国府的下人房舍改建。接下来采买演戏女孩、置办乐器行头，银钱从存在甄家的五万两银子里支付的事情，就要贾家的小辈操心，由贾珍、贾琏等人督促了。

一顿饭工夫，在你一言我一语中，故事已悄然推进。秦可卿死时曾向王熙凤托梦，说贾府即将迎来“非常喜事”（第十三回），果不其然熙凤操持了秦氏的丧事，元春封妃的消息便翩然而至。大观园因此建园，园中怡红院、潇湘馆，将是众人寤寐思服、缠绵悱恻又肝肠寸断之所。

用对话来交代人物结局、点题的例子不少。贾府上的人没有了是很平常的，这些人不是出府，就是身死，大部分情节过完，人物很少能得到全须全尾的交代，多是通过对话、传言收场。妙玉于第一一二回被劫后，生死不知，下落不明，这件事，众人道听途说了两回。其一是第一一五回水月庵的尼姑问惜春，妙玉是不是跟人私奔了，惜春非常生气，说“说这个话的人隄防着割舌头”。其二是第一一七回贾环、贾芸、贾蔷等聚众喝酒，有人说听到的新闻“恍惚有人说是有个内地里的人，城里犯了事，抢了一个女人下海去了。那女人不依，被这贼寇杀了。那贼寇正要跳出关去，被官兵拿住了，就在拿获的地方正了法了”。贾环就说这个人肯定是妙玉，因她讨人嫌，不拿正眼看他，贾环巴不得死的是妙玉。贾芸觉得有点像真的：“前日有个人说，他庵里道婆做梦，说看见是妙玉叫人杀了。”一时众说纷纭，没有定论。巧合处处有，偏生文中横插一段，此贼就算非彼贼，妙玉应是必死无疑了。作者一个回马枪，自此断了读者对妙玉存的幸念。

点上下文的其中一例，是第四十六回鸳鸯和袭人、平儿的对话。却说贾赦这个老不修，看上了伺候贾母的鸳鸯，想把她要过去；邢夫人助纣为虐，亲自来点鸳鸯。鸳鸯虽然是丫鬟，但深得贾母宠爱，绝不肯嫁，在和平儿的对话中，鸳鸯回忆起小时候玩在一起的姐妹：“比如袭人、琥珀、素云、紫鹃、彩霞、玉钏儿、麝月、翠墨，跟了史姑娘去的翠缕，死了的可人和金钏，去了的茜雪，连上你我，这十来个人，从小儿什么话儿不说？什么事儿不做？这如今因都大了，各自干各自的去了。”鸳鸯举的这十来个人中，茜雪、袭人、麝月在宝玉处，紫鹃在黛玉处，彩霞、金钏儿、玉钏儿在王夫人处，琥珀、鸳鸯在贾母处，平儿在王熙凤处，翠墨是探春之婢，翠缕是史湘云之婢，素云是李纨之婢，可人并无交代，应该是早亡。

这一席话补全了几个机关。其一是金陵又副钗到底有哪些人物，因为宝玉偷看得太仓促，只看了袭人和晴雯的句子，剩下十个全不知道，只推测又副册中应该是贾府的丫鬟。而鸳鸯所说的这十几人，都是自幼在贾府长大，十人中恐怕有八九人在册，引人再次猜度宝玉第五回的“到此一游”来。其二是再次确认茜雪“去了”。“去了”不是如金钏儿那样清楚明白的“死了”，而是“出去了”，即被赶出府去。

茜雪是宝玉丫鬟，第八回宝玉喝醉，因茜雪把枫露茶给他极讨厌的李嬷嬷（即宝玉奶娘）喝了，迁怒茜雪，说要把她撵出去，被袭人劝和。第十九回李嬷嬷说“打量上次为茶撵茜雪的事我不知道”，还可推测是茜雪不在宝玉房了，但这一回鸳鸯一句话交代，原来因为将一碗茶给宝玉奶娘，竟让茜雪不仅失了宝玉房中的位置，甚至连贾府都留不得了。

人物独白与倾听

旁白交代背景，对话交代情节，独白更是与倾听密不可分。独白在文学作品中，是人物自言自语，倾诉内心情感的叙述方式。《红楼梦》前80回中，有两处独白不得不提。其一，是黛玉的《葬花吟》；其二，是宝玉的《芙蓉女儿诔》。第二十七回，是宝玉偷听了黛玉的悲切；第七十八回，是黛玉偷听了宝玉的泣涕。

黛玉独白《葬花吟》

黛玉性情本来就敏感，平日里郁郁寡欢，前一回中吃了宝玉的闭门羹（因晴雯不开门），一颗七窍玲珑心无处排忧，哭了一回还不够，一个人提了锄头又去葬花，正巧被宝玉听见。小说写：

（宝玉）犹未转过山坡，只听山坡那边有呜咽之声，一行数落着，哭的好不伤感。宝玉心下想道："这不知是那房里的丫头，受了委曲，跑到这个地方来哭。"一面想，一面煞住脚步，听他哭道是：

花谢花飞花满天，红消香断有谁怜？

…………

侬今葬花人笑痴，他年葬侬知是谁？

试看春残花渐落，便是红颜老死时。

一朝春尽红颜老，花落人亡两不知！

宝玉听了不觉痴倒。（第二十七回）

（黛玉）因把些残花落瓣去掩埋，由不得感花伤己，哭了几声，便随口念了几句。不想宝玉在山坡上听见……不觉恸倒山坡之上。（第二十八回）

黛玉“呜咽之声，一行数落着，哭的好不伤感”，“哭了几声，便随口念了几句”，《葬花吟》由此而来。黛玉本来是来葬落花的，哭着哭着倒把自己也哭了进去。“怜春忽至恼忽去，至又无言去不闻”是她的哀怨，“质本洁来还洁去，强于污淖陷渠沟”是她的孤傲，“侬今葬花人笑痴，他年葬侬知是谁”是她的孤独。《葬花吟》全篇52句，将黛玉的多情、哀愁、孤独表现得淋漓尽致，而她的独白并非没有听众，宝玉听了，“不觉恸倒山坡之上”。脂砚斋批：“余读《葬花吟》至再至三四，其凄楚感慨，令人身世两忘。”（脂评甲戌本第二十七回）“心事将谁告，花飞动我悲。埋香吟哭后，日日敛双眉。”（脂评蒙府本第二十七回）

其实，黛玉的心事已告，她告知了宝玉，也告知了诸位读者。黛玉的痴，宝玉能感同身受，可惜二人有可以共情为知己的心，却无可以结发的缘分，这不仅仅是二人的不幸，亦是全书最大的悲剧。黛玉的痴，读者定然有所触动，然而听书人除了望向水中月、镜中花，竟无能为力。意难平，大抵若是了。

宝玉独白泣啼《芙蓉女儿诔》

小说中另一篇独白是第七十八回宝玉泣啼《芙蓉女儿诔》。诔文是古代哀祭文的一种文体形式，叙述死者的生平事迹，表示哀悼，相当于今天的悼词。第七十八回，宝玉想象晴雯死后做了芙蓉花神，模仿古代诔文，写了祭文《芙蓉女儿诔》。在写作前，宝玉对自己写芙蓉诔给出的理解："诔文挽词也须另出己见，自放手眼，亦不可蹈袭前人的套头，填写几字搪塞耳目之文，亦必须洒泪泣血，一字一咽，一句一啼，宁使文不足悲有馀，万不可尚文藻而反失悲戚。"（第七十八回）打破传统诔文的形式局限、情感拘谨、身份限制、角色规范、场地规定的模式"套头"，行文需至情至性至纯至洁。小说写：

维太平不易之元，蓉桂竞芳之月，无可奈何之日，怡红院浊玉，谨以群花之蕊，冰鲛之縠，沁芳之泉，枫露之茗，四者虽微，聊以达诚申信，乃致祭于白帝宫中抚司秋艳芙蓉女儿之前曰：

窃思女儿自临浊世，迄今凡十有六载。其先之乡籍姓氏，湮沦而莫能考者久矣。而玉得于衾枕栉沐之间，栖息宴游之夕，亲昵狎亵，相与共处者，仅五年八月有畸。忆女儿曩生之昔，其为质则金玉不足喻其贵，其为性则冰雪不足喻其洁，其为神则星日不足喻其精，其为貌则花月不足喻其色。姊娣悉慕媖娴，妪媪咸仰惠德。

……人语兮寂历，天籁兮篔筜。鸟惊散而飞，鱼唼喋以响。志哀兮是祷，成礼兮期祥。呜呼哀哉！尚飨！

这篇祭文在全书中，尤其在宝玉的创作中，也算是典故繁多，晦涩难读。偏巧这篇祭文让黛玉听到，二人讨论遣词用句，越改越离谱。黛玉嫌“红绡帐里”陈词滥调，改为“茜纱窗下”，宝玉于是把“红绡帐里，公子多情，黄土垄中，女儿命薄”改成“茜纱窗下，我本无缘；黄土垄中，卿何薄命”。（第七十九回）人称一换，倒似是宝玉与黛玉无缘，黛玉亦如晴雯般薄命似的，实在是不太妥当。黛玉是有心人，一听脸色大变，心下狐疑，隐忍着没有说出来，宝玉仍浑然不觉。

由此而知，《芙蓉女儿诔》祭的是双姝，不止晴雯，还有抽了芙蓉花签的黛玉。后世人评说“晴为黛影，袭为钗副”，意指晴雯是黛玉的借映。诔文中无尽的欣赏、哀恸、牵念和怜惜，情感真挚，是宝玉的独白，亦是作者之悼了。

不妨说，听觉叙事之听，是人物之听，也是借着人物在场的读者之听。作者额外打开了窗口，以不同的角度增添读书的乐趣。“听”所赋予的无尽想象，饱含情绪和感染力，与“看”相辅相成，成为叙事的组成部分。

第九章　戏曲视听

中国古典艺术源远流长，戏曲文化是其中的精粹。搭台唱戏，不仅雅俗共赏，也启发和鼓励了创作者，为坊间流传的逸闻轶事增姿添彩，将天马行空的想象于唱词中沉淀。戏曲的视觉与听觉想象，于文学中也有体现。好舞文弄墨之人，骈四俪六之余，亦受戏曲熏陶，将戏曲与其他文体融于一体的例子比比皆是，《红楼梦》正是其中翘楚。书中既有虚写的太虚幻境，也有实写的贾府欢庆，以戏中戏、曲中曲来表现戏曲的视听空间。

何为戏中戏

小说仅是讲清楚一个故事就了不得了，更何况戏中戏是在文中精心安排的伏笔和谜题。戏中戏的设置，在《红楼梦》中是无法忽略的存在。它既是作者将戏曲的精粹融入小说的见证，也是作者对读者的剧透与暗示。

《红楼梦》的戏中戏、曲中曲分为两类：一类是为《红楼梦》而设的戏和曲，借由唱词，暗示人物、故事情节的走向；另一类则是切切实实写了搭台唱戏，既反映了时人是如何消磨闲散的，又通过唱的戏，隐晦地提供线索。

第五回曹雪芹借由警幻之口，已经说明了听戏的心得。小说写：

方歌了一句，警幻便说道："此曲不比尘世中所填传奇之曲，必有生旦净末之则，又有南北九宫之限。此或咏叹一人，或感怀一事，偶成一曲，即可谱入管弦。若非个中人，不知其中之妙。料尔亦未必深明此调。若不先阅其稿，后听其歌，翻成嚼蜡矣！"说毕，回头命小丫鬟取了《红楼梦》原稿来，递与宝玉。宝玉接来，一面目视其文，一面耳聆其歌。

原来戏不仅要听，还得"先阅其稿，后听其歌"，才能"深明此调"。曹雪芹对《红楼梦》的设置也有异曲同工之妙，无论是第五回宝玉听的《红楼梦》总曲，还是后续穿插文中的戏文，都反复将故事的主旨立意、各人结局，做了交代和铺垫，使读者在心中对故事有了几笔勾勒，再仔细去品味其中的细腻委婉。

《终身误》《枉凝眉》的意难平，《恨无常》的空悲切，《分骨肉》的告爹娘，《乐中悲》的云散高唐，《世难容》的白玉遭泥陷，《喜冤家》的公府千金似下流，《虚花悟》的将那三春看破，《聪明累》的反算了卿卿性命……各曲虽然写的是诸钗的不同命运，“岂可无？亦不必再”，到了收尾处，《收尾·飞鸟各投林》：“为官的，家业凋零；富贵的，金银散尽。有恩的，死里逃生；无情的，分明报应。欠命的，命已还；欠泪的，泪已尽。冤冤相报实非轻，分离聚合皆前定。欲知命短问前生，老来富贵也真侥幸。看破的，遁入空门；痴迷的，枉送了性命。”已经把贾府、府上诸人、诸钗的命运都告知了。

而另一类搭台唱戏，则随着行文反复穿插，《红楼梦》涉及的戏曲曲艺剧目有40余种，大多是时兴的戏目。文中提及的诸如：《牡丹亭·还魂》（第十一回）、《双官诰》（第十一回）、《一捧雪·豪宴》（第十八回）、《长生殿·乞巧》（第十八回）、《邯郸梦·仙缘》（第十八回）、《牡丹亭·离魂》（第十八回）、《牡丹亭·游园》（第十八回）、《牡丹亭·惊梦》（第十八回）、《钗钏记·相约》（第十八回）、《钗钏记·相骂》（第十八回）、《丁郎认父》（第十九回）、《黄伯央大摆阴魂阵》（第十九回）、《孙行者大闹天宫》（第十九回）、《姜子牙斩将封神》（第十九回）、《西游记》（第二十二回）、《刘二当衣》（第二十二回）、《鲁智深醉闹五台山》（第二十二回）、《妆疯》（第二十二回）、《寄生草》（第二十二回）、《白蛇记》（第二十九回）、《满床笏》（第二十九回）、《南柯记》（第二十九回）、《负荆请罪》

（第三十回）、《荆钗记》（第四十三、四十四回）、《男祭》（第四十四回）、《西楼记·楼会》（第五十三回）、《西楼记·楚江情》（第五十四回）、《八义记·观灯》（第五十四回）、《牡丹亭·寻梦》（第五十四回）、《西厢记·惠明下书》（第五十四回）、《玉簪记·琴挑》（第五十四回）、《续琵琶·胡笳十八拍》（第五十四回）、《灯月圆》（第五十四回）、《邯郸梦·度世》（第六十三回）、《蕊珠记·冥升》（第八十五回）、《琵琶记·吃糠》（第八十五回）、《祝发记·达摩渡江》（第八十五回）等。

戏目几乎都集中在前80回，后40回有些萧瑟，少有对戏目的提及和描写。这或许与文稿遗失、后40回撰写人的争议有关。仅从情节上讲，小戏班早就遣散了（第五十八回），时过境迁，连琪官都不肯再唱小旦，物是人非亦是当然之理。后半部分处处都是下坡路，贾府人死的死、散的散，哭都来不及，要打起精神来找人唱戏、听戏，似乎也很困难了。

何为曲中曲

诸多戏目中，有的只一笔带过并无深意，也有的详细描述字字玄机。戏不仅是戏目，也是剧情的一部分了。

元妃省亲的四出戏

第十八回元妃省亲，上演了四出戏。小说写：

那时贾蔷带领十二个女戏，在楼下正等的不耐烦，只见一太监飞跑来说：“作完了诗，快拿戏目来！”贾蔷急将锦册呈上，并十二个花名单子。少时，太监出来，只点了四出戏：

第一出，《豪宴》；（脂评庚辰双行夹批：《一捧雪》中伏贾家之败。）

第二出，《乞巧》；（脂评庚辰双行夹批：《长生殿》中伏元妃之死。）

第三出，《仙缘》；（脂评庚辰双行夹批：《邯郸梦》中伏甄宝玉送玉。）

第四出，《离魂》。（脂评庚辰双行夹批：《牡丹亭》中伏黛玉死。所点之戏剧伏四事，乃通部书之大过节、大关键。）

贾蔷忙张罗扮演起来。一个个歌欺裂石之音，舞有天魔之态。虽是妆演的形容，却作尽悲欢情状。

脂砚斋评点指出这些戏目埋下了伏笔，“所点之戏剧伏四事，乃通部书之大过节、大关键”，这四出戏的“歌欺裂石之音”的唱曲，分别隐喻了贾府之败、元妃之死、甄宝玉送玉和黛玉之死四件大事，这就是曲中之深意了。

《一捧雪》本是传奇，作者是李玉，此剧是其代表作之一。故事由一个玉杯而起，杯名即“一捧雪”，是莫怀古的家传之宝。权臣严世蕃想要夺杯，莫怀古以假玉杯相替，汤勤告发此事，莫家被抄家、莫怀古被问斩。忠仆莫诚替主人被杀，莫怀古侍妾雪艳刺死汤勤后自刎，而莫怀古之子考得功名弹劾严世蕃，最终父子相认，一家团圆。《豪宴》是第五出，严世蕃宴请莫怀古，莫怀古又向严世蕃引见了汤勤。这出《豪宴》正是“戏中戏”，在宴上有一出杂剧《中山狼》，讲东郭先生与恩将仇报之狼。可叹汤勤正是这样一匹忘恩负义之狼。李玉用戏中戏伏笔剧情，而曹雪芹亦用此戏中戏伏笔贾家被抄，可谓意味深远。

至于贾家是否也有这样一位“中山狼”，众说纷纭，一说狼是指被提携的贾雨村，一说并无特指，只伏贾家穷奢、被抄之败。贾雨村为巴结贾家、王家，对昔日于他有恩的甄士隐之女英莲无半点怜惜，乱判冯渊案（第四回）。冯渊被薛蟠打死，英莲被薛家买去，贾雨村确实是忘恩负义之辈，曹雪芹写贾雨村判此案，主要是想引出皇商薛家和薛宝钗。要说贾雨村是贾家的中山狼，却又缺少剧情支持。是以笔者更倾向后一种说法，即伏抄家之祸。

《长生殿》的作者是洪昇，在清代讲唐明皇和杨玉环的故事几乎要算老掉牙了，但此剧一讲帝王多情，二讲贵妃固宠，三讲天下之乱。讲爱情又兼顾国家之变，缠绵凄恻，细腻兼有凛然之气，曲词精美，引人入胜。后半部分如神话故事一般，别出心裁。《乞巧》出自第二十二出《密誓》，即杨妃七夕节乞巧，“怕花老春无剩，宠难凭，论恩情……长门孤寂，魂销泪零：断肠枉泣红颜命”。唐皇于是盟誓：“世世生生，共为夫妇，永不相离。”“在天愿为比翼鸟，在地愿为连理枝。天长地久有时尽，此誓绵绵无绝期。”可见二人当时确然相爱，贵妃受宠至深。不过这一出之后，剧情就乐极生悲，急转直下了。这一出戏，确实里里外外都在讲元春。元春封妃是盛宠，也是贾家之巅峰。宫人难免恩移爱更，红颜白发，杨玉环得誓如此，都难逃一死，可见元妃性命堪忧。

《邯郸梦·仙缘》应是明朝汤显祖的《邯郸记》第三十出《合仙》。此剧用一句话来概括即“蠢卢生梦醒黄粱”，讲一位卢姓书生得仙枕，得邯郸一梦：娶妻、做官、被构陷谋反、复官、荣显、垂老病死。他醒来发现原来是做梦，一梦之间黄粱米都还没熟。吕洞宾来点化他，他跟了师父去，还是懵懵懂懂，被众仙大叹：“你个痴人。”把他骂醒了。卢生得点化，宝玉也得点化。说是有仙缘，倒不如说大梦一场，人情世故谈尽，该了却尘缘了，卢生最终“静对高斋一炷香”。宝玉出家于此处伏笔。

《牡丹亭》也是汤显祖所作传奇，故事乃人鬼情未了，讲太守之女杜丽娘梦中与一位拿着柳枝的书生相遇，醒来后得了相思病，忧郁而死，葬于牡丹亭边。数载后书生柳梦梅赴考路上，梦见佳人，又拾到杜丽娘的画轴，丽娘由画中走出与他相会。于是柳梦梅掘墓，丽娘死而复生。经历一番磨难，二人有情人终成眷属。《离魂》应出自第二十出《闹殇》，即写杜丽娘病死，正是“连宵风雨重，多娇多病愁中。仙少效，药无功。‘颦有为颦，笑有为笑。不颦不笑，哀哉年少。’”。杜丽娘因情而死，与黛玉何其相似？只是杜丽娘相中的柳梦梅可比宝玉要强得多：

第一，柳梦梅因捡到卷轴，正是梦中人，叫“俺的姐姐”“俺的美人”，情真意切，把杜丽娘给感动了，前来相会。他若不叫这一嗓子，不与佳人有约，就没杜丽娘什么事了。可见幸福得自己争取，孟浪些也不妨，这点宝玉不及他。宝玉和黛玉相互有情，却你试探来，我试探去，急煞旁人，从第二十三回拖到第九十七回，生生拖死黛玉。

第二，柳梦梅胆大妄为，遇艳鬼而不惧，为了丽娘，冥誓拜天地，跑去掘坟开棺，一口一个“这是我娘子”，就是宝玉这样的痴人，也没有这么神志不清的。黛玉死时宝玉还是傻子，怪不得他，后来他渐好，也不过与宝钗相守，跑去哭黛玉，让佳人别怪他负心。这样的做派，能让黛玉死而复生才怪了。

第三，柳梦梅冒冒失失去认岳丈，人家杜宝女儿死了三年了，突然来了个女婿说是女儿梦里勾引他，简直惊怒交加，于是拿桃条打他，拿水喷他。柳梦梅可真是记仇，脸皮一如既往地厚，觉得岳丈对他不起，面圣丝毫不惧，历数岳丈的不是。但宝玉从来不敢反抗长辈，只有挨贾政打，眼见晴雯被赶出去病死的份儿。若宝玉是柳梦梅的脾性，黛玉不至于哀伤愤怒而亡。不过若宝玉真是这样的性格，黛玉怕要嫌他俗不可耐兼轻狂无礼，避之唯恐不及了。

清虚观打醮的三本戏

第二十九回写贾府女眷上清虚观打醮，看了三本戏。小说写，贾珍向贾母报告“神前拈了戏”。意思是说打醮演戏，是给“神”看的，用抽签的方式确定戏目，看什么戏不是人说了算，是神说了算。由天不由我，贾母就算对戏目次序有微词，也只好说：“神佛要这样，也只得罢了。”（第二十九回）

第一本《白蛇记》是明代戏曲声腔弋阳腔剧，演的是汉高祖刘邦起义。第二本《满床笏》是清代传奇剧，演的是唐朝名将汾阳王郭子仪六十大寿七子八婿皆来祝寿的故事。第三本《南柯记》又是汤显祖的传奇，演唐东平人淳于棼，梦中娶公主、做南柯郡太守、被罢免官职遣返，最后梦醒，一切富贵荣华、妻儿满堂都是虚无。这三本戏分别暗示贾府开府的艰辛、之后的繁盛，及至衰败崩塌的惘然。“南柯之浮虚，悟人世之倏忽”，这样的次序确实不妥，又无可奈何，当贾珍报告第三本戏是《南柯记》时，“贾母听了便不言语”（第二十九回）。

《牡丹亭》艳曲警芳心

第二十二回写众人顺着贾母的喜好点戏，宝钗、凤姐点的都是看热闹的戏，黛玉并没挂在心上。到第二十三回黛玉与宝玉一起看了《会真记》（即《西厢记》），事后黛玉在梨香院偶然听到戏班排练《牡丹亭》，让她真听进了心里，一时间如醉如痴，愈发销魂落魄：

刚走到梨香院墙角上，只听墙内笛韵悠扬，歌声婉转，黛玉便知是那十二个女孩子演习戏文呢。只因林黛玉素习不大喜看戏文，便不留心，只管往前走。偶然两句吹到耳内，明明白白，一字不落，唱道是："原来姹紫嫣红开遍，似这般都付与断井颓垣。"林黛玉听了，倒也十分感慨缠绵，便止步侧耳细听。又听唱道是："良辰美景奈何天，赏心乐事谁家院。"听了这两句，不觉点头自叹，心下自思道："原来戏上也有好文章，可惜世人只知看戏，未必能领略这其中的趣味。"想毕，又后悔不该胡想，耽误了听曲子。又侧耳时，只听唱道："则为你如花美眷，似水流年……"林黛玉听了这两句，不觉心动神摇。又听道："你在幽闺自怜"等句，亦发如醉如痴，站立不住，便一蹲身坐在一块山子石上，细嚼"如花美眷，似水流年"八个字的滋味。

此为《牡丹亭》第十出《惊梦》中的唱词。《牡丹亭》是曹雪芹的至爱，大观园内有好几处建筑都与此剧有关。

黛玉素来不爱看戏，热闹的戏《西游记》《鲁智深醉闹五台山》，丝毫没有触碰到黛玉的心，唯有“流水落花”的缠绵伤逝，让她感同身受。其时正是她和宝玉由总角之谊到感情初萌的时候，患得患失、若即若离的状态才刚刚开始。《牡丹亭》里的杜丽娘，因怀春之心于梦中与柳梦梅邂逅，与黛玉的心境是相恰的。《牡丹亭》点了黛玉，也是对黛玉心境的点明，只是杜丽娘死而复生，与柳梦梅终是大团圆结局，黛玉和宝玉最终阴阳两隔，伤痛太深，宝玉已然槛外无梦了。

戏曲与戏班

戏曲源流

中国戏曲起源于原始歌舞。先秦时期的傩舞，是祭祀驱鬼的仪式之一，巫者能歌善舞，披裳覆面，以狂欢之姿与万物生灵、自然崇拜相融。类似的记载可见于《诗经》《尚书》《楚辞》。

祭祀中的歌舞并非真正的戏曲戏剧，也没有“剧”的成分，主题单一，缺少人物与故事情节。汉代的角抵戏，杂技成分居多，颇有异域风情，引人入胜有之，入戏则不够。王国维谈宋元戏曲时说北齐才是后世戏剧之源，举《兰陵王入阵曲》为例，直到《踏摇娘》才集演员、歌舞、故事于一体。汉唐之后，汉乐府、唐梨园的成立促成了舞、曲的发展，先入王谢堂前，再入寻常百姓家，成为娱乐与观赏的艺术。戏剧从文学创作中汲取养分，将文学、历史中千回百转的故事呈现氍毹之上，受到了人们极大的欢迎。

宋代杂剧的出现，使得戏曲艺术深入民间。市井之中，不是每个人都会唱、会演、读得懂词、听得懂戏，但是看着勾栏里的谑笑科诨，拍拍手掌，凑凑热闹却是无碍的。所谓勾栏，即搭台唱戏的场所，这时候已经像现代的电影院、歌剧院般，有观众席，有舞台，有幕后，也有写戏的作家、有名的戏班了。

元代后期的南戏、元杂剧，是戏曲艺术蓬勃发展的产物，此时表演已经十分繁复。如元杂剧有“四折一楔子”的概念。“折”，即情节段落，也就是戏剧的“场”，在情节上有比较完整的小故事，曲目上是完整的一套曲，相互联系起来形成完整的剧本，依照故事大纲有不同的宫调和曲牌。“楔子”有些类似于开场热身或是中间串联的小情景，用以使整部剧更加紧凑和完整。

元杂剧是“一人主唱”模式，也就是一折戏里生角或旦角是主唱，没有合唱或者对唱，情节串联上则通过“道白”，即念台词、讲故事，来介绍人物关系、故事发展。主唱和道白基本上能够把故事讲清楚了，要让故事好看，则还有演的部分。其动作也称为“科”，比如唱词和动作的配合以及武打场景。舞台毕竟是有限的，场景也不可能像如今一般如梦似幻，道具多数都比较简单，以简代繁，已经有了唱、念、做、打的气势。

明清时期，传奇盛行，杰出的剧作家有汤显祖、沈璟、李渔，以及前文提到的李玉、洪昇、孔尚任等人。传奇剧目繁多，有以市井人物为题材，针砭时弊以呈现当时民生状态的公案类传奇，也有以古喻今颇有宏大气势的历史类故事，可谓百花齐放。才子佳人戏仍是明清传奇中非常重要的组成部分，故事以大团圆或小团圆为结局的居多，即便有主要或次要人物的生死悲情，大部分仍以喜剧为结局。好几部传奇中主角都已经死了，也能起死回生（如《牡丹亭》）；实在是不能活的，也要做神仙（如《长生殿》）。舞台形式上仍然继承南戏的曲牌联套、生旦担当剧情主线依序出场的程式。

戏　班

戏曲表演需要如此繁杂的配合，几乎不可能是一朝一夕、临时抱佛脚就能完成的，汇拢了演员、武打指导、音乐指导、道具指导和班主的组合，这就是戏班了。配置比较豪华的戏班多数有官府的照拂，普通的戏班在民间走动，富贵人家也有私养的家班。元杂剧的大家如创作《窦娥冤》的关汉卿、以《莺莺传》为蓝本创作《西厢记》的王实甫，俱是声名远扬。

权贵人家的家养戏班也十分流行。第五十四回写贾府元宵听戏，贾母谈到她打小在家听戏的经历：“指湘云道：

‘我像他这么大的时节，他爷爷有一班小戏……’。”

贾府的小戏班有12位女戏，即“十二官”，较多出场的是被元妃赏赐的龄官，心恋贾蔷，被宝玉窥见她在地上画“蔷”；芳官扮正旦，在宝玉生日时唱了《邯郸记·度世》中的《赏花时》；藕官扮小生，与扮小旦的药官、蕊官有情。这十二官的命运都可用坎坷二字概括，第五十八回写，因宫中“老太妃已薨”，“各官宦家，凡养优伶男女者，一概蠲免遣发”，贾府也“遣发十二个女孩子”。戏班解散后，12个女孩被迫离府、被迁怒出家、身死的皆有。

另一位不在贾府上，但与宝玉有交集的优伶是蒋玉菡，即忠顺王府的琪官。一开始是唱小旦的，宝玉挨打，有一半是因他与蒋玉菡有交往，被忠顺亲王府的长史官堵在家门口要人，“请将琪官放回”（第三十三回）。他年纪渐大，不再唱小旦，改唱生角，唱功了得。比起贾府小戏班的诸人，蒋玉菡薄有田产、店铺，衣食无忧，后来与袭人结连理，也算袭人之好归宿了。

贾宝玉另一位朋友柳湘莲其实也喜欢串戏，特别是“生旦风月”的戏，因为他长得很俊，人又不羁，被薛蟠认作“同好”来调戏，怎知此人其实是个侠客，不仅相当笔直，还烈性十足，抛媚眼骗薛蟠到城郊，把他暴打一顿。“只见薛蟠衣衫零碎，面目肿破，没头没脸，遍身内外，滚的似个泥猪一般。”（第四十七回）

贾府的戏台也有分别，给薛宝钗庆生的戏台，是家常小戏台，另外有行大礼所用的戏台。由第二十二回可知，贾府的戏班既能唱昆腔，也能唱弋阳腔。弋阳腔在民间形成，风格初时较为豪爽肆意，后期则被清廷列为雅部，深受青睐，也算是能与昆腔分庭抗礼了。昆腔较为清丽，伴乐考究，力压海盐、余姚诸腔，在江南和北京都十分受欢迎。明清传奇主要采用昆腔，但弋阳腔与昆腔在曲牌上差异不大，也可以稍微更改来替代。

唱　戏

中国戏曲是歌舞化的艺术表演，唱是第一位的。明代徐渭的戏曲理论专著《南词叙录》写："唱为主，白为宾，故曰宾白，言其明白易晓也。"主宾指主次，即主要与次要，传统戏曲以唱（唱曲）为主，白（唱词以外的台词、说话）为次，因此又叫"宾白"。作为视听艺术的戏曲，将听觉声音的唱排在第一，唱是戏曲的首要元素。

元杂剧是北曲，而《红楼梦》中的剧目，多数是明清传奇，承接自南戏。明清传奇较元杂剧灵活，比如没有"一人主唱"的要求，所有登场角色都可以演唱。传奇也没有元杂剧必须四折一楔子的要求，剧本分"出"，故事可长可短，情节段落多达几十出，其动作称为"介"（与元杂剧的"科"义同）。角色也非常多样，除了生和旦是主角，还有老生、老旦、贴、外、副、净、丑等十门角色。传奇在曲牌上也兼容并包，不仅使用南曲的曲牌，连北曲的曲牌也一并使用。

明清传奇之盛，引得许多无法出仕或被贬被抑的文人墨客，也纷纷投身其中。《红楼梦》中让黛玉痴心的《牡丹亭》，前文提到过，可算得上曹雪芹的最爱，也是汤显祖最为著名的作品之一，其余三部与之并称的还有《紫钗记》《南柯记》《邯郸记》，在《红楼梦》中也有提到一二。其他的剧目诸如李玉的《一捧雪》、洪昇的《长生殿》，在当时都是艳惊四座的名剧，而剧作者都是困顿潦倒的寒儒。甚而连曹雪芹也有要写传奇之心。《红楼梦》第二十二回宝玉写了一首“无我原非你，从他不解伊……”的曲子，脂砚斋批：“看此一曲，试思作者当日发愿不作此书，却立意要作传奇，则又不知有如何词曲矣。”（脂评庚辰本第二十二回）

听　戏

贾府生日会及其他宴席都爱听戏。第十一回“庆寿辰宁府排家宴”，女眷在天香楼听戏，王熙凤到场时，“戏唱了有八九出了”。她和尤氏“坐在一桌上吃酒听戏”。邢夫人、王夫人要王熙凤点戏道：“你点两出好的我们听。”

第二十二回回目就是“听曲文宝玉悟禅机”，贾母为祝贺宝钗生日置酒听戏。宝玉问黛玉要听哪一出，黛玉回说：“你就特叫一班戏来，拣我爱的唱给我看。”指宝玉是借宝钗的光才有戏听。席间，黛玉谦让，要让薛姨妈、王夫人先点戏。贾母道：“别理他们，我巴巴的唱戏摆酒，为他们不成？他们在这里白听白吃，已经便宜了，还让他们点呢！”黛玉才点了。其实她不爱戏，点什么都是凑趣。宝玉不喜宝钗点的《鲁智深醉闹五台山》太过热闹，宝钗教育他说：“你白听了这几年的戏，哪里知道这出戏的好处，排场又好，词藻更妙。”“要说这一出热闹，你还算不知戏呢。”言下之意，她听的戏、评的戏多了去了，可见宝钗是爱戏之人。

不过宝钗其人，果然是蕙质兰心又有点“腹黑”，她明明在“七八岁上”，就已在家“偷偷的背着”弟兄看《牡丹亭》《西厢记》等，还训告黛玉不要看这些“杂书移了性情”（第四十二回），却在众人面前装不懂。第五十一回众人观薛宝琴的怀古诗，第九首和第十首写的正是《西厢记》红娘被打、《牡丹亭》柳梦梅拾画的剧情，宝钗偏偏要说：“后二首却无考，我们也不大懂得。”其时这两本都是风月艳词，自诩端庄正派的宝钗自是不肯承认读过的。

唱戏有诸多考究，听戏的观众也得有点墨水，有点品位。贾府上的诸人，对戏目的熟悉程度，甚而对演奏器乐，都有心得。薛宝钗前文有述不提，以第五十四回贾府元宵夜宴看戏为例，自家小戏班演戏，贾母让小戏班唱两个新鲜的戏文，小说写：

（贾母道：）“叫芳官唱一出《寻梦》，只提琴与管箫合，笙笛一概不用。”文官笑道：“这也是的，我们的戏自然不能入姨太太和亲家太太姑娘们的眼，不过听我们一个发脱口齿，再听一个喉咙罢了。”贾母笑道：“正是这话了。”……“叫葵官唱一出《惠明下书》，也不用抹脸。只用这两出叫他们听个疏异罢了。若省一点力，我可不依。”

文官等听了出来，忙去扮演上台，先是《寻梦》，次是《下书》。众人都鸦雀无闻，薛姨妈因笑道：“实在亏他，戏也看过几百班，从没见用箫管的。”贾母道：“也有，只是象方才《西楼·楚江情》一支，多有小生吹箫和的。这大套的实在少，这也在主人讲究不讲究罢了。”

贾母不仅指定戏目，还指定乐器的使用。薛姨妈说：“戏也看过几百班，从没见用箫管的。”贾母觉着不算出奇，这在于主人是否讲究。举例史家从前的小戏班，有个真能弹琴的，戏目《西厢记》的《听琴》、《玉簪记》的《琴挑》、《续琵琶》的《胡笳十八拍》就真的有琴作为乐器。贾母还对唱功有讲究，小戏班领头的文官熟知老太太的爱好，打趣说，“听我们一个发脱口齿，再听一个喉咙”，意思是听唱戏时的发声吐字，听嗓子唱得怎样。贾母也赞同。

唱戏、听戏，在清初十分盛行，借由《红楼梦》中诸人听戏、说戏和诸多的戏目，都能反映当时的盛景。加诸戏上的，还有作者的良苦用心，需要读书人慢慢摸索了。

第十章 《红楼梦》的嗅觉文化

形、声、闻、味、触对应人的五种感官感觉：视觉、听觉、嗅觉、味觉、触觉。在叙事中，视觉占据了主导地位，通过作者、读者和故事人物的观察，是最为直观的。在某些场景中，听觉的想象力更甚于视觉，如回声暗示空间的空荡静谧，喧哗热闹突显了场景的车水马龙。在叙事上许多的“听”，都已转化为文字，读者在阅读中想听见声音，非得在脑海里“移觉”转化不可。《红楼梦》视觉与听觉的叙事本书已有探讨，而本章则重笔另外一种感官感觉——嗅觉。

嗅觉对《红楼梦》一书之所以重要，也与其题材息息相关。如果说建筑的门、窗、墙是小说中的实体，则听觉与嗅觉是虚化的空间形态。《红楼梦》故事的发生地为嗅觉的联觉和通感提供了沃土。有趣的是，同是嗅觉，《红楼梦》贪香远臭，对香的描写不厌其烦，对臭却采取漠视的态度。从本章开始，将分述《红楼梦》的嗅觉文化、香气空间与空白、香气韵调，以及由此引申中国古代礼俗中的香与祭祀。

《红楼梦》的气味

气味是物体散发的，嗅觉感知是人体嗅觉细胞对外界的反应，由大脑赋予气味不同的记忆。嗅觉既可以感受到奇香，也能感受到恶臭。个人的嗅觉有所差异，感受有不同，理解和接收的程度也不尽相同。正是吾之蜜糖，彼之砒霜。万物皆有气味，花果之香、乔木之香，使人产生繁华盛景、清幽雅致的联想；而腐败之臭，则多有污秽、衰败的猜测。偏爱香味，而规避臭气，似乎仍然是人趋利避害的主流。

对臭的规避

《红楼梦》虽然重视对嗅觉气味的勾勒，对臭的描写却着笔不多，且引申义更重。

第一回写空空道人与石头的对话说到“臭”字，石头说：“更有一种风月笔墨，其淫秽污臭，屠毒笔墨，坏人子弟，又不可胜数。”

第二回写贾宝玉和甄宝玉小时候。贾宝玉说：“女儿是水作的骨肉，男人是泥作的骨肉。我见了女儿，我便清爽；见了男子，便觉浊臭逼人。”

甄宝玉对小厮说：“这女儿两个字，极尊贵、极清净的，比那阿弥陀佛、元始天尊的这两个宝号还更尊荣无对的呢！你们这浊口臭舌，万不可唐突了这两个字要紧。但凡要说时，必须先用清水香茶漱了口才可；设若失错，便要凿牙穿腮等事。”

第十六回写宝玉把北静王所赠鹡鸰香串转赠黛玉：“黛玉说：‘什么臭男人拿过的！我不要他。’遂掷而不取。宝玉只得收回。”

第四十一回写刘姥姥醉酒闯入宝玉卧房睡着了，袭人进来，“只闻见酒屁臭气”，“忙将鼎内贮了三四把百合香”，以除臭气。后带刘姥姥出屋，对众人“只说他在草地下睡着了”，对“酒屁臭气”规避不提。

第四十四回贾母调节贾琏和凤姐矛盾，教训贾琏的时候倒是提到“臭”字：“成日家偷鸡摸狗，脏的臭的，都拉了你屋里去。为这起淫妇打老婆，又打屋里的人，你还亏是大家子的公子出身，活打了嘴了。”

第五十六回写宝玉在梦里寻找另一个宝玉，梦中一个丫鬟接连用了“臭小厮”“臭肉”贬低贾宝玉：“你是那里远方来的臭小厮，也乱叫起他来！仔细你的臭肉，打不烂你的。”又一个丫鬟笑道：“咱们快走罢，别叫宝玉看见，又说同这臭小厮说了话，把咱熏臭了。”

这些“臭”，一为男人味，倒不见得真臭，而是相对女子的可爱，而对男子的贬低；二为酒色之气，亦带有极强的评判色彩。古语云：“与善人居，如入兰芷之室，久而不闻其香，则与之化矣；与恶人居，如入鲍鱼之肆，久而不闻其臭，亦与之化矣。”与恶人为伍，则小人聚集，不闻其臭，不知其恶。古往今来的礼乐教化耳提面命，酒色财气能使人智昏，不值得推崇。宠妾灭妻是恶，好酒贪杯是恶，色迷心窍是恶，君子应该远离。将恶与臭相联系，将善用香来比拟，香与臭都是借喻，古人习惯将嗅觉与情感、德行相互联系，臭的引申之义已远远超过了实际的感知。

象征性的臭还有几处，而在应该提及臭的情节处，却乏“臭”可陈。如第一回葫芦庙炸供品失火，一条街“直烧了一夜”，物体被烧焦之臭，毫无踪影。小说写：

葫芦庙中炸供，那些和尚不加小心，致使油锅火逸，便烧着窗纸。此方人家多用竹篱木壁者，大抵也因劫数，于是接二连三，牵五挂四，将一条街烧得如火焰山一般。彼时虽有军民来救，那火已成了势，如何救得下？直烧了一夜，方渐渐的熄去，也不知烧了几家。只可怜甄家在隔壁，早已烧成一片瓦砾场了。

小说有三回直接写到粪便，但是回避了对粪便臭的描写。第七回写贾府的老仆焦大酒后胡言乱语，说贾珍的是非，暗指儿媳妇（秦可卿）与公公不干不净，被众人往嘴里塞土和马粪：“众小厮听他说出这些没天日的话来，唬的魂飞魄散，也不顾别的了，便把他捆起来，用土和马粪满满的填了他一嘴。”

第十二回王熙凤毒设相思局，让贾蓉、贾蔷用尿粪水浇了贾瑞一身一头，这是真正对臭粪描写了，却也没有写臭气，只是“更衣洗濯”，无心渲染。小说写：

贾瑞此时身不由己，只得蹲在那里。心下正盘算，只听头顶上一声响，嗗拉拉一净桶尿粪从上面直泼下来，可巧浇了他一身一头。贾瑞掌不住嗳哟了一声，忙又掩住口，不敢声张，满头满脸浑身皆是尿屎，冰冷打战。只见贾蔷跑来叫：“快走，快走！”贾瑞如得了命，三步两步从后门跑到家里，天已三更，只得叫门。开门人见他这般光景，问是怎的。少不得扯谎说：“黑了，失脚掉在茅厕里了。”一面到自己房中更衣洗濯，心下方想到是凤姐顽他，因此发一回恨；再想想凤姐的模样儿，又恨不得一时搂在怀，一夜竟不曾合眼。

第一〇二回写贾珍妻子尤氏在“凄凉满目”的大观园“如有所失”，大夫来看，说是感冒引起，伤了胃肠，“如有所见，有了大秽即可身安。尤氏服了两剂，并不稍减，更加发起狂来”。

这些臭该是理所当然，被劈头盖脸泼尿粪，被塞马粪，文中却一笔带过，倒是第七十七回宝玉去看被逐出大观园的晴雯，特别提及闻到了异味。晴雯睡在炕上，无人照顾，要宝玉倒茶给她喝。小说写：

宝玉看时，虽有个黑沙吊子，却不像个茶壶。只得桌上去拿了一个碗，也甚大甚粗，不像个茶碗，未到手内，先就闻得油膻之气。宝玉只得拿了来，先拿些水洗了两次，复又用水汕过，方提起沙壶斟了半碗。看时，绛红的，也太不成茶。晴雯扶枕道："快给我喝一口罢！这就是茶了。那里比得咱们的茶！"宝玉听说，先自己尝了一尝，并无清香，且无茶味，只一味苦涩，略有茶意而已。尝毕，方递与晴雯。只见晴雯如得了甘露一般，一气都灌下去了。宝玉心下暗道："往常那样好茶，他尚有不如意之处；今日这样，看来，可知古人说的'饱饫烹宰，饥餍糟糠'，又道是'饭饱弄粥'，可见都不错了。"

"油膻之气"正与晴雯"如得了甘露"相对。遥想晴雯撕的扇子、喝的女儿茶、宝玉为她要的豆腐皮包子、换掉枳实和麻黄的药方、通鼻的西洋药，如今一句"油膻之气"，就把晴雯带病被赶出贾府、受哥嫂冷眼、无人帮衬的凄凉境况道尽了。

对香的偏爱

臭在《红楼梦》中全无存在感，除了只言片语的一笔带过，便是刻意的无视。与臭相对的，是《红楼梦》文中对香描写的情有独钟。比起对臭的回避态度，香在文中种类繁多、无处不在。只第三十八回诗社作诗，除了黛玉的两首，宝玉、宝钗各一首共四首诗无"香"，其余11首皆有

“香”踪。

香既暗含对曹雪芹笔下红楼儿女的指代，又符合一部庭院文学作品中，对权贵官宦奢靡生活的描摹。臭不雅污秽，自不能与香相提并论。

然而繁华盛景、芳香四溢间，《红楼梦》却又的确是个开到荼蘼、腐臭枯朽的故事。这是作者的殷勤安排，也是读者的嗟叹踟蹰。

香的种类

园林与香

园林芬芳源于自然，一花一叶、一草一木皆有其异香。草木花果是天然之物，文人骚客用此借喻人世间林林总总，《红楼梦》中百花争艳，有具体描写的花30余种，诸如：白牡丹花蕊、牡丹、白荷花、白芙蓉、白梅花、杏蕊、桂花等。又有对树的描写30余种，诸如：芭蕉、松、桃树、李树、菩提树、梧桐、白杨林等。草叶藤蔓果实有40余种，诸如：苔藓、藤萝、薜荔、桃杏、青芷、葛、杜蘅等。

这些花木自有咏叹之处，而其一便是芬芳馥郁之气。花木香气描写有20余种，诸如：杜蘅、白芷、芳草、茝草、香草佳蕙、水仙香、兰风蕙露、香橼、麝兰芳霭、蒲艾、茴香、香藤异蔓、芳菲、香巢、香花、菱藕香、香桃等。而园中还有其他的香源，诸如：香尘、土香、香屑布地、香风、香飘、异香扑鼻、寒香拂鼻等。

第十七回贾政与诸人巡园，行至蘅芜苑（即宝钗院），但见异草，但闻奇香。借宝玉之口，将《楚辞》《吴都赋》《蜀都赋》等诸篇中的花草林木点了个遍。清厦卷棚、绿窗油壁，“此轩中煮茶操琴，亦不必再焚名香矣”。既清雅又有香风，自然是不用再添香了。

第二十七回诸人芒种节饯花神，“满园里绣带飘飘，花枝招展，更兼这些人打扮得桃羞柳让，燕妒莺惭，一时也道不尽”。虽然说寻的是夏日到来，春花逝去，要给退位的花神来个欢送会的由头，诸人主要还是附庸风雅，闲闲寻乐。只有黛玉是真伤心：“花谢花飞花满天，红消香断有谁怜？”香断情逝，花落无痕，狠狠地哭了一场。

第三十七回秋纹讲宝玉“孝心一动……连跟的人都得了福了”。原来园中桂花开得好，宝玉折了两枝让秋纹给贾母、王夫人送去。先到贾母处，把贾母高兴坏了，直夸宝玉孝顺，“连一枝花儿也想得到”，赏了秋纹几百钱。到王夫人处，王夫人放下一切只顾看花，赏了秋纹两件衣服。宝玉借花献佛，长辈欣喜万分，秋纹得了便宜，都是因花而起。

第三十八回秋意渐浓，只有菊花、桂花还盛。贾母园内赏桂花吃螃蟹，散场后，宝玉、黛玉、宝钗等结社的小辈在桂花树下作菊花诗，枕霞旧友（史湘云）写：“隔坐香分三径露”“霜清纸帐来新梦”，可知菊花之香清幽淡雅，但又香气袭人，于是将菊花放在房内，以添梦香。又是几番寒暑，到第七十六回再赏桂花时，贾母只叹人少，不似当年热闹。散场后倒也有联诗，是湘云见黛玉伤感，便约她排遣联句，初时还有些应景“香新荣玉桂”，后来越联越悲，直接成“冷月葬花魂”了。

大观园花叶之繁盛，多到可以卖钱的地步。第五十六回因凤姐身体不好，李纨、探春、宝钗协理家务事。平日里不管钱还好，管钱才知道各种艰难，凤姐确实当家不易。探春这是初当大任，她是庶出，母亲赵姨娘不是个省心的人，总是拖后腿，如今好不容易能被重用，正是百分之二百地用心。持家后，她开始咋舌丫鬟小姐的份例赏银，大观园中“一个破荷叶，一根枯草根子，都是值钱的”（第五十六回）。三个小姐、媳妇，头一遭聚在一起不是联诗、品茶、赏花，而是正儿八经来算银子，看大观园能有什么产出，能托付什么人来料理收成，顺便赚点孝敬，省点人工。这一算就开心了，原来大观园处处是宝，只说那一片翠竹，能收成竹笋，说不定还能卖钱；稻香村能有菜蔬稻禾产出；怡红院的玫瑰花、蔷薇、月季、宝相、金银藤多不胜数，能卖到香料铺、茶叶铺、药铺去。足见大观园若不是供这群小姐丫鬟生活玩耍，完全可以摇身一变，成为花圃、苗圃。这还只是稍稍发散一下思维，再脑洞大开，怕探春要把主意打到沁芳溪中的锦鲤头上了。

焚香是雅兴，观花题词是诗兴，觊觎园中干花则是俗兴大发。园中香风或许是贾政诸人自诩风雅的典故，也是女眷们消磨时光、感时伤怀的由头。寻香、品香、留香，甚而要卖香，就不可谓不重要了。

香　料

香料指在常温下能够发出芳香的有机物质。古时香料多为天然，由植物和动物体中取得。香料又指食物烹饪中的辛香料，及用于起居、沐浴、妆容的香原料，此处的香料指的是后者。

古代中国对香的使用可追溯先秦，《丁晋公本集·天香传》写："香之为用从上古矣，可以奉神明，可以达蠲洁，三代禋祀，首惟馨之焉。"①《左传·宣公三年》中也有"以兰有国香，人服媚之如是"的说法②。

香料的调配各有秘方，即香方。由香料再加工，可得香油、香露、香丸及各种化妆用品。香料的产出、采集、制作都非易事，多数要靠进口。彼时物料运输艰难，香料称得上是奢侈品，甚至有些香料只做贡品，民间不得一闻。南宋《诸蕃志》有载："安息香，出三佛齐国，其香乃树之脂也，其形色类核桃瓤。……《通典》叙西戎有安息国，后周天和，隋大业中曾朝贡，恐以此得名。""金颜香，正出真腊，大食次之，所谓三佛齐有此香者，特自大食贩运至三佛

① ［宋］洪刍：《香谱二卷》，《丛书集成初编》，北京：中华书局1985年版，第23页。

② ［清］阮元校刻：《春秋左传正义》，《十三经注疏》，北京：中华书局1980年版，第1868页。

齐，而商人又自三佛齐转贩入中国耳。”[①]

香料铺是普通香料的购买渠道，书中第二十四回写到的贾芸的舅舅卜世仁便是开香料铺子的。贾府定期要购买香料以供燃香、熏香和女眷的化妆之用。贾府所用的香料有20余种，诸如：冰片、麝香、麝兰、沉香、檀香、芸香、降香、速香、松柏香、百合香、梦甜香，以及用各种香料粉末合成的香饼子、香毬子、香粉、香露、木樨清露、玫瑰清露、玫瑰膏子、高香、更香、线香、安息香、灵柏香等。这些香料各有使用的讲究，被用于不同的场合。

至于香料的用途，其一是用于祭拜。第四十三回写贾母为凤姐做生日，诸人凑份子热闹非常，独不见宝玉。原来宝玉拿北静王当幌子，跑出去想祭拜金钏儿。九月初二，不仅是王熙凤的生辰，还是第三十回因宝玉调戏被王夫人撞见，第三十二回羞愤投井的金钏儿的生祭。宝玉一早就素服偷偷跑出去，跑到半路发现没带香，也没带香炉，去水仙庵借了香炉，用自己荷包里的沉香和速香焚香。不知是碍于王夫人还是悔恨自己的作为，宝玉一直都不肯将此行是为金钏儿祭拜说出口，倒是借由随身的书童茗烟之口代祝：“若芳魂有感，香魄多情，虽然阴阳间隔，既是知己之间，时常来望候二爷，未尝不可。”与此相关的情节将于后文再述。

其二是用于香氛。传播香氛的，则是熏笼和香炉。第

① ［宋］赵汝适：《诸蕃志》，《丛书集成初编》，北京：中华书局1985年版，第30页、33页。

十八回元妃省亲，园内“金银焕彩，珠宝争辉，鼎焚百合之香，瓶插长春之蕊”。整个园子都是香风，“香烟缭绕，花彩缤纷”。元妃驾到，龙旌凤翣、雉羽夔头开道，销金提炉燃香，怎一个雍容华贵的皇家排场！

熏笼是放在火盆上的箱形罩笼，民间又称“烘笼”，是古代烘烤和取暖的用具，可熏香、熏衣、熏被。中国人使用熏笼已有千年历史，贾府使用熏笼主要是为了取暖，“那熏笼上暖和”（第五十一回），相当于今天家庭安装的暖气设备。火盆中加香料是贾府惯常的做法，第五十三回写除夕祭宗祠，贾母正室之中，“当地火盆内焚着松柏香、百合草”，满屋香气。添香，是贾府丫鬟们的惯常动作，第二十七回写林黛玉出门嘱咐紫鹃“烧了香就把炉罩上”。第五十一回写宝玉房，麝月“又将火盆上的铜罩揭起……拈了两块素香放上，仍旧罩了”。

熏香是风雅之物，不过香也并非全有益处。第八十一回马道婆针扎纸人被官府拿了，搜出来泥塑煞神和闹香（即迷香），凤姐就怀疑她和宝玉之前生病是被赵姨娘找马道婆下的巫术，只是没有证据。先不说巫术是否真的有效，香烟、香丸是巫蛊祭祀的重要物件，可知香薰可被用来行歹毒之事。第一一二回妙玉正是“一股香气透入囟门”，“手足麻木，不能动弹，口里也说不出话来”，被劫匪用闷香悄无声息掠走了。

清代另一部颇受欢迎的弹词小说《再生缘》为陈端生所

作，讲女公子孟丽君因被逼婚出逃，女扮男装中状元，阴差阳错和自己婢女苏映雪成亲，在朝堂上与自己父亲、公公、未婚夫同朝为官的故事。书中有一段，孟丽君被义父母探问为何拜堂这么久，妻子都没有梦熊之兆，她一本正经地胡说八道，说映雪喜欢用香，檀香、麝香不离身，这些香最影响怀孕，要是这样下去，过几年再无所出，自己就要纳妾了。虽然《再生缘》剧情上是满纸荒唐言，但时人观念中香料对身体损益的见解可见一斑。

其三是用于梳妆。将香料混于水粉胭脂中，又或者将香料本身的颜色用于妆容，自古红颜谁能不爱？第四十四回凤姐吃贾琏与鲍二家的偷情的醋，波及了自己的丫鬟（也是贾琏的妾）平儿。宝玉为了安抚平儿，呈给她几样脂粉："宝玉忙走至妆台前，将一个宣窑瓷盒揭开，里面盛着一排十根玉簪花棒，拈了一根递与平儿。又笑向他道：'这不是铅粉，这是紫茉莉花种，研碎了兑上香料制的。'""胭脂也不是成张的，却是一个小小的白玉盒子，里面盛着一盒，如玫瑰膏子一样。宝玉笑道：'那市卖的胭脂都不干净，颜色也薄。这是上好的胭脂拧出汁子来，淘澄净了渣滓，配了花露蒸叠成的。只用细簪子挑一点儿抹在手心里，用一点水化开抹在唇上。手心里就够打颊腮了。'平儿依言妆饰，果见鲜艳异常，且又甜香满颊。"宝玉在脂粉中长大，于闺阁事比寻常公子哥儿更精通一些，信手拈来，替平儿妆饰了一回。

第二十四回宝玉闻到鸳鸯脖颈上擦的香油，涎脸要她把“嘴上的胭脂赏我吃了罢”。鸳鸯也不和他纠缠，张口就叫袭人出来瞧瞧。袭人一出来，完全没有抓到了主子窃玉偷香的姿态，只说：“左劝也不改，右劝也不改，你到底是怎么样？”可知宝玉要吃胭脂不是要轻薄鸳鸯，而是真的要吃、爱吃胭脂水粉。果真是个神奇的痴汉。

其四是用于计时，即话本小说、武侠小说中常说的“一炷香”时间。线香由香原料制成，它在《红楼梦》中不仅做燃香，还以此计算时间。第三十七回写秋爽斋结海棠社，诸人要限时作诗，迎春令丫鬟点了一支“梦甜香”：“原来这‘梦甜香’只有三寸来长，有灯草粗细，以其易烬，故以此烬为限。”第七十回黛玉重建桃花社，小说写“紫鹃炷了一支梦甜香”，宝玉要另作诗，“回头看香，已将烬了”。

香料与其他物事一般，也是人情的敲门砖。却说贾芸为贾家草字头辈的族人，出场时未到弱冠，比宝玉大四五岁年纪，因父亲早亡，家中落魄，于是托庇荣国府，以谋差事。荣国府上，连贾芸也知道求凤姐比求贾琏有用，他便去舅舅卜世仁的香料铺子里，想赊账冰片、麝香送给王熙凤，好开口求人。谁想舅舅是个商人，为人市侩，乃亲兄弟也要明算账的性格，和妻子一唱一和，别说香料，连饭都不肯留他吃。倒是邻居一个泼皮无赖倪二，肯借钱给贾芸。贾芸谎称香料是朋友送的，用这些香料来孝敬王熙凤，将她夸得天上有地下无。奉承话谁不喜欢呢，凤姐开心得很，就把监督花木工程的差事派给贾芸了。几两银子的香料，换来二百两银子的肥差，除了五十两是真的买树，剩下确实能便宜贾芸，让孤儿寡母生活有靠。

倪二仗义之举，还有后续。正是拿人手短，吃人嘴软，贾芸得了倪二这买香的恩惠，钱债虽然马上就还了，人情债却没清。第一〇四回倪二酒后冲撞贾雨村，被官衙收监，倪二家人要贾芸去求贾琏。贾芸没见着贾琏和王熙凤，又碰不上宝玉，便推脱帮不上忙，贾雨村不肯放人。倪二被放回家后大怒，觉得贾芸忘恩负义，说要和几个朋友说贾家如何盘剥小民，强娶妇女，要去给从前一个姓张的赌友出主意，告倒贾家。“我倪二出个主意，叫贾老二死给我瞧瞧”（第一〇四回）。倪二到底有没有去告去闹，后文没有交代，不过这位张姓赌友与贾琏、凤姐确有前情。贾琏纳尤二姐为妾，凤姐深恨，于是怂恿尤二姐从前的未婚夫张华去官府告状，只说：“告我们家谋反也没事的。不过是借他一闹，大家没脸。若告大了，我这里自然能够平息的。”一方面怂恿张华，一方面又疏通接状纸的都察院，说张华是“诳捏虚词，诬赖良人”（第六十八回）。而后更想兔死狗烹，要置张华于死地。等事情了结，凤姐七情上面，既哭自己命苦，又与尤二姐假意相处，赚得她的贤惠名声。张华有幸不死，而他告的状，是宁国府被抄的其中一个罪状。贾珍聚赌、贾琏“强纳”人妻、尤三姐自刎不报、凤姐私放高利贷，压垮本就强弩之末的贾家，不过是需要倪二、张华这一两根毫无存在感的稻草。御史告贾珍，有多少是倪二促成，不得而知，料来他无这般神通，不过倪二在狱中确有听闻贾家近期不好，“前儿监里收下了好几个贾家的家人”（第一〇四回）。这样的小道消息，该是街知巷闻，昔日仇家只坐等贾家倒罢了。正是因果轮回，报应不爽。

香　物

《红楼梦》描写的香物有香炉、香袋、香囊、香车、香烟、沉香拐拄、旃檀香护身佛、香珠、香汗巾等。王熙凤吃螃蟹时吩咐拿来洗手的“菊花叶儿桂花蕊熏的绿豆面子”（第三十八回），乃是香皂，也应算在其内。

香物难得，贾府府上的香物除了从各地搜罗而得，还有宫中御赐。因元春之故，贾家得的香物不在少数，如送给贾母沉香拐拄（第十八、七十一回）、香如意（第二十八回）、伽楠珠（沉香制成的念珠）、福寿香（第七十一回），送给宝玉红麝香珠（红麝香串），送给尤氏、王熙凤香袋（第二十八回）等。还有北静王送宝玉的鹡鸰香念珠，为皇帝所赐（第十五回）；南安太妃送黛玉宝钗等姐妹的腕香珠（第七十一回）；庆国公送宝玉的旃檀香护身佛（第七十八回）。

其中几样香物，成了信物，成了情劫，成了催命符。

第二十八回蒋玉菡因一句“花气袭人知昼暖”，犯了袭人的名讳，之后与宝玉互换汗巾。他赠宝玉的大红汗巾是北静王所给茜香国贡品，夏天系上，肌肤生香。宝玉赠他的则本是袭人的松花汗巾。宝玉送的时候只因恋慕蒋玉菡姿仪，没想着有什么不妥，等被袭人质问才觉得讪讪的，又强买强卖地把茜香国汗巾塞给袭人。谁知经年后，宝玉出家，袭人在贾家已无容身之处，被说亲嫁与蒋玉菡，二人将汗巾翻出来相验，“始信姻缘前定”（第一二〇回）。冥冥中有天意，成就一桩姻缘。

再说同一回中元春赠红麝香珠给宝玉、宝钗，两人得的赏一模一样，似乎就是刻意要成就金玉良缘。宝玉要瞧宝钗的红麝香珠，宝钗手臂丰润，褪下来有点困难，宝玉看着她的酥臂和妩媚的眉眼，“只见脸若银盆，眼似水杏，唇不点而红，眉不画而翠”（第二十八回），竟然看呆了，被黛玉戏谑是“呆雁”。

第十八回下人找宝玉讨要好处，把宝玉随身的荷包、扇囊全讨了去，黛玉疑心自己给宝玉的荷包也被拿去了，怨他不珍惜自己所赠，回房就剪了宝玉央她做的还未完工的香囊。宝玉要阻止为时已晚，于是“把衣领解了，从里面红袄襟上将黛玉所给的那荷包解了下来，递与黛玉瞧道：‘你瞧瞧，这是什么！’”。可知宝玉对黛玉所赠非常珍重，贴身戴着。正是东边日出西边雨，道是无晴却有晴。两人为这荷包、香囊吵了一场，宝玉把狠话撂下，说不要黛玉的荷包了，见黛玉果真连荷包也要剪，登时气消了，也不怕打脸直哄黛玉：“好妹妹，饶了他罢！”接着又求黛玉再做个香袋给他。这个被剪破的香囊，黛玉还留着，第八十七回黛玉拿出来“触物伤情”，“簌簌泪下”，所谓情深不寿，莫过于此了。

大观园被抄，导火索也是香囊。可叹冥冥天注定，晴雯有此劫难。她本是担心宝玉读书烦恼，让宝玉趁着有人夜跳墙的事由“快装病，只说唬着了”（第七十三回）。想不到惊动了王夫人、贾母，把园内搜查拷问，结果查出来聚赌。本就闹得不可开交，偏偏在这当口，贾母房内名叫傻大姐的丫头，在园里“山石背后得了一个五彩绣香囊”（第七十三回）。若香囊被其他任何一个小姐、丫头捡到，都不会有这么大的祸事，偏偏是个痴人捡到，她见上面绣的春宫，竟觉得是妖精打架，随意交给贾赦之妻邢夫人看。邢夫人对王夫人、王熙凤不满已久，借此机会让王夫人下不了台。于是几家的婆子气势汹汹在大观园中抄检，晴雯首当其冲，被王夫人当成狐狸精来办。

一个香囊，逼死了司棋、晴雯二人，还不计被赶出府的入画、四儿、芳官等人。王夫人为宝玉发作，也不是头一回了，前文还逼金钏儿“投井死了”（第三十二回）。不过一切错处，在王夫人眼中，都在勾引宝玉的丫鬟们身上。人的心总是偏的，只是王夫人的灵台生得格外不正，眼神特别不佳，神智尤其迷乱罢了。王夫人既然做了恶人，宝玉便只能去做个哭丫鬟的多情公子了。

真不愧是天生情种的主人公，他于宝钗、黛玉、晴雯、袭人，甚而金钏儿、秦钟、蒋玉菡诸人，都有若有似无的亲近调戏，但他万花丛中过，片叶不沾身，脂砚斋称之“忘情”。宝玉也并非有意为之，并非心存歹念，只是不懂其中的分寸，以致他的真情难被揣摩，他的假意却添烦恼。这份之前之后频频出现的忘情，往往显得天真无辜，却让黛玉喋血而逝、宝钗空守一生、晴雯悔恨交加、金钏儿投井自戕。他于此同时又显出怜惜、痴情、愧疚、思念的一面，让人又恨又叹又怜，不忍再多责备。鉴于他本是一块石头，不识世间真情，大概读者也都不多与他计较了。

饮食香

饮、食之香，在文中也多有笔触。春花秋月，时令节气，少不了宴饮和游乐，小说有关饮食的回目共有19条，全书描写的饮食有150余种，其中直接描写饮食香气的词语有20余种，诸如：稻花香、蟹肉香、香芋、禾黍香、香酒、香菌、香莲、茄子香、香桃、菱藕香深、柚子香、药香、鹿肉香、茶叶香等。

第四十一回刘姥姥只闻茄子香但吃不出茄子味，“虽有一点茄子香，只是还不像是茄子。告诉我是个什么法子弄的，我也弄着吃去”。凤姐就把做法说与她：“这也不难。你把才下来的茄子把皮劗了，只要净肉，切成碎钉子，用鸡油炸了，再用鸡脯子肉并香菌、新笋、蘑菇、五香腐干、各色干果子，都切成钉子，拿鸡汤煨了，将香油一收，外加糟油一拌，盛在瓷罐子里封严，要吃时拿出来，用炒的鸡瓜一拌就是。”一道小菜，贾府食不厌精可见一斑了。只看做法就已是香气扑鼻，让刘姥姥直叫：“我的佛祖！倒得十来只鸡来配他，怪道这个味儿！”

也是这回，拿着柚子的巧姐儿看上了刘姥姥之孙板儿手上的佛手，两个小孩儿互换了来玩。柚子即香橼，通缘。佛手是水果，果名有指点迷津、接引之意。巧姐在贾家败亡危难之际，得刘姥姥一家帮助，得以保全，此缘由此而起。

第四十九回宝玉和湘云向凤姐讨了块新鲜鹿肉，商量着要在园内烧烤。这边厢众人在芦雪庵联诗，由李纨出题限韵。鹿肉的香气太惹人，不仅把平儿给招去了，连探春也加入。黛玉笑湘云是花子，湘云回：“‘是真名士自风流’，你们都是假清高，我们这会子腥膻大吃大嚼，回来却是锦心绣口。”吃完洗漱，这才跑回来作诗。望雪联诗是极风雅的事情，而联诗前先写众乐乐烧烤吃肉，别有一番小年轻的雪中之趣。

香物也可入菜，第三十四回宝玉被打后，袭人和王夫人说宝玉用糖腌的玫瑰卤子来和汤，嫌不香甜，王夫人就送了她一瓶“木樨清露”，一瓶“玫瑰清露”，说是加入一茶匙就香得了不得。王夫人待宝玉确实溺爱非常。

果香在贾府还有妙用，不是拿来吃，而是拿来当香薰的。黛玉不爱熏衣，不过屋子里摆些新鲜花果木瓜借香。第八十九回宝玉让袭人放果品在屋，说是要借果子香，话虽如此，其实主要是为了祭晴雯。

香茗，即茶，《红楼梦》写到茶事有270余处。宝玉最得力的书童初称“茗烟”（第九回），在程本第二十四回中改为“焙茗”，即烘烤茶叶之意。无论茗烟还是焙茗，都与茶的气息相关。

第四十一回贾母带刘姥姥去栊翠庵妙玉处。妙玉将“海棠花式雕漆填金云龙献寿的小茶盘，里面放一个成窑五彩小盖钟”捧给贾母。贾母道：“我不吃六安茶。”妙玉回：“知道。这是老君眉。”贾母又问泡茶的是什么水，这才喝了。

学界对“六安茶”和“老君眉”各是什么茶莫衷一是，贾母才吃了酒肉，不便喝浓茶，妙玉拿得出手招待贾母的，又必然是好茶。依刘姥姥后来说茶味淡来看，老君眉应该是色浅的淡茶，而与六安茶应当是茶韵不同的。是什么茶或许不太重要，倒是二人的对答显出妙玉对贾母喜好的了解，及二人对茶道的讲究。

妙玉的茶具也不一般，将“𤪓瓟斝”杯子给宝钗吃茶，将“点犀盉”的杯子给黛玉吃茶，两样都是古玩。宝玉在旁边嚷嚷不公平，妙玉给他找了个“九曲十环一百二十节蟠虬整雕竹根”的大海，只往里头倒了一杯茶的分量。

妙玉性格孤僻，刘姥姥碰过的杯子就不肯再碰，黛玉品不出茶水用的是雪水也遭她嘲笑。但从她同意将杯子给刘姥姥，因宝玉一句“到了你这里，金玉珠宝一概贬为俗器”

就十分欢喜来看，她的高傲又并无恶意。此回品茶，寥寥数笔，让读者对妙玉的茶道及其人印象深刻。

药香与中医药文化

药与香

药、药香及中医在《红楼梦》情节中穿插照应，值得单独开一章节来讲。制作香氛的香料与中药中使用的药料并无分明界限。神农氏尝百草，开古中国农业和医药之先河。明代李时珍的《本草纲目》对药材进行归纳、辨明，草木花果皆可入药。香料取其芳，药料究其理，都是作用于人。

《红楼梦》香风满园，无处不“香”。花香与药香互为联络。第五十一回晴雯染风寒，宝玉忙前忙后亲自督促煎药，小说写：

> 只见老婆子取了药来。宝玉命把煎药的银吊子找了出来，就命在火盆上煎。晴雯因说：“正经给他们茶房里煎去，弄得这屋里药气，如何使得。”宝玉道：“药气比一切的花香果子香都雅。神仙采药烧药，再者高人逸士采药治药，最妙的一件东西。这屋里我正想各色都齐了，就只少药香，如今恰好全了。”一面说，一面早命人煨上。

怡红院一时药香满屋，少顷宝玉跑去潇湘馆看黛玉。

“因见暖阁之中有一玉石条盆，里面攒三聚五栽着一盆单瓣水仙，点着宣石，便极口赞：‘好花！这屋子越发暖，这花香的越清香。昨日未见。’”黛玉回是薛宝琴送的，还想把水仙转送给宝玉：

黛玉道：“我一日药吊子不离火，我竟是药培着呢，那里还搁的住花香来熏？越发弱了。况且这屋子里一股药香，反把这花香搅坏了。不如你抬了去，这花也清净了，没杂味来搅他。”

宝玉房中煎药致药香满屋的时候不多，药香成了添头；倒是黛玉身体不好，用药、煎药如家常便饭，花香在潇湘馆反而是客了。

药与疾

贾府中人，个个都是药罐子，到后来竟没有几个身体康健的，与药同行，似乎也不可避免。《红楼梦》中几个主要人物，各自都有隐疾，而其中的病况、病势、使用的药物，又与各自的命运相连。黛玉的病和无可解的心结，与宝玉几次同时或相继犯病，是全书中宝黛二人命运的起承转合。

黛玉3岁时癞头和尚前来化度，说若不出家则病一生不能愈。如要平安一生，则不能哭，不能见外人。“从此以后总不许见哭声；除父母之外，凡有外姓亲友之人，一概不见。”（第三回）从她入贾府至香消玉殒，几乎由头病到尾，病情也随着与宝玉的情感纠缠和依靠的相继逝去而加重。她吃的人参养荣丸，出自宋代《太平惠民和剂局方》，有人参、白术、茯苓、当归等配药，用于补脾益气，调养气血不足的虚弱之症。

第二十八回王夫人特地问了黛玉换鲍太医的药是不是好一些，黛玉说好像也就这样吧，王夫人便要黛玉吃天王补心丹。宝玉向王夫人讨要360两银子，要给黛玉配“头胎紫河车”“人形带叶参”“龟大何首乌”“千年松根茯苓胆”的丸药，拍胸口保证药到病除。这几味药似是而非，众人都笑他。宝玉的药是不是天上有地下无倒在其次，黛玉的病让王夫人过问却是实情，可见她的病已加重了。

到第二十九回黛玉中暑，需服用香薷饮。宝玉来探她时，两人在探病中反而吵了起来，盖因前一天有个张道士来访，要给宝玉说亲，宝玉、黛玉二人情窦初开，听了心里都不舒服。也是这时宝玉的痴病犯了：“原来那宝玉自幼生成有一种下流痴病，况从幼时和黛玉耳鬓厮磨，心情相对；及如今稍明时事，又看了那些邪书僻传，凡远亲近友之家所见的那些闺英闱秀，皆未有稍及林黛玉者，所以早存了一段心事，只不好说出来，故每每或喜或怒，变尽法子暗中试探。”二人吵架吵得太激烈：宝玉把自己的通灵宝玉扯下来一摔；黛玉太着急，大哭不止，把药也吐了。

这是二人初次因“情”犯病，旧疾可治，心病难医。自此之后，黛玉的实际病况与心病相互影响，第三十二回黛玉偷听宝玉与史湘云的谈话，觉得宝玉确实是自己的知己，但又担忧："每觉神思恍惚，病已渐成，医者更云气弱血亏，恐致劳怯之症。你我虽为知己，但恐自不能久待；你纵为我知己，奈我薄命何？"

第三十四回，宝玉调戏金钏儿后，又被贾政知道自己与蒋玉菡（琪官）交往，被狠狠打了板子。宝玉让晴雯给黛玉送手帕，送的也不是什么稀罕手帕，只是自己日常用的。晴雯一脸莫名其妙地送过去。黛玉初时也不理解，后来却明白了宝玉的意思。其一，宝玉"因心下记挂着黛玉，满心里要打发人去，只是怕袭人"，让晴雯"到林姑娘那里看看他做什么呢。他要问我，只说我好了"。手帕只是用来搭讪的由头。其二，宝玉私送手帕给黛玉，表的不是兄妹之情，而是两人的私情。他才因为蒋玉菡之事被狠狠修理了一番，袭人还劝王夫人要把宝玉迁出大观园避免他私相授受，如今又"顶风作案"，毫不避讳地送帕给黛玉。黛玉"体贴出手帕子的意思来，不觉神魂驰荡"，在帕子上写了三首诗，就觉得"浑身火热，面上作烧，走至镜台揭起锦袱一照，只见腮上通红，自羡压倒桃花，却不知病由此萌"。

至第三十五回、第四十五回、第五十二回、第五十五回、第六十三回、第七十六回，黛玉已经是药罐子，三天两头就生病，每日里不是紫鹃提醒她要吃药，就是找医生看病没有起色。宝钗说她用的药方"人参肉桂"太多太热，送了滋阴润肺的燕窝以作食疗；宝玉也去给老太太透风，想让凤姐匀一点燕窝给她。与宝玉要开始避嫌了，自己孤身一人，没有父母兄弟，黛玉寄人篱下之感愈发强烈："我是一无所有，吃穿用度，一草一纸，皆是和他们家的姑娘一样，那起小人岂有不多嫌的。"（第四十五回）

第五十七回紫鹃唬宝玉，黛玉要"回苏州家去"，宝玉一下又犯病了。他一病，把黛玉吓到"哇的一声，将腹中之药一概呛出，抖肠搜肺、炽胃扇肝的痛声大嗽了几阵，一时面红发乱，目肿筋浮，喘的抬不起头来"。紫鹃说出这番话，是为了替黛玉试宝玉之心，她并非黛玉带进府的丫鬟，却一心为黛玉着想。待宝玉说出"活着，咱们一处活着；不活着，咱们一处化灰化烟"的话来，她便劝黛玉要为自己打算："趁早儿老太太还明白硬朗的时节，作定了大事要紧。俗语说'老健春寒秋后热'，倘或老太太一时有个好歹，那时虽也完事，只怕耽误了时光，还不得趁心如意呢。"可惜紫鹃也没想到，便是老太太还在，宝玉、黛玉的姻缘也终不能成，甚至贾母也在其中扮演了白脸的角色。

第八十二回，黛玉开始咯血。咯血之症在当时已是重病了，依她的前情，似乎是肺痨病症。她在这回做了噩梦，已故的父亲要把她嫁出去，贾母也不阻拦，醒来"喉间犹是哽咽，心上还是乱跳"。咯血的主因，还是在与宝玉之情不可解上。

第八十三回王太医给黛玉看病，"姑拟黑逍遥以开其先，复用归肺固金以继其后”。抓药时紫鹃托人问王熙凤能否预支月钱零用。凤姐嘴紧不肯开先例，只说送几两银子。贾府此时已是外强中干，银钱“出去的多，进来的少”。也是这回，宫中传来元妃生病的消息，贾母诸人进宫探病。

第八十九回黛玉“有意糟蹋身子，茶饭无心，每日渐减下来”。

第九十六回黛玉从傻大姐口中知道宝玉和宝钗的亲事，要去找宝玉问个清楚，宝玉此时丢了自己的通灵宝玉，成了个傻子。黛玉问：“宝玉，你为什么病了？”宝玉笑道：“我为林姑娘病了。”黛玉问罢回程时，在潇湘馆门口吐血。

第九十七回，宝玉成亲，黛玉咯血、焚稿，一命呜呼。宝玉浑浑噩噩以为娶的是黛玉，揭盖头的时候发现是宝钗，便旧病复发，更加昏聩，饮食不进，也去了半条命。

至此，黛玉和宝玉的情劫便告终了。从初时的人参养荣丸，到天王补心丹、香薷饮、黑逍遥散，再到食补的燕窝，太医开的无数药方，终究医不了黛玉的心病。

黛玉只是书中与药常伴的一例。宝钗也是胎中有热毒，有热哮病，吃的是“冷香丸”。香气来自药材“春天开的白牡丹花蕊十二两”“夏天开的白荷花蕊十二两”“秋天的白芙蓉蕊十二两”“冬天的白梅花蕊十二两”，制作使用雨、露、霜、雪，“盛在旧磁坛内”，“埋在花根底下”（第七回）。白牡丹能调经，白荷花能清暑，白芙蓉能凉血，白梅花能利肺。冷香丸虽然是曹雪芹自创的药方，医理上却十分贴合宝钗之疾。

第九十一回薛蟠失手打死张三被收监，写信要家中给钱疏通。宝钗为家事所累，帮忙操持到四更天，便犯了病，“满面通红，身如燔灼，话都不说”。凤姐送的“十香返魂丹”、王夫人送的“至宝丹”都无效用，“还是她自己想起冷香丸，吃了三丸，才得病好”。

凤姐操劳过度，小产后得了“崩漏病”，吃“调经养荣丸”（第七十七回）。她的病确实和自己太过要强有关，加上她平日里作威作福，欠下人命，心中有鬼。她先是因宁国府被抄家受惊，而后办贾母丧事被言语挤兑，加上贾琏怪她拖累自己，心中郁结，病情急剧恶化，吐血不止，只来得及托孤刘姥姥便一命呜呼。

晴雯第七十七回病中被逐出贾府，哥嫂对她多有嫌弃，无医无药，最终病死。其他诸人如巧姐的惊风症、元春痰塞暴毙、迎春被孙绍祖作践死于痰堵（或说孙家不肯医治），尤二姐虽死于吞金自尽，但前因是胡君荣乱开药，把她的男胎打掉。

初时众人有疾，有珍贵药材、食材调养，有几位太医能问诊，到后篇贾府式微时，已没有闲情再挑剔药品了。

药与医

书中为贾府诊病的郎中、医生有十多人，有良医也有庸医。其中张太医和王太医是常宾。小说第十回，冯紫英推荐张太医给贾蓉的媳妇秦可卿看病。张太医诊脉论病用的是中医的脉诊之一——切脉。他认为秦氏的病是“忧虑伤脾，肝木忒旺，经水所以不能按时而至”。推翻了庸医认为秦氏月经不调是喜脉的误诊。张太医给秦氏开的汤剂为“益气养荣补脾和肝汤”，秦氏病情得以缓解。

王太医是常年给贾府看病的御医，第四十二回写他给贾母看病，也给王熙凤的女儿巧姐看病，并不夸张病情，也不开不必要的药方。只说贾母是受凉，巧姐也不必煎药。第五十一回宝玉不满新找的大夫给晴雯开的药方，直说药性太烈，执意要王太医再来诊断。王太医开的药，“方上果没有枳实、麻黄等药，倒有当归、陈皮、白芍等，药之分量较先也减了些”。可见相同的病征，让不同的医生看，开出的药方就会有所不同，医者也是良莠不齐。第八十三回王太医给黛玉看病，所说的病情与紫鹃介绍的一样，遂开了中药方剂“黑逍遥”，以利滋阴、疏肝、养血、健脾。

《红楼梦》中第一大庸医当属胡君荣，第六十九回写他不仅诊错了病，还害尤二姐小产。医者当望、闻、问、切，胡太医一开始就说“经水不调，全要大补”，趁着贾琏给尤二姐看病心切，不仅用手而非丝线搭脉，还要求见一见尤二姐的面容。这对医者来说，已经是职业操守上的不端了。他贪看尤二姐的仪容，“魂魄如飞上九天，通身麻木”，开的药方仍然是大补的猛药，“只半夜，尤二姐腹痛不止，谁知竟将一个已成形的男胎打了下来”。尤二姐为此流产，又因受秋桐、王熙凤、贾琏的气，最后吞金自杀。

贾府中通医理的不仅仅是大夫，宝玉和宝钗都对医理颇有研究。如前文所述，宝玉看大夫给晴雯开的药方："上面有紫苏、桔梗、防风、荆芥等药，后面又有枳实、麻黄。宝玉道：'该死，该死，他拿着女孩儿们也象我们一样的治，如何使得！凭他有什么内滞，这枳实、麻黄如何禁得。'"（第五十一回）再让人去找王太医，果然开的方子不一样。《红楼梦》还出现了西药的影子，第五十二回，也是晴雯生病，宝玉让晴雯用汪恰洋烟通气，又说："越性尽用西洋药治一治，只怕就好了。"要麝月去问王熙凤要"那西洋贴头疼的膏子药，叫做'依弗哪'"。

第十九回宝玉怕黛玉用膳后睡太多，会积食，不是保养之道，才说故事逗她，可见宝玉养生知识成竹在胸。

薛宝钗对冷香丸的制作过程如数家珍，她还劝过黛玉不要多吃人参，而该进补燕窝。第八十四回，薛姨妈"肝气上逆，左肋作痛"，乃是被薛蟠娶的新妇夏金桂气得血压升高。薛宝钗让人煎了一碗钩藤，也就是降压药，正是对症下药。

贾琏也通医理，第六十九回胡君荣给尤二姐诊病时，他说："三月庚信不行，又常作呕酸，恐是胎气。"第八十三回王太医给黛玉看病，他见药方中有柴胡，十分犹豫，问："血势上冲，柴胡使得么？"王太医解释此乃以毒攻毒，且用鳖血拌炒柴胡，可以抑制柴胡的弊处，"正是'假周勃以安刘’的法子”。贾琏这才首肯。

贾府众人还归纳总结出一种特别的治病方法，就是饿肚子：“无论上下，只一略有些伤风咳嗽，总以净饿为主，次则服药调养。”（第五十三回）

贾府中人对医理的熟识，一方面是久病成医，如宝玉因自己看病的经历，知道麻黄、枳实不能乱给女孩子用，什么可行，什么不可行，以身试之；另一方面也是因他饱读医书，对养生之道有自己的心得。

自然，小说人物对中医药的熟稔，是来自作者对医理研究的通透，小说中除了常规药，还添上一些引人探寻的奇异药品，诸如天王补心丹、冷香丸，是文中意趣。

《红楼梦》描写的中医中药知识相当广泛。据1985年8月26日《文汇报》刊登的陈金文章《曹雪芹的医药学水平及特色》介绍，《红楼梦》涉及疾病与医药卫生知识的描写计有291处，使用各种医学术语161条，涉及的医科有今日所分的内、外、伤、妇、儿、眼、皮肤、精神病、传染病、针灸、推拿等十几个科目，描述各科病症114种，引用丸、散、膏、丹等方剂45种，药物127种，提及太医、御医、民间医生等各类医疗人员14人，记述完整和比较完整的病案13例。中医主治医师汪佩琴的《〈红楼〉医话》[①]将《红楼梦》中有关的医学知识融会贯通，十分有趣。

这是《红楼梦》知识繁杂的又一例证。

---

① 汪佩琴：《〈红楼〉医话》，上海：学林出版社，1987年。

第十一章　香气空间与空白

如果建筑有其实体，则香所构筑的空间，尽管从分子构成的角度来说有形态，但于肉眼确实是难见的。我们且把建筑构成的空间归为实体，而香所营造的空间归为虚体。以香形成的空间，即氛围，穿插于故事情节中，起到铺垫、转折、烘托的作用。这也是闻香识《红楼》的一部分。

香气与空间

在前章提到，香的表现形式千百种，可以是自然之香或人文之韵，既有花果草木的气息，也有人工琢磨的刻意。当燃香点起，香雾停留在特定的距离，在风吹云散之前，有其边界，也有浓淡远近之分。比起需要详细着笔的环境描写，一阵香风就能带过。这是香没有形态，却胜有形态之处。

再没有比《红楼梦》中的场景更适合闻香的场所了："园中香烟缭绕"（第十八回），"几上设炉瓶三事，焚着御赐百合宫香"（第五十三回）。贾府中人惯于闻香，也能品香，并将香与个人情感相联系。而由香及闻香产生的空间、审美隔离，和门、窗、墙体相似，亦是扮演连通和分隔的角色。

香是如何区隔出空间的，刘姥姥进贾府就有一例。第六回刘姥姥初次到访，对凤姐房间的描写就由香开始："才入堂屋，只闻一阵香扑了脸来……满屋中之物都耀眼争光的，使人头悬目眩。"堂屋的香气来源，自然不是花果草木，而是熏香了。

熏香、焚香在前章有述，主要是往香炉、熏炉中放置香物，在屋内取暖的同时，也能增添香氛。

第十九回写宝玉到袭人家去看她。袭人姓花，家里虽贫，总不至于破窑朽屋，不过比起宝玉日常所居就是茅檐草舍了。花家怕怠慢宝玉，差点儿要同手同脚伺候，弄得宝玉百般不自在。倒是袭人用自己的脚炉给宝玉垫脚、手炉焚上梅花香饼，将宝玉照顾妥当。只一梅花香炉，就将宝玉和身处的朴素环境隔开，让他悠然自若，可知香炉的功用了。

第五十二回潇湘馆黛玉、宝钗、宝琴、邢岫烟四位姑娘围坐熏笼，是对香气空间描写的一个例子。小说写：

宝玉听了，转步也便同他往潇湘馆来。不但宝钗姊妹在此，且连邢岫烟也在那里，四人围坐在熏笼上叙家常。紫鹃倒坐在暖阁里，临窗作针黹。一见他来，都笑说："又来了一个！可没了你的坐处了。"宝玉笑道："好一幅'冬闺集艳图'！可惜我迟来了一步。横竖这屋子比各屋子暖，这椅子坐着并不冷。"

熏笼添暖，烘得屋子"比各屋子暖"。黛玉处药气重，有宝琴新送的水仙，药香与花香兼有，又有美人在座，无怪宝玉笑称是"冬闺集艳图"。这幅图将宝玉排开在外，又由他的叨扰将画面呈现在读者眼前。

第三十六回宝钗和袭人的对话，也将香气与空间相连。却说宝钗来寻宝玉，恰好宝玉睡着了，袭人在旁守着给宝玉缝兜肚。袭人是宝玉的通房，宝钗聪明地将她摆在犯不着嫉妒的位置，笑问怎么旁边还有个赶苍蝇的帚子。袭人说，姑娘不知道，还真有虫子，从纱眼里钻进来。宝钗接话："怨不得。这屋子后头又近水，又都是香花儿，这屋子里头又香。这种虫子都是花心里长的，闻香就扑。"怡红院香成引蚊神灯，也可见一斑了。

第八十九回宝玉祭晴雯，也用香区隔屋内外，给予宝玉一方无人可以打搅的天地。小说写：

（宝玉）亲自点了一炷香，摆上些果品，便叫人出去，关上了门。外面袭人等都静悄无声。宝玉拿了一幅泥金角花的粉红笺出来……写道：怡红主人焚付晴姐知之，酌茗清香，庶几来飨。……写毕，就在香上点个火焚化了。静静儿等着，直待一炷香点尽了，才开门出来。袭人道："怎么出来了？想来又闷的慌了？”宝玉笑了一笑，假说道：“我原是心里烦，才找个地方儿静坐坐儿。这会子好了，还要到外头走走去呢。”

宝玉祭晴雯，并没和袭人等人知会。他假说要散心但是怕冷，让人“备下一炉香，搁下纸墨笔砚”，再托“要几个果子搁在那屋里，借点果子香”。是以袭人、麝月让人准备时，都没意识到他的意图。宝玉倒也不是首次这样做，之前祭金钏儿也是让茗烟摸不着头脑，自证由心。从点香、关门开始，宝玉屏退左右，肃容以对的，就只有晴雯的芳魂了。其间香烟袅袅，而他除了几句祭文，也默默无言。待香燃尽，才开门而出，也将对晴雯的思念和愁绪收回在心，再去面对现实中袭人等人的追问。

安息香是《本草纲目》中记载的药料，第九十七回写宝玉结婚发病，室内点安息香，既符合宝玉的病情，在空间建构上又突出一个“静”（“众人鸦雀无闻”）和“满”（“满屋里点起了安息香”）。满屋静谧，只有香烟缭绕，一个由燃香建立起的空间呈现在读者眼前。

对香的空间的表述还见于《红楼梦》的诗词曲赋中，如第十七回宝玉为沁芳亭题写对联：“绕堤柳借三篙翠，隔岸花分一脉香。”脂砚斋批：“恰极！工极！绮靡秀媚，香奁正体。”沁芳溪两岸都有香花，香气四溢，确实担当得起“沁芳”二字。

又如宝玉咏蘅芜苑的《蘅芷清芬》："蘅芜满净苑，萝薜助芬芳。软衬三春草，柔拖一缕香。"（第十八回）蘅芜苑其他地方都没什么趣味，唯异香扑鼻，贾政巡园时众人联的内容都与香有关。第十八回元春游园，宝玉咏的也如是。诗文中的芬芳、一缕香，都是对香气的渲染。后文宝钗搬出大观园，宝玉再去蘅芜苑时，"院中的香藤异蔓，仍是翠翠青青"（第七十八回），只闻香风，不见玉人，心中怅然，这是后话了。第二十三回提到宝玉的几首即事诗"窗明麝月开宫镜，室霭檀云品御香"（《夏夜即事》）也提到明月映照，室内香气弥漫。而史湘云所写的菊花诗"萧疏篱畔科头坐，清冷香中抱膝吟""隔座香分三径露，抛书人对一枝秋"（第三十八回）都颇有香的空间感。

香气的连接

一如门、窗、墙在空间上的分隔与连接，香气的作用与之异曲同工，借由香暗示引导情节、连接不同的场景，在文中可圈可点[①]。

第五回宝玉梦中游太虚幻境，情节由"闻香入室"推进。却说这日宁国府上赏梅，宝玉困倦想要小憩，宁府贾蓉的媳妇秦氏就带他去准备好的房间。谁想这房间太过一本正经，惹宝玉不快，不肯在这里休息，秦氏就让宝玉去自己

① 张世君：《红楼香的空间暗示》，《学术研究》2000年第3期。

屋内。

“刚至房门，便有一股细细的甜香袭人而来。宝玉觉得眼饧骨软，连说：‘好香！’”这便是“引梦香”了，而秦氏是宝玉的引梦人。宝玉恍惚间觉得自己跟着她离柳坞，出花房，与警幻仙姑相见，到太虚幻境一游。宝玉翻了翻十二钗正册、副册、又副册，窥见诸钗的命运结局，又由警幻引入室内，“但闻一缕幽香，竟不知其所焚何物”，警幻说这是“群芳髓”，可见香极。宝玉又品香茗，名曰“千红一窟（哭）”；再赏美酒，名为“万艳同杯（悲）”。此香、此茶、此酒，几乎将《红楼梦》众女儿道尽了，由此引出《红楼梦》12支的传奇之曲。宝玉吃了酒，听了曲，还被警幻许配了自己的妹妹，乳名兼美，字可卿者。软玉温香不过一日，就被迷津里的夜叉海鬼吓醒，神游太虚就此打道回府了。

第八回宝玉到梨香院，闻到宝钗身上的香气：“宝玉此时与宝钗就近，只闻一阵阵凉森森甜丝丝的幽香”，便问“姐姐熏的是什么香？我竟从未闻见过这味儿”。宝钗答说不是熏香，是自己吃的冷香丸。宝玉正说着“好姐姐，给我一丸尝尝”，“话犹未了，林黛玉已摇摇的走了进来”，说出那番对宝玉宝钗含酸夹醋的调侃：“早知他来，我就不来了”，“今儿他来了，明儿我再来，如此间错开了来着，岂不天天有人来了？也不至于太冷落，也不至于太热闹了”。一番话初露黛玉对宝玉的在意和对宝钗的醋意。

无独有偶，下一次闻香，是宝黛在为香争执，宝钗做了走进来的人。第十九回宝玉到潇湘馆，闻到黛玉袖子的香气：“只闻得一股幽香，却是从黛玉袖中发出，闻之令人醉魂酥骨。”遭来黛玉调侃：“难道我也有什么‘罗汉’‘真人’给我些香不成？便是得了奇香，也没有亲哥哥亲兄弟弄了花儿、朵儿、霜儿、雪儿替我炮制。我有的是那些俗香罢了。”这话里话外，可不就是在说那用“春天开的白牡丹花蕊十二两”“夏天开的白荷花蕊十二两”“秋天的白芙蓉蕊十二两”“冬天的白梅花蕊十二两”，雨、露、霜、雪所制的冷香丸嘛。似乎这么说犹嫌不够，又道：“我有奇香，你有‘暖香’没有？”宝玉心思没她那么玲珑，肠子没她那么弯，一时没听懂，黛玉点头叹笑：“蠢才，蠢才！你有玉，人家就有金来配你；人家有‘冷香’，你就没有‘暖香’去配？”引出宝玉用耗子精偷香芋暗示的“香芋—香玉—黛玉”的故事逗黛玉。黛玉恼怒，宝玉便讨饶说：“好妹妹，饶我罢，再不敢了！我因为闻你香，忽然想起这个故典来。”黛玉笑道：“饶骂了人，还说是故典呢。”一语未了，“只见宝钗走来，笑问：‘谁说故典呢？我也听听。’”。宝钗不动声色地把宝玉反讽一番：“原来是宝兄弟，怨不得他，他肚子里的故典原多。只是可惜一件，凡该用故典之时，他偏就忘了。”指前一回宝玉作诗不知道“绿蜡”的典故一事。

前后两回黛玉宝钗进门，是作者的有意对比。脂砚斋评道："'玉生香'是要与'小恙梨香院'对看，愈觉生动活泼，且前以黛玉，后以宝钗，特犯不犯，好看煞。""妙讽。"（脂评庚辰本第十九回）三人的相处在情窦初开时就显出与众不同来，这微妙的醋意和揶揄调侃，亦是宝玉、黛玉、宝钗之情的基调。

第六十回贾环"闻得一股清香"，问宝玉要擦春癣的蔷薇硝，但此物是蕊官送给芳官的，芳官不大想给贾环，另外托辞包了一包茉莉粉给他。谁想这"李代桃僵"出了事情：贾环向自己丫鬟彩云卖好，说送她蔷薇硝，彩云打开一看，笑他没见识，说这是茉莉粉。贾环的母亲赵姨娘一下就被点燃了怒火，认为贾环被宝玉屋内的人轻贱了，冲去找芳官算账，二人一番撒泼打滚。之后与芳官有同台之谊的藕官、蕊官、葵官、荳官也加入战场，众人闹了个不可开交。又由蔷薇硝、茉莉粉事件的人物芳官、彩云，牵扯出玫瑰露、茯苓霜，彩云和秦显家的乌龙偷盗事件，火又烧回到赵姨娘头上。最后问题被宝玉揽上身，平儿大事化小，这是后话了。

第六十、六十一回虽然只是贾府中十分琐碎的家长里短，但情节环环相套，牵扯的人物格外多。芳官虽泼辣，却也珍惜情谊；赵姨娘行事上不了台面，倒是真心疼儿子；彩云为贾环偷东西，知道连累了人，竟然愿意承担责任；柳家的因女儿差点被冤枉、秦家偷盗亏空，还倒赔了一回；凤姐待人过于严苛，与之相比平儿就中正平和；宝玉倒是一如既往地什么事都揽在身上。诸人的性情、行事，因果循环在此一览无遗，可谓精彩纷呈。谁能想到由头竟是那一股清香呢？

第八十七回探春、湘云等人来访黛玉，几人正说些闲话。“正说着，忽听得唿喇喇一片风声，吹了好些落叶，打在窗纸上。停了一回儿，又透过一阵清香来。众人闻着，都说道：‘这是何处来的香风？这象什么香？’黛玉道：‘好象木樨香。’探春笑道：‘林姐姐终不脱南边人的话，这大九月里的，那里还有桂花呢。’黛玉笑道：‘原是啊，不然怎么不竟说是桂花香只说似乎象呢。’”

木樨自然不可能开在九月的北地，唯黛玉心中思念，闻香辨色有了偏差。湘云说诸姐妹也是南北皆有，是命不同，相聚自有缘法；黛玉却由此想到“父母若在，南边的景致，春花秋月，水秀山明”，曾经的“惟我独尊”，今日的“寄人篱下”，更加伤感起来。依黛玉的脾性，伤春悲秋都不在话下，如今自苦身世，闻香怅然也不奇怪了。

以香风带过场景的例子则在文中有多处，如第四十九回众人约定要在芦雪庵联诗，不想次日下了大雪，宝玉在前往的途中“闻得一股寒香拂鼻。回头一看，恰是妙玉门前栊翠庵中有十数株红梅如胭脂一般，映着雪色，分外显得精神”，正是琉璃世界白雪红梅。

之后湘云和宝玉在园中烧烤鹿肉，飘拂的香气让芦雪庵里的探春闻着了，她对李纨笑道：“你闻闻，香气这里都闻见了，我也吃去。”（第四十九回）第五十回贾母等人到暖香坞，“门斗上有‘暖香坞’三个字。早有几个人打起猩红毡帘，已觉温香拂脸。大家进入房中”。香风成为连接场景的媒介。

香气与空白

留白是讲究意境的中国古典艺术的点睛之处。香气的空白，或者说是嗅觉的空白意思与之相同，即此处该有香，却并没有香的描写，借由他物进行烘托。此处该有香，却刻意不去写香，香是文中并未言明却如影随形的留白。

第二十三回宝玉读《会真记》（指王实甫的《西厢记》），正看到“落红成阵”，风吹落桃花，落了他满身。宝玉不忍踏花，把花瓣兜起来放入沁芳闸。正巧碰见黛玉肩担花锄，挂着花囊前来扫花。宝玉连忙说“好，好，来把这个花扫起来”，要将花放入水中。黛玉则嫌落花随流水，不知道会流到什么地方去，万一有的地方脏的臭的，反而糟蹋了花，还不如把花集起来，放入绢袋，归入花冢。

这是文中第一次提到黛玉那独树一帜的花冢，也为后文黛玉葬花埋下伏笔。宝玉不忍踏花，想着要将花归入流水就算是尽了自己的情意了；黛玉则比宝玉想得更多一些，想着流水会到哪里去，花的下落又会如何。毕竟宝玉只是个惜花人，尚能从旁观落花有意，流水无情；黛玉是仙草入世，代入花中的可是自己，才会担心花落流水没有归宿，不如埋骨花冢。

两个人在忙活这事，无论是风吹桃花，还是归花入袋，都不止一个香字，连脂砚斋也说“如见如闻”，但文中却并无香气描写。究其原因，一则二人的注意力被《会真记》吸引，文里文外，《会真记》在当时不是什么正经书，却让两人什么都顾不上读起来，点醒了宝黛的情窦初开，书香更胜于花香；二则黛玉担锄，二人归花、读书，宛如一幅幅图画展开，花香正是这画卷中的空白之处，由读者自行想象其中的香花、香冢、香魂。

第二十七回写大观园祭饯花神，“那些女孩子们，或用花瓣柳枝编成轿马的，或用绫锦纱罗叠成干旄旌幢的，都用彩线系了。每一颗树上，每一枝花上，都系了这些物事。满园里绣带飘飖，花枝招展”。这一幅幅图画春色满园，没写花香，却处处弥漫花香，对比第十八回元妃省亲的描写：“鼎焚百合之香，瓶插长春之蕊”，“又有销金提炉焚着御香……又有值事太监捧着香珠、绣帕、漱盂、拂尘等类”，“只见园中香烟缭绕，花彩缤纷”。元妃省亲时的大观园处处是香，而祭饯花神众人玩乐没有一处说香，但写意趣味却远胜于前者。

及至后文黛玉葬花，宝玉听《葬花吟》，也并无香气的描写，只有黛玉的哭诉“花谢花飞花满天，红消香断有谁怜”（第二十七回）。暮春至，送花神，这许多花，应当香气盎然，对比黛玉香消玉殒的叹息，无怪黛玉哭，宝玉偷偷听着也悲恸，又是二人间无法言说的感受。正是两个痴人，方能说梦。

第六十二回王夫人不在家，众人给宝玉、宝琴、平儿、岫烟祝寿。史湘云贪杯醉倒，引得众人围观。小说写：

正说着，只见一个小丫头笑嘻嘻的走来："姑娘们快瞧云姑娘去，吃醉了图凉快，在山子后头一块青板石凳上睡着了。"众人听说，都笑道："快别吵嚷。"说着，都走来看时，果见湘云卧于山石僻处一个石凳子上，业经香梦沉酣。四面芍药花飞了一身，满头脸衣襟上皆是红香散乱。手中的扇子在地下，也半被落花埋了。一群蜂蝶闹穰穰的围着他，又用鲛帕包了一包芍药花瓣枕着。

文中虽有"香"字，一指湘云睡得香甜，二指芍药花各处散乱，并非对香的直接点明。倒是"一群蜂蝶，闹穰穰的围着他"一句，渲染湘云置身的环境香气馥郁，到了招蜂引蝶的程度。蜂蝶围绕，睡在花瓣上，浑身还铺满了芍药，这幅画香气逼人，让"众人看了，又是爱，又是笑"。

第六十七回写袭人来到沁芳桥畔，"那时正是夏末秋初，池中莲叶新残相间，红绿离披。袭人走着，沿堤看顽了一回。猛抬头看见那边葡萄架底下有人拿着掸子在那里掸什么呢，走到跟前，却是老祝妈"。原来看园子的老婆子在赶蜜蜂。那婆子道："我在这里赶蜜蜂儿。今年三伏里雨水少，这果子树上都有虫子，把果子吃的疤瘌流星的掉了好些下来。”文中没有写果香，但是果子香气分明引来蜜蜂，果子掉落满地，怎会不香?

香的留白也好，香的连接也罢，一如其他有形的介质，香所指代的嗅觉，成为串联文本的关键，这是作者将自身性情融入文中的雅好。

香气空白与艺术空白

艺术空白

空白，也作留白，即在画面上特别留下空白之处不作描摹，以空白达到画意的延伸，留下想象之空间。留白也可以改善构图，使非常死板平面的画作有虚有实，有主有次，增加灵动之感，这在中国画中是常用手法。西洋画派中并非没有留白，只是流派太多风格迥异，没有这般始终如一的审美习惯。留白不仅仅作用于画，也作用于文学、影音的艺术中。艺术的空白增加了艺术作品的灵气和层次，值得一提。

在山水画中，留白可以是云，是雨，是烟，是尘；人物画中，留白可以是光，是影，是喜，是哀；花鸟画中，留白可以是溪，是石，是花，是叶。五代南唐画家李坡的《风竹图》，只见竹竿弯曲，竹叶尖指向相对的两个方向，画中空白就是风起，将竹吹得摇曳，迎风而动，此处无风也有风。明代女画家文俶的《花蝶图》，彩蝶于画中翩然飞舞，这空白处闻不见的乃是香风。

空白给予人无尽的想象空间，这种留白一旦被破坏，就失去了神韵，破坏了画的气势。画家在画作完成，盖印鉴、题款的时候，都会特别注意不去破坏这种整体布局。当然禁不住一些特别喜欢“到此一游”的狂人（比如乾隆）疯狂盖章，把自己的收藏章盖得到处都是，一幅画能盖好几个，在藏品上写字写得后世还以为那些字也是真迹，这对书画作品本身，有害无益。

画的构图法作用于文本，表现形式丰富。情节上的留白，如《红楼梦》中黛玉临死那声“宝玉，你好……”，是怨是恨，是痴是恋，引人无尽想象。又如《陌上桑》中秦罗敷面对太守的调戏邀约，以夸耀自己的夫婿结束，“坐中数千人，皆言夫婿殊”就戛然而止了，留人想象太守如何自惭形秽，又或者是恼羞成怒，罗敷命运如何。

意境上的留白，如杜甫的《石壕吏》：“夜久语声绝，如闻泣幽咽。”这定然不是已经被捉去从军的老妪之泣，那么是之前跳墙走后又偷摸回家的老翁之泣？是丈夫死、婆婆去，孤零零在屋中哺乳婴孩的媳妇之泣？还是石壕村十室九空那零星几户家中孤儿寡母的惊恐之泣？无论是何人低泣，这悲凉只有更甚。

写作手法上的留白，如章回小说中的“不提”“且说”，对情节进行转折和省略；“犯”与“不犯”，略过相似的事件（如生日、节庆）使故事不过于重复，又或者以不同的侧重点写两件相似的事情（如宝玉闻黛玉、宝钗之香）。

舞台上亦有留白，且十分善于用简单道具暗示无穷布景。戏曲中所用的仪仗，也就是人物出场时的旗、扇、牌。龙凤扇多用于帝王、嫔妃出场，黄罗伞可用于官吏行头，标旗用于行军打仗之情节，“肃静”“回避”牌常用于升堂。除了出场人物的扮相服饰，仪仗最能体现场景。仅仅是以“肃静”作背景，便将公堂整肃之气氛体现；只用龙凤扇，就可知皇帝銮驾、宫人开道的盛景。屏风也是舞台道具，屏风上的内容点缀表明故事发生的场所。牡丹、孔雀等花鸟画提示此为显赫人家；龙凤纹用于皇帝身后，暗示朝堂之上。在布景空间十分有限的条件下，道具能最大限度地引起观众的联想。

“图底”与香

视觉审美的其中一个理论称为“图底关系”，即图形与基底。图形是翔实的，而基底则边界线模糊。格式塔心理学的创始人美籍德裔心理学家库尔特·考夫卡在《格式塔心理学原理》（1935）表述的图底关系是“图形与背景”（figure and ground），是一种双重建构：“一个图形依赖于另一个图形或在另一个图形中形成”[①]，“较大的图形并不停止于较小

① ［美］考夫卡著，黎炜译：《格式塔心理学原理》，杭州：浙江教育出版社1997年版，第231、232、273页。

图形存在的地方，而是在较小图形后面伸展或在较小图形下面伸展”。[①]这表明较小的图形依赖于较大的图形，并在较大的图形中形成。

而美国艺术心理学家鲁道夫·阿恩海姆在他的代表作《艺术与视知觉》（1954）里表述图底关系的互相作用是：“凡是被封闭的面都容易被看成图，而封闭这个面的另一个面总是被看成基底。”[③]

一个画面缺少图或缺少底，都不能称之为完整。画家在创作时需要考虑图和底的位置关系和层次，找到两者的平衡。大小、方向、色彩、质感、凹凸线条，都能用于区隔、融合图和底。

将这样的审美观念套用于《红楼梦》的虚化空间，也有互相作用的地方。

其一，人物、动作是图形，而气味、声音是基底；人物的举动失去气味的映衬，则不能呈现完整的故事。元妃省亲时游园听戏，让贾府小辈们题咏，俱在香风中进行，这是通过之前对元妃驾到、大观园迎接的描述，在读者脑海中勾勒出的特定场景。宝玉前往芦雪庵，背景是寒香拂鼻的梅花香气。宁国府除夕的祭宗祠，则通过焚池、香烛写烟气弥漫，贾府中人献爵焚帛，好不端庄慎重，增添祭祀的实感。黛玉、湘云在凹晶溪馆联诗，背景音乃是笛音，越联越悲伤。

①③ ［美］鲁道夫·阿恩海姆著，滕守尧、朱疆源译：《艺术与视知觉——视觉艺术心理》，北京：中国社会科学出版社1984年版，第305页。

凤姐在大观园撞鬼（其实是撞狗），被吓得魂不附体，避之唯恐不及，乃是在风声中一路快走。

其二，气味、声音是图形，而人物、动作是基底，后者是为了突出气味。第五回宝玉初入太虚幻境，宝玉入室，“但闻一缕幽香，竟不知其所焚何物”。警幻答“名山胜境内初生异卉之精”，名群芳髓。宝玉喝茶，觉得“清香异味，纯美非常”，警幻答：“放春山遣香洞”，“以仙花灵叶上所带之宿露”制作，名千红一窟。宝玉喝酒，“闻得此酒清香甘冽，异乎寻常”，又向警幻询问。警幻答此酒用料“百花之蕊”“万木之汁”“麟髓之醅”“凤乳之麯”，名万艳同杯。宝玉三次问香，方能引出用仙界诸芳异草所制成的焚香、茶、酒。须知文中诸位婵娟都暗指花草神木，如第六十三回抽花签，宝钗为牡丹、探春为杏、湘云为海棠、李纨为梅花、黛玉为芙蓉、袭人为桃花。而黛玉前世更是滴血泪的绛珠草。群芳髓、千红一哭、万艳同悲都是花草碾磨制成，群芳不可谓不命苦，不可谓不悲凄。这些香物，正是作者意有所指。此段中宝玉的问话、动作是底，而香味是图，将其中隐射的悲切深深刻入读者意识之海。

空白并非虚无，而是艺术审美中的平衡，有静才会有动，有面才会有点，相辅相成方能牵引视觉、听觉、嗅觉的想象空间。创作者利用这样的空白来实现比文字更深、比图形更细的扩展。而能品味欣赏这份空白，观者会获得额外的阅读和聆听的乐趣。

第十二章　香气韵调

中国人对香气的喜爱与鉴赏由来已久。爱美之心，人皆有之，香氛指代的美好意境让人心驰神往，因此香味不仅在高门世族的王谢堂前，也在寻常百姓人家。香道可以粗俗简单，也可以雅致繁复，只是士大夫阶层最为得闲，或许担心旁人不知自己腹笥丰赡、品行高洁，因此他们对香的玩赏不仅仅在于对美的把握，还掺杂了不少意味深长。《红楼梦》中的不同香调是对居住环境和人物性格的描摹，显然作者深谙香道，对香的描写信手拈来、挥洒自如，对书中人物品性也做了一番推敲，因而香气被赋予了不同的内涵，形成不同的香气韵调。

以香识园

美好的事物诸人皆爱，引用美好而寄予期盼古往今来都是一致的，以香取名、以香造园都是寻常事。在《红楼梦》中，以香命名的事物不知凡几，这些地名、建筑、物件与情节的发展、人物的心性多有照应，以下举例二三。

“遣香洞”出自《红楼梦》第五回贾宝玉梦游太虚幻境，警幻仙姑自我介绍道：“吾居离恨天之上，灌愁海之中，乃放春山遣香洞太虚幻境警幻仙姑是也：司人间之风情月债，掌尘世之女怨男痴。”放春山遣香洞是太虚幻境所在地，警幻仙姑是太虚幻境的司主，红楼十二金钗的正册、副册、又副册都存放在遣香洞太虚幻境的薄命司。当警幻仙姑带着宝玉来到太虚幻境时，仙姑的姊妹都涌出来迎接贵客，以为来的是女主黛玉的“生魂”，却见是一个“浊物”男子。小说写：“一见了宝玉，都怨谤警幻道：‘我们不知系何‘贵客’，忙的接了出来！姐姐曾说今日今时必有绛珠妹子的生魂前来游玩，故我等久待。何故反引这浊物来污染这清净女儿之境？’”

第十七回宝玉游览大观园，看见玉石牌坊，似曾相识，小说写：“宝玉见了这个所在，心中忽有所动，寻思起来，倒像那里曾见过的一般，却一时想不起那年月日的事了。”宝玉一时想不起在哪里见过的玉石牌坊，就是第五回梦游太虚幻境所见“有石牌横建”，似曾相识，盖因此园是彼园（太虚幻境）的镜借。

大观园的前身会芳园，本是宁国府上的花园。“芳”乃花草之香，园中荼蘼自可想见了。第十一回写王熙凤在会芳园赏景，只见“黄花满地，白柳横坡”，“石中清流激湍，篱落飘香”，是十分雅致的所在；更为重要的，是会芳园有活水。“有山皆图画，无水不文章”，山水是园林的重要元素，筑园不可无水。大观园内一系列与“芳”为邻的命名，都与流水有关。沁芳泉“清溪泻雪”，沁芳溪“落花浮荡”，沁芳闸“是通外河之闸，引泉而入者”（第十七回）；沁芳闸桥边是宝黛定情之所，两人看《西厢》，“越看越爱看”（第二十三回）；沁芳桥是连接宝黛居所怡红院和潇湘馆的空间边界导引，因此宝玉才说“咱们两个又近，又都清幽”（第二十三回）；沁芳桥上的沁芳亭是园内休憩热闹之处，贾母带刘姥姥游园，在这亭子上说笑，刘姥姥称赞园子“竟比那画儿还强十倍”（第四十回）。诸“芳”皆出自贾宝玉命名的“沁芳”二字，有对联为证：“绕堤柳借三篙翠，隔岸花分一脉香。”沁为浸润、渗透，沁芳既写流水，又点出了芳香浸润。

与宁国府相关联的香气建筑还有天香楼，这是宁国府会芳园中的建筑，第十一回宁国府家宴，众人看戏就在此楼之上。“天香”尤指花香，如唐宋之问《灵隐寺》中“桂子月中落，天香云外飘”赞的是桂花，唐李浚《摭异记》中“国色朝酣酒，天香夜染衣”点的是牡丹。天香楼在文中还应有一出戏，与秦氏之死相连，已被删去。第十三回脂砚斋批：“‘秦可卿淫丧天香楼’，作者用史笔也。老朽因有魂托凤姐贾家后事二件，岂是安富尊荣坐享人能想得到者？其事虽未行，其言其意，令人悲切感服，姑赦之，因命芹溪删去‘遗簪’‘更衣’诸文，是以此回只十页，删去天香楼一节，少去四五页也。”（脂评靖藏本第十三回回前评）。为“无不纳罕，都有些疑心”的秦氏之死做了解释。

原文虽然删除，秦氏的判词和宝玉所见的图册并无更替：“后面又画着高楼大厦，有一美人悬梁自缢。其判云：情天情海幻情身，情既相逢必主淫。漫言不肖皆荣出，造衅开端实在宁。”（第五回）“淫丧天香楼”的情节后人推敲是因秦可卿与公公贾珍有私，被撞破后自尽。贾府之倾，始于宁府。

大观园建成后，几处与香结缘的建筑在文中多有提及。稻香村是李纨的居所，建筑名取自唐代诗人许浑的《晚自朝台津至韦隐居郊园》：“村径绕山松叶暗，柴门临水稻花香。”加之李纨守寡，具有归农之意的稻香村，颇符合她的身世和心境。探春建海棠诗社，定了稻香村做社，李纨用自己的居所名自号“稻香老农”。

梨香院是荣府东北角上“空闲着”（第四回）的十来间房，先为来京投亲的薛氏一家居所，薛家搬出后，为贾府上小戏班所住。“梨园”出自与唐玄宗相关的记载《新唐书》“选坐部伎子弟三百，教于梨园”，为后来戏曲演员的指代。梨香院与梨园子弟十分契合。后来宫中老太妃去世，臣民守制，不得宴乐嫁娶，小戏班解散后，梨香院空出，后文是停放尤二姐灵柩之所。梨香院几番更替，都不能让人长久安居，颇有几分世态炎凉之意。

“蘅芷清芬”是大观园薛宝钗居所的匾额题字，元妃赐名为“蘅芜苑”，命名来自第十八回宝玉的题咏《蘅芷清芬》。蘅芷指杜蘅、白芷，都是香草。蘅芜也指香草，前秦文学家王嘉《拾遗记·前汉上》写道：“帝息于延凉室，卧梦李夫人授帝蘅芜之香。帝惊起，而香气犹著衣枕，历月不歇。帝弥思求，终不复见，涕泣洽席，遂改延凉室为遗芳梦室。”延凉室（遗芳梦室）有“蘅芜之香”，宝钗的蘅芜苑又多是冷香异草，颇符合宝钗的心性，不知曹雪芹创作时有无借鉴此典故。

暖香坞是贾家四小姐惜春在大观园的居所，建筑命名与惜春的身世有关。惜春是宁府贾敬之女、贾珍之妹，出生后母亲去世，贾敬不管孩子，贾母将惜春抱来荣国府抚养。惜春住暖香坞是因暖香坞的住所特别温暖。贾母去暖香坞看惜春画画，就说：“你四妹妹那里暖和，我们到那里瞧瞧他的画儿。”“惜春卧房，门斗上有‘暖香坞’三个字。早有几个人打起猩红毡帘，已觉温香拂脸。”（第五十回）没得父母兄嫂疼爱的惜春住进暖香坞，这或许是作者的有心安排，要给惜春一个温暖的居处，弥补自小无父母关爱的遭际。然而建筑的暖，也难以温暖惜春缺少家庭亲情的孤寂冷漠之心。抄检大观园时，她狠心撵走丫头入画就是一例。嫂子尤氏说她：“可知你是个心冷口冷心狠意狠的人。”惜春道：“我清清白白的一个人，为什么教你们带累坏了我！”（第七十四回）

藕香榭是大观园里的景观建筑，挨着暖香坞。榭为建在水边的楼台："这藕香榭盖在池中，四面有窗，左右有曲廊可通，亦是跨水接岸，后面又有曲折竹桥暗接。"榭上挂着一副黑漆嵌蚌的楹联，上写："芙蓉影破归兰桨，菱藕香深写竹桥。"（第三十八回）这是藕香榭命名的来源，说明藕香榭是观赏荷花的处所。第三十八回写红楼女儿建的诗社海棠社在这里起社，史湘云做东题菊花诗，薛宝钗帮助她设螃蟹宴，一派热闹景象。第四十一回写贾母在缀锦阁两宴大观园时，小戏班在藕香榭演习乐曲，"那乐声穿林度水而来"。此时荷花已过花期，好在还有藕香榭岸边的桂花香添补。

红香圃是位于大观园沁芳亭边芍药栏中的三间敞厅，第六十二回写宝玉和三个姐妹的生日在这里庆贺，划拳行酒令。"憨湘云醉眠芍药裀"，梦中"湘云口内犹作睡语说酒令，唧唧嘟嘟说：'泉香而酒洌，玉碗盛来琥珀光，直饮到梅梢月上，醉扶归，却为宜会亲友。'"。

从大观园的布局看，一条沁芳溪从北到南迂回盘旋，以香气命名的建筑北有梨香院、沁芳闸、沁芳闸桥、蘅芜苑，西有稻香村、藕香榭、暖香坞，大观楼西面斜楼是含芳阁，南有沁芳桥、沁芳亭（沁芳桥亭）、红香圃，沁芳桥的东西分别是怡红院和潇湘馆。说是以香造园，实不为过。

以香命名建筑是中国造园艺术的一个传统，始建于明代的苏州园林拙政园以香命名的建筑有：秫香馆（指谷物飘香）、香洲（指有两层楼舱的"舫"式建筑）、雪香云蔚亭

（指培植梅花的亭子暗香浮动）、远香堂（命名源自北宋周敦颐《爱莲说》的“香远益清”，池中荷花把清香远送）。始建于明代的苏州园林留园有闻木樨香轩，曾名“桂馨阁”，即指桂花香。

中国清代的皇家园林颐和园以香命名的建筑匾额有佛香阁、云外天香、霞芬室、藕香榭、众香界。佛香阁指供佛礼佛之阁，它是颐和园的中心建筑，内供接引佛。云外天香是佛香阁下层的匾额，命名源自明末清初诗人陆求可的诗《柳梢青·云外天香》，其含义与《红楼梦》的天香楼相同：天香不仅指月桂芳香，在颐和园佛香阁这里也指佛的功德芳香。霞芬室是颐和园玉澜堂的东配殿，命名取自清代乾隆皇帝弘历的诗《霞芬室》，诗中写：“烂如一湖霞，其芬实佳致。”颐和园的霞芬室，池中荷花色彩灿烂如霞，香飘园林，以此比喻君子的品德高尚，充满芬芳香气。藕香榭是颐和园玉澜堂的西配殿，与《红楼梦》的藕香榭同名，指荷花的芳香。

无论是私家园林还是皇家园林，以香命名建筑是诗意雅兴的审美情操，与之相对，时下人对“香”字取名、命名建筑多有庸俗之虑，这恐怕是爱吟诗作对、寄情于芬芳的宝玉，以及贾政之流意想不到的了。

闻香识人

所谓香气基调是指香气所表现的基本类型、风格、调子与感情。不同的香气类型有不同的基调，这与香水调制中讲究的前、中、后调是相近的。

以香起名

《红楼梦》以香起名的人物，有香菱、蕙香（四儿原名）、芳官、沁香、花袭人（花香袭人）、稻香老农（李纨别号）。

袭人姓花，为宝玉的大丫鬟，也是王夫人授意的通房丫头，其内质温柔贤惠，常伴宝玉左右。袭人原名珍珠，宝玉见她姓花，又善解人意，故根据宋代诗人陆游的《村居书喜》诗句“花气袭人知骤暖”，改为“花气袭人知昼暖”，给珍珠取名“袭人”，能知冷暖、温柔可人，是为“温香”，正是人如其名。后世研究多将又副册中的袭人、晴雯，与正钗册中的宝钗、黛玉相对。袭人虽说和宝钗都是相当正经贤明的性格，但其性情与宝钗的冷情还是多有不同。

身为丫鬟，但又是宝玉近侍，她多少成为对上御下的特例。她有真性情、仗义的一面，文中写她和宝玉抢白：“我一个人是奴才命罢了，难道连我的亲戚都是奴才命不成？定还要拣实在好的丫头才往你家来？”（第十九回）写她助芳官、春燕对抗老妪的打骂：“三日两头儿打了干的打亲的，还是卖弄你女儿多，还是认真不知王法？”（第五十八、五十九回）也有贤惠，甚至是过于正经的一面，文中写她生气于宝玉的不务正业：“姊妹们和气，也有个分寸礼节，也没个黑家白日闹的！凭人怎么劝，都是耳旁风”（第二十一回），故意不理宝玉，因这劝谏还得了宝钗青眼。写她见宝玉思慕黛玉，担忧“如何处治方免此丑祸”。（第三十二回）写她劝王夫人“如今二爷也大了，里头姑娘们也大了，况且林姑娘宝姑娘又是两姨姑表姊妹，虽说是姊妹们，到底是男女之分，日夜一处起坐不方便，由不得叫人悬心”（第三十四回），更得王夫人看重。

袭人的其言其行，在后世人眼中并不多得眼缘，她的成熟稳重比之晴雯、黛玉的真脾性，算得上无趣之极，但生动饱满的人物形象，让人不禁遐思袭人是否在作者现实中有原型。愈发自重的袭人，只因无名无分，宝玉出家后，便被轻易抛弃，她所信奉的礼教与章法，也为她写好被遣散嫁人的结局。幸好宝玉的一次“不自重”，让她与蒋玉菡结缘，这是不幸中之幸了。“贤袭人”“花解语”，既是对她的称赞，又是束缚她的桎梏。

香菱本名英莲（应怜），即甄士隐之女，其判词册上画着一池沼，“其中水涸泥干，莲枯藕败，后面书云：根并荷花一茎香，平生遭际实堪伤。自从两地生孤木，致使香魂返故乡”。因被拐卖，她由士绅之女变为被买入薛家的丫鬟，嫁给薛蟠作小，又被正妻百般刁难；好不容易熬到夏金桂作茧自缚，薛蟠心回意转，又因生产而亡。判词上的“两地生孤木”，可知是薛蟠正妻夏金桂，似乎香菱原本的结局还要更糟糕，是被夏金桂折磨而死，都等不到薛蟠的浪子回头了。

香菱最可贵的性格是在厄运中始终保持毫无心机的纯洁温和，自有“一股清香”。第八十回写香菱为自己的名字一辩：“不独菱花香，就连荷叶莲蓬，都是有一股清香的。但他那原不是花香可比，若静日静夜或清早半夜细领略了去，那一股清香比是花儿都好闻呢。就连菱角、鸡头、苇叶、芦根得了风露，那一股清香，也是令人心神爽快的。”

莲即荷花，花之君子者也，出淤泥而不染，本该浮香绕曲岸，圆影覆华池。菱角花颜色寡淡，小小漂浮在菱叶边，向阳而生，虽不名贵高雅，也有香踪。秋风一起，荷花飘零，菱角花不再，菱角被收割。英莲从最初的本名，到被卖变成香菱，再到被夏金桂取名秋菱，一步步枯萎凋落，以花喻人，确实身世堪怜。

以香识人

物件有其气味，各人也有不同的气息。这是由于日常起居饮食不经意的积累，也有刻意修饰的雕琢。借由花瓣沐浴得其芬芳，借由服用香物（先勿论是否有效）使香气由内而外，使用熏香熏染衣物、房间，这既是一种风雅，又能展现自身的情操、爱好，读者以香气便可知此人的性情。

《红楼梦》关于体香及身体情态的描写不少，如黛玉的“星眼微饧，香腮带赤”（第二十六回），宝钗的“香汗淋漓，娇喘细细”（第二十七回），其余如“馀香满口”“甜香满颊”“腕底香”“噙香”“（体）幽香”“香痕”“齿香”“骨髓香”“指香”“红香”“粉香”“红香散乱”等若干处。“美人忘容，花则忘香”，黛玉于其香气是不自知的，第十九回写道：

宝玉总未听见这些话，只闻得一股幽香，却是从黛玉袖中发出，闻之令人醉魂酥骨。宝玉一把便将黛玉的袖子拉住，要瞧笼着何物。黛玉笑道：“冬寒十月，谁带什么香呢。”宝玉笑道：“既然如此，这香是从那里来的？”黛玉道：“连我也不知道。”

体香与情色、爱欲在文学中难免有所纠葛，宝玉闻黛玉的袖香，“闻之令人醉魂酥骨”，多少给读者一些淫意。然而两人的互动又是率真直接的，宝玉只想知道袖子里藏了什么这么香，黛玉只是笑什么都没有。作者对男女感情书写十分慎重，正如前文所抱持的观点风月笔墨“淫秽污臭”、才子佳人“千部一腔”，而此篇是要写“情”（还有“情痴”）。这要不是《红楼梦》，而是《金瓶梅》，恐怕后文就要略去数笔了。

文中万紫千红，香气满溢，实在容易暗合风月，得亏主人公宝玉是个奇人，他自小在莺燕中长大，性情又实在说不上刚正，最爱好偷吃胭脂水粉，还因调戏丫鬟闯过大祸。但他和黛玉、宝钗诸姝，乃至已是通房的袭人的交际，都只有情谊，并不多见淫意。他对女儿的喜爱，也算不上多圣洁，却是真挚的。连冷子兴说宝玉“将来色鬼无疑”（第二回），贾雨村则反驳：“非也！可惜你们不知道这人来历。大约政老前辈也错以淫魔色鬼看待了。”这是作者为宝玉据理力争。这个奇人是块石头，不能以常人而论，也不能用常理来判断。就让我们图个方便，以宝玉这个奇人的思考方式，来看几位人物的不同香调吧。

以香为媒的香气韵调

秦可卿的浊香调

秦氏闺名无人知悉，唯宝玉因到太虚幻境一游，梦中嚷了几声“可卿”，才让读者有了联系。秦氏之死的细节虽已全部删去，但“淫丧天香楼”的标题却被脂砚斋点出，五个字信息量巨大，已然全部剧透。秦可卿与贾珍乱伦被撞破，自缢，死于“淫”的罪名怕是很难被摘干净了。第五回对这位宁国府的媳妇就有几笔暗示，宝玉在“甜香袭人”的秦可卿房内休息时，只见：

入房向壁上看时，有唐伯虎画的《海棠春睡图》，两边有宋学士秦太虚写的一副对联，其联云：

嫩寒锁梦因春冷，芳气笼人是酒香。

案上设着武则天当日镜室中设的宝镜，一边摆着飞燕立着舞过的金盘，盘内盛着安禄山掷过伤了太真乳的木瓜。上面设着寿昌公主于含章殿下卧的榻，悬的是同昌公主制的联珠帐。

明代著名诗人、画家唐伯虎是否真有《海棠春睡图》画作不可考，曹雪芹以此比喻杨贵妃的醉态；北宋文学家秦观是否真写过文中的对联，也不可查，脂砚斋批：“艳极，淫极！”“已入梦境矣。”（脂评甲戌本第五回）武则天的宝镜、赵飞燕的金盘、杨太真（杨贵妃）的木瓜、寿昌公主之榻、同昌公主之帐，都是宫妃公主使用的器物，凸显秦氏房间贵重奢靡之余，又显出几分慵懒情色。因寿昌公主、同昌公主的典故导致红学界对秦可卿身份的解读各有不同，仅以文本而言，只有“香”“艳”二字。这样的淫、艳，身份又该是端庄温婉的人物在《红楼梦》中却是不多见的，和贾琏厮混的情妇里倒是有几位，身份、性情上都与秦氏天差地别。秦氏房中使人“眼饧骨软”的甜香，可称浊香。

王熙凤的辛香调

被秦氏死后托梦的凤姐，则是另一种美人了。第六回写刘姥姥进王熙凤房间，“只闻一阵香扑了脸来”。在这香气中，凤姐粉光脂艳，端坐在大红毡条的炕上，手里拿着小铜火箸儿拨手炉内的灰。平儿送上茶，她既不接茶，也不抬头，只管拨灰，慢慢地问道："怎么还不请进来？"然而下一秒，她见刘姥姥已在面前了，"忙欲起身犹未起身"，"满面春风"地问候，又嗔怪旁人不早点通知她。王熙凤逼人的气势、八面玲珑的性格、工于心计的干练显露无遗了。凤姐是出了名的辛辣善妒，她和贾琏吵嘴打架，恋金银，贪权力，妒恨尤二姐，私放高利贷，埋下后期贾家的祸端，但她同时也精明干练、持家有道，深谙做人、做事、说话的艺术。这在一众矜持的大家闺秀里无疑是个异类，也让她在小说中风头无两，阅之难忘。

王熙凤的这份辛辣之下，也难掩她的苦衷。自己的老公贾琏是个花心大萝卜，成日里拈花惹草不得消停，见了美貌女子就起色心，凤姐除了能给点厉害几乎无可奈何；自己膝下无子，又有病根，将来再得男胎几无可能，若没有"当家"的身份傍身，自己在贾家和贾琏心中的地位势必日渐衰落；府上太太小姐一个个能吟诗作对，让大字不识几个的自己相形见绌，不在银钱上拿捏一下众人，这些傻白甜不知人间疾苦。正是王熙凤这在夫家做媳妇的身份，让她无法规避地正面承受了丈夫的不忠、小姐们的不屑、下人们的偷鸡摸狗，这样一位泼辣女子，怕是很难让人心生恶感吧。我们姑且将这位"凤辣子"（贾母语。第三回）的性情与香相连，称其为辛香。

薛宝钗的冷香调

《红楼梦》中另一位与香结缘的小姐是薛宝钗，第七回薛家盘桓梨香院，就谈及她服“冷香丸”用以下热毒。药名本是杜撰，但药引、药料则十分贴合中医药的精髓，馥郁芬芳、雨露风霜，“从南带至北，现在就埋在梨花树底下”，内涵风雅、用料精细。第八回写宝玉到梨香院，闻到宝钗身上的香气“凉森森”，遂问姐姐熏的是什么香。宝钗答：“是我早起吃了丸药的香气。”

大观园建成后，宝钗所居乃是有异香的蘅芜苑。第十七回贾政巡园时就对此间有十分详细的描述，瓦舍石块相绕，并无花木，只有草蔓，众人都说此地清雅不同，兰风蕙露，才有宝玉所题“蘅芷清芬”。第四十回贾母到蘅芜苑，“只觉异香扑鼻”，房间是“雪洞一般”。

“冷香”是宝钗专属，黛玉日常怼宝玉语录有载：“你有玉，人家就有金来配你；人家有‘冷香’，你就没有‘暖香’去配？”（第十九回）宝钗之冷并不在于她不食人间烟火、冷若冰霜，而在于她与周遭环境刻意保持的距离，试图以局外人的身份待人接物。如此待人之法好听些即有主见、理智，不好听些则是疏离、凉薄。

第六十七回尤三姐自刎、柳湘莲出家不知所终，薛蟠固然顽劣，与这个调戏不成还被修理一顿，后又救过自己的柳二哥其实感情不错，得悉事情如此惨烈犹见泪痕，宝钗则并不如何在意，只说“人有旦夕祸福”“这是他们前生命定”，劝薛母不必感伤。“死的死了，走的走了”“由他罢了”，其实是十分明智的做法，既然是旁人的事情，既然自己帮不上什么忙，既然事情已然发生不可挽回，那也就不必叹息。但于人情义理，又显得过于冷漠了。

第二十七回宝钗偷听红玉和坠儿谈话，心中暗忖：“怪道从古至今那些奸淫狗盗的人，心机都不错。这一开了，见我在这里，他们岂不臊了。况才说话的语音，大似宝玉房里的红儿的言语。他素昔眼空心大，是个头等刁钻古怪东西。”想着要怎么躲开，转头就故意对二人说自己寻找黛玉刚刚到此，显然是没听见二人说话的，把黑锅甩给黛玉。她心中觉得红玉奸淫狗盗、刁钻古怪，但红玉、坠儿却认为“宝姑娘听见，倒还罢了，林姑娘嘴里又爱刻薄人”，可见宝钗人品端方、待人和气的印象深入人心。

第三十二回金钏儿因宝玉调戏她一事被王夫人撵出府，羞愤投井。宝钗劝解王夫人：“姨娘是慈善人，固然这么想。据我看来，他并不是赌气投井。多半他下去住着，或是在井跟前憨顽，失了脚掉下去的。他在上头拘束惯了，这一出去，自然要到各处去顽顽逛逛，岂有这样大气的理！纵然有这样大气，也不过是个糊涂人，也不为可惜。”听王夫人说要给金钏儿寻裁缝，宝钗便提出要送自己衣服给金钏儿拿去“妆裹”。王夫人问她怎么不忌讳，宝钗只说自己从不计较这些。宝钗的逻辑依旧：人已死了，哭也无用，给点银子、体面更为实际。与其让生人自责，倒不如把锅甩给不能抗辩，又没什么分量的死人身上。宝钗近乎残酷的理智和冷漠可见一斑了。

贾宝玉的暖香调

与宝钗相对的，则是宝玉的暖香。黛玉虽戏言宝玉没有暖香来配宝钗，但宝玉的性格柔和，待人真挚，称得上“暖”。宝玉所居怡红院海棠花似锦，刘姥姥醉卧怡红院，直问“这是那个小姐的绣房”（第四十一回）；宝钗说屋子太香被虫子钻，“这种虫子都是花心里长的，闻香就扑”。（第三十六回）加上到处讨丫鬟的胭脂来吃、姐妹的香袋来戴，也称得上“香”。宝玉的“暖”让他成为书中头等的背锅侠，为了不让丫鬟受罚，什么事情他都往自己身上揽，如玫瑰露、茯苓霜一案（第六十回）。但“暖”也让他成为头等的“少女之友”，如他哭黛玉葬花、痴看龄官画蔷，一次次感同身受地将自己与少女情思相绕。但他却是书中头等的“银样镴枪头”，面对王夫人的暴怒，不敢公然祭金钏儿，也不敢庇护晴雯。他男儿的血性不及柳湘莲，不及薛蟠，甚至连贾琏都不如——人家贾琏好歹还能借着酒意提剑要和凤姐同归于尽呢。

林黛玉的幽香调

黛玉之香第十九回有叙，便是前文提到的幽香。幽香出自温庭筠“绿渚幽香生白蘋，差差小浪吹鱼鳞”，只是一缕淡香。“这香的气味奇怪，不是那些香饼子、香毬子、香袋子的香。”宝玉因这香气，编出了“黛山”“林子洞”耗子精偷香芋的故事，借此与黛玉玩笑：“盐课林老爷的小姐才是真正的香玉”。第二十六回宝玉到潇湘馆，又是幽香：“走至窗前，觉得一缕幽香从碧纱窗中暗暗透出。”第六十四回“幽淑女悲题五美吟”，黛玉之幽，一如宝钗之冷，在文中多有呼应，这与黛玉的身世、性情也是契合的。

黛玉年幼失恃，才投奔贾家，继而连父亲也病亡，即便想要回扬州，也无家可归了。和宝玉的相处中，两人情思虽起，却都还懵懂，又是金麒麟（史湘云），又是金玉良缘（宝钗），更让她患得患失，时常与宝玉拌嘴吵架，伤不必要的心。这样的身世极大影响了她的性格，使她心思敏感，易于伤怀，为人孤僻。黛玉在贾府中的人缘远比不上宝钗，下人觉得这位小姐个性好猜疑，平日交往中众人也知她敏感而多有避忌。

其实黛玉才思敏捷，倜傥风流，时常也有些小女儿的调皮，只是为人清高，说话不怎么饶人，既不险恶，也不是个阴沉的人。如她教香菱写诗，“拿着诗和他讲究”（第四十八回），就比宝钗有十足的耐心和热情。黛玉的幽香，是她的特立独行，也是她的孤寂。了解她真性情的第一人当是宝玉，疼爱怜惜她的第一人当是贾母，可惜这二人都无法护她周全，甚至这二人也极大推动了她香消玉殒。

以香识园，以香识人，只因香在《红楼梦》中无所不至，这般缱绻而包容，在题材相同的文学作品中都是不多见的。作者对嗅觉描写的应用，来自其自身的雅好，也是丰满情节、塑造人物的极大助力。

韵的延展

韵本指悦耳之音，后来延展到其他审美领域，不仅香调有韵，人文创作中处处可见韵。韵是创作者的风度与审美，融入了创作者极大的个人情感，可以温文尔雅、平衡和谐，也可以大情大性、激昂澎湃。此节略略举例韵在其他艺术手法上的体现。

书法之韵

中国书法是一种线的艺术，通过运笔点画的方圆粗细、曲直动静，表现出结构美。东汉蔡邕《笔论》：“为书之体，须入其形。”其《九势》谈笔势：“势来不可止，势去不可遏。”可知写字须有适宜的形貌，运笔要有节奏，相互协调，不同笔法照应不同的规律，笔墨自然一气呵成，才能传神。大小篆凝练浑厚、规整庄重；隶书秀挺端庄、严谨疏朗；楷书或俊逸或雍容，并非世人所认为的无趣无味；行书娟秀随意中亦有气势；草书结构简省、笔画连绵，观之酣畅淋漓。不同的书体、不同的书法家，因其个人风格性情，运笔的习惯和个人际遇不同，而在作品上呈现出不同的风采。

书法也是达情之作，作品与书法者的感情紧密相连。杜甫《饮中八仙歌》说草圣张旭极爱酒后创作，“脱帽露顶王公前，挥毫落纸如云烟”，甚至大醉后把头发浸入墨汁中书写，可知“张颠”的称号所言非虚。这样的肆意狂放，方能书出传世之作。

书法的笔势、笔意即是书法之韵，没有此韵，则刻板涩滞，缺乏生气和连贯性。没有此韵，则不能直抒胸臆，产生共鸣。

绘画之韵

中国画讲究气韵，即便技法高超，若非神形兼备，则画面呆板僵化，缺少灵气。欧阳修曾用“古画画意不画形，梅诗咏物无隐情”来赞诗意。诗画同源，画的精髓不仅在精湛的技艺，也在气质神韵。前文提到，山水画之韵由构图（包括留白）和技法共同体现，比较有特点的如对墨的运用，即“墨法”，墨与水的调节能产生丰富的浓淡变化，墨色的浓淡可以表现景物的远近，浓墨破淡墨又能产生反差，泼墨和积墨能增加画意和画的层次。其他手法如皴法能用不同的线条笔法来表现山、石、林、木，描图和勾勒利用线条体现层叠，与书法异曲同工。

西洋油画则善于用阴影、光暗来增加层次和景深，用丰富的冷暖色调表现反差和承接，用结构和透视等手法对形的描摹增强质感。与国画相似，画意也融入了作画人的意向和情感，观者能从画中体会到喜怒哀乐，结合自身产生联想。绘画之韵由此得以体现了。

建筑之韵

建筑本质是使用空间，必须在符合力学要求的基础上，建筑才能搭建并屹立不倒，这是对建筑师的严格要求之处。而建筑又不仅仅是使用空间，也是人对美的追求的精神场所。建筑之韵的其中一例，便是建筑间架结构和组群式建筑的空间布局。以中轴线为中心的建筑布局呈前后高低起伏的空间曲线，或开畅，或紧凑，节奏分明，疏密有致。建筑的色彩在空间起伏中形成颜色的波浪向前推进，并左右扩展。

如北京故宫的“前朝后廷”。前三殿和后三宫形成起伏的波浪线，前殿空间开阔，后宫布局紧凑。红墙黄瓦，朱门金钉，亭台楼阁，雕栏玉柱，无处不是严整雍容。

与之相对，欧洲中世纪盛行的哥特式建筑线条凌厉，塔尖高耸而窄瘦，高低不等的拱扶垛、尖窗和尖塔错落有致，内景的肋拱、立柱、雕塑、壁画、立体投射的光影、彩玻璃及其《圣经》故事画，相辅相成，将建筑结构与精神追求相连。

韵调于不同艺术形式有不同的表现形式，无独有偶，都凝聚了创造者的精神果实。斗转星移，人对美好事物的追求不曾停歇，也许便是这孜孜不倦的探索，方能造就百鸟争鸣、姹紫嫣红的艺术表达。

第十三章　香与祭祀

祭祀也许是文化发源与传承的传音符。天地玄黄，宇宙洪荒，古人将不能理解、不可言说的力量转变为信仰，在对自然的探索里，一深一浅地印出脚印。与苍天大地的沟通中，香是其中的媒介之一。古人崇拜天地、神灵、祖先，依照自身的生活体验，将神性与人性相连，认为神仙也是要吃饭的，祖宗是要供奉的。人要知恩图报，不忘自己从哪里来，祈愿神灵保佑，由香传递心愿，为香赋予信念，最是合适不过。祭祀及祭祀所用的香是《红楼梦》嗅觉文化空间中特殊的一环，它既体现世俗社会的香火情愫，又营造了别有用意的叙事空间，值得另启一章在这里详述。

祭祀对象

有天地，有鬼神，有先祖，有圣人，便有祭祀。“祭”与“祀”早在商代甲骨文中就有载，几千年来都无太大的变化。学者们对其辞源有诸多解释：从小篆“祭”字的结构来看，左“肉”、右“手”、下“示”，形同手持贡品奉献给神，地点、人物、事件都已涵盖；《说文解字》中“祀”是形声字，为无限祭祀之意。祭祀指代供奉、祈求的仪式。

仪式可大可小，可繁可简，供奉的对象也由天及地，由鬼及人。加上中国古代对信仰崇拜的兼容并蓄、海纳百川，因此人们能敬的对象有很多。一切使人畏惧、崇拜、尊敬的对象都可以祭祀。人们敬天地是自然崇拜，敬鬼神是文化崇拜。既可以礼佛，又可以信道；既可以朝圣，又可以拜祖。在同一时间和空间竟并不冲突。祭祀虽然庞杂，究其本身，无非是人们有所诉求。帝王祭天，是有求于天，通过承天授命，使其统治得到广泛的承认和拥护；百姓祭祖，是有求于祖先，熟人好说话，说不定就能福佑子孙；读书人祭孔子，是有求于圣贤，能有其智慧与贤德；至于祭河神、祭龙王，是求大自然能脾气好一点，不要洪水泛滥糟蹋良田；而祭亡人，则是情无可寄，期望能与之沟通。

《红楼梦》中祭祀对象主要为神佛、先祖、亡人。

贾府信佛，先不管佛祖是否慈悲，祭拜有无效果，贾府诸人对礼佛一事相当慎重。元妃叫人喘不过气、马不停蹄的省亲行程里，尚见缝插针跑去“焚香拜佛”（第十八回）。更不用提贾母于佛堂日日礼佛，“虔诚祷告，求菩萨慈悲”，能宽恕子孙罪过（第一〇六回）。虔诚并不代表信仰唯一，贾府不仅有着急采买的小尼姑，还有小道姑；贾母虽然礼佛，初一也会带众人到清虚观瞻拜。隋唐后佛道同行，上至帝王，下至百姓，什么都拜，别具特色。第十四回秦可卿的丧礼上，一边是佛，一边是道，有僧有尼有道祖，有阎王、地藏和玉帝：

> 这日乃五七正五日上，那应佛僧正开方破狱，传灯照亡，参阎君，拘都鬼，筵请地藏王，开金桥，引幢幡；那道士们正伏章申表，朝三清，叩玉帝；禅僧们行香，放焰口，拜水忏；又有十三众尼僧，搭绣衣，靸红鞋，在灵前默诵接引诸咒，十分热闹。

如此这般，信一个似乎不一定管用，干脆什么都信的虔诚，恰如其分地反映出唐后中国古代佛道相融、兼收并蓄的特点。

祭拜祖先在文中描写更多。秦可卿托梦王熙凤，便叮嘱“趁今日富贵，将祖茔附近多置田庄房舍地亩，以备祭祀供给之费皆出自此处。……也有个退步，祭祀又可永继”（第十三回），可谓用心良苦。可惜王熙凤悟性不够，点拨没什么用处，贾府仍是曲终人散，凤姐的卿卿性命也搭上了。秦可卿人都香消玉殒，半只脚踏上奈何桥了，托梦都要担心祭祀经费不够，可以想见祭祖的花费不是小数目。《周礼·春官·大宗伯》有云：“以肆献祼享先王，以馈食享先王，以祠春享先王，以禴夏享先王，以尝秋享先王，以烝冬享先王。”天有四时，春秋冬夏，在以农耕为基础的中国，一年四季都有祭祀的必要，更有除夕、清明、重阳、中元祭祀的礼俗，及宗祠祭祀。大大小小，林林总总，贾府诸人不是在祭祀的路上，就是在祭祀的堂前。

祭祀方式

中国自古为礼仪之邦，对于礼俗有诸多考究，吉礼大至国运昌隆，小至家族兴盛；凶礼或为天灾、城破、人亡；又有军礼、宾礼、嘉礼，早在周代便已订立，可谓无所不至。由简到繁，由繁及简，历经朝代更迭和兼收并蓄，到《红楼梦》的年代，各样礼俗都有考究，书中面见圣贤、问候先祖、沐浴更衣、饮食禁忌不在话下。可惜诸位神佛、祖先都颇为矜持，鬼怪幽魂也太过害羞，不轻易现真身，只有一缕青烟、一捧尘土可以遥寄思忆，剩下的只能靠发散思维（脑补）来补充了。

以吉礼为例，第五十三回贾府诸人除夕祭宗祠，作者将这家人是如何和祖先对话的写得淋漓尽致，小说写：

里边香烛辉煌，锦幛绣幕，虽列着神主，却看不真切。只见贾府人分昭穆排班立定：贾敬主祭，贾赦陪祭，贾珍献爵，贾琏贾琮献帛，宝玉捧香，贾菖贾菱展拜垫，守焚池。青衣乐奏，三献爵，拜兴毕，焚帛奠酒。礼毕，乐止，退出。

众人围随着贾母至正堂上，影前锦幔高挂，彩屏张护，香烛辉煌。上面正居中悬着宁荣二祖遗像，皆是披蟒腰玉；两边还有几轴列祖遗影。贾荇贾芷等从内仪门挨次列站，直到正堂廊下。槛外方是贾敬贾赦，槛内是各女眷。众家人小厮皆在仪门之外。

诸人各司其职，正是按照其在家中的排位，依次排列，只有贾敬能做主祭，贾珍可献爵，贾琏等可献帛，宝玉只能捧香，贾菖等展拜垫。门里门外、堂里堂外、主祭陪祭、男女站位、主仆站位，秩序井然。这仅是贾府一年大小祭祀中的一例。

又以丧礼为例，秦可卿死后不止前文所述的礼俗排场，也不止于贾家诸人参加，第十四回送殡的有“镇国公”“理国公”“齐国公”“治国公”等与宁荣二公并称“八公”的后人，也有各侯爵、将军、王孙子弟，“浩浩荡荡，一带摆出三四里远”。路上还有诸家的路祭。小说写：

走不多时，路旁彩棚高搭，设席张筵，和音奏乐，俱是各家路祭：第一座是东平王府祭棚，第二座是南安郡王祭棚，第三座是西宁郡王祭棚，第四座是北静郡王祭棚。原来这四王，当日惟北静王功高，及今子孙犹袭王爵。现今北静王水溶年未弱冠，生得形容秀美，情性谦和。近闻宁国公冢孙妇告殂，因想当日彼此祖父相与之情，同难同荣，未以异姓相视，因此不以王位自居。上日也曾探丧上祭，如今又设路奠遂回头命长府官主祭代奠。贾赦等一旁还礼毕，复身又来谢恩。

由此宝玉才与北静王相识，点出通灵宝玉，又引出后文种种。北静王在文中只露了几次脸，存在感却着实不低。路祭，恰如其名，是在出殡沿途摆摊，铺设供品以祭拜亡人。不管后世对秦可卿身份有多少猜测，在文中，她的葬礼能如此宏大，还是卖的贾家的面子。与秦可卿一比，后期其他主要人物的殡葬都显得格外寒碜，贾母的葬礼有“赏银一千两”“礼部主祭”，总算面子上过得去，凤姐的葬礼要靠贾琏拿平儿的贴己物品当了才有钱筹备。这还算续书作者笔下留情，依照她“一从二令三人木”“机关算尽太聪明，反算了卿卿性命”的判词和曲子看，原本的剧情恐怕是王熙凤先被休，然后被撵，再因自己做的孽身死，死时因记挂巧姐不能瞑目。不说死后哀荣、家人祭拜，只怕连规矩的葬礼都无。

贾府除夕祭显得分外隆重肃穆，毕竟是要和祖先对话；秦氏的丧礼极尽哀荣，铺张浪费，是情节上贾府奢极而衰的转折。日常节庆祭拜则有人情味许多，也精简许多。第七十五回还写了中秋祭月。中秋节是思亲、团圆的节日，庆贺中秋节的习俗由来已久。后羿射日、嫦娥奔月本身是一场悲剧，然而“但愿人长久，千里共婵娟”毕竟是活在当下的众人的美好愿望。先有赏月、拜月的传统，到了明清，才有食用月饼的习俗。文中“西瓜月饼都全了”，贾母就夸贾珍送的月饼好，西瓜不好：“你昨日送来的月饼好；西瓜看着好，打开却也罢了。”

却说这年中秋前，贾府山雨欲来，贾珍居丧聚赌，开宴席行酒令之际，听得墙下叹息连连、祠堂风气森森。次日行朔望之礼（即初一与十五于宗祠行的定礼），查看祠堂又没有什么问题，贾珍只以为是自己醉酒。贾家平日里祭了那么多次祖，如今祖先显灵，反而当成怪诞。十五日贾母凸碧山庄赏月，小说写：

当下园之正门俱已大开，吊着羊角大灯。嘉荫堂前月台上焚着斗香，秉着风烛，陈献着瓜饼及各色果品。邢夫人等一干女客皆在里面久候。真是月明灯彩，人气香烟，晶艳氤氲，不可形状。地下铺着拜毯锦褥。贾母盥手上香拜毕，于是大家皆拜过。

中秋上香拜月也算其乐融融，只是人丁要萧条些了，落座之后发现一桌坐不满，又把女眷也拉来坐。众人除了吃月饼，还折桂玩了击鼓传花，不凑巧最后听了吹笛。好好儿的中秋，先点了祖宗悲叹，又述了人丁稀疏，再听了凄凉笛音，怎么看也是贾府好日子要到头的征兆。

祭祀不仅是传统，更是荣光，也是有额度的，如清代能四个时节都祭拜家庙的只有三品以上大员，四五六七品可祭春秋，九品芝麻官只能祭春了。“香烛辉煌”“焚帛奠酒”“青衣乐奏”，还不提供桌上定然有的蜜供（甜点）、全供（如苹果、果干、素菜、馒头等），程序这么繁复，祭品又十分铺张，实在是一大笔开销，但好歹是皇帝赐的额度，哪怕家道衰微，拿不出那么多银钱祭祀，也要打肿了脸，勒紧裤腰带，硬挤出面子来。倒是也有省钱些的法子，如前文提到第一〇五回宁国府被抄，贾母只是在院子里点香，一缕青烟，也能借此与诸天神佛沟通；宝玉更是便捷，祭金钏儿、祭晴雯，都不敢公然祭拜，只是随性准备。

祭祀的方式虽然各有不同，倒有规律可循，媒介便是其中的要素。媒介形式多样，其一是点香，心中所思所想所求，需要焚香才能传递；其二是通过水、火传递与转化，如文中的焚帛、四时祭祀中的焚牲、祭灶中的“送灶”（即焚像）、扫墓后的烧纸钱，又如南方的祭河神、祭水鬼。通过焚烧、水葬的方式将供品、帛书献给祭祀对象。

焚烧能将有形的物质转变为烟气，而烟气对于神仙来说远比实物要容易入口得多，《礼记·郊特牲》中说：“至敬不飨味，而贵气臭也。”“有虞氏之祭也，尚用气。”《左传·襄公九年》记载禋祭祀，以烟祭祀。《说文解字》：“禋，洁祀也。”凡人饮食诸多杂质，本着等价交换的原理，怎么摄入的，又会怎么排出（这来源于现象观察），在神仙看来，都是渣了。神灵不吃人间有形的食物，只闻无形的烟气，欣悦地吃气（非凡间让人憋屈的“吃气”）不吃渣。是以古人祭祀的时候，奉上芳香的食品与香火，以无渣的香气敬鬼神，以有渣的食物供自己。如此可想而知，为何诸多修仙小说中人得道成仙的门槛便是服气辟谷了。

与世俗世界中的婚嫁、育子、结盟、祝寿不同，鉴于祭祀对象的来无影去无踪，祭祀打开了另一个想象空间。我们于今日所熟悉的生物和地理科学如细胞、细菌、地球自转、公转，在古时只是一种观察现象，而观察并不足够解释人的生老病死、水的潮起潮落，因此供奉祖先、敬畏鬼神、寄情亡魂，是世人在尘世诸多纷乱和困惑中，得到心灵慰藉的方式。

祭祀器物

用于祭祀的场所、物件、器皿数不胜数，以下只提几处《红楼梦》有提及的祭祀及使用器物。

祭坛是户外供祭祀所用的建筑，筑土为坛，有的只是露天平台，有的则还有附带的宫殿建筑。汉武帝登泰山，祭的是天；往梁父山，祭的是地。祭天是为封，祭地是为禅，合称封禅。汉武帝刘彻不是第一个祭天地的帝王，自周代祭天地，让天命所归的王与上天说说家常就十分盛行；刘彻自然也不是最后一个，北京的天坛、地坛，就是专为此所设的。以天坛为例，分为内坛和外坛。内坛主要建筑之一是圜丘，为三层汉白玉栏板所围的圆形平台，并无宫殿建筑，用于祭天；另有祈谷坛和位于坛中央的祈年殿，用于孟春祈谷。附属设施如神库、神厨、祭器库、乐器库主要是为了摆放器物、祭品所设。祭天是皇帝的头等大事，自然也是百姓的头等大事，不仅场面恢宏、仪式庄重，参与的文武重臣连打个喷嚏、咳嗽一声都是被参的大罪，在祭天的过程中还可能被皇帝借题发挥，丢乌纱帽事小，丢项上人头事大。

祭祀不仅有罚，自然也有赏，《红楼梦》中贾蓉就代领了皇帝给重臣用于春祭的赏银（即皇帝给的过年红包）。银钱估计不算太多（至少在贾珍眼中不多），但他也说“咱们家虽不等这几两银子使，多少是皇上天恩。……咱们那怕用一万银子供祖宗，到底不如这个又体面，又是沾恩锡福的。”（第五十三回）

贾府宗祀所用的“青绿古铜鼎彝等器”“爵”，皆为祭祀礼器。商周便用于祭祀的青铜器皿，到清代仍然延续。其中“鼎”分量最重，表明尊卑等级的列鼎制度是身份的象征。《春秋公羊传·恒公十年》有云：“天子九鼎，诸侯七，卿大夫五，元士三也。”可见一言九鼎的分量。先秦时，祭祀中鼎里放的是牲，也就是羊肉、鲜鱼、鲜腊，到后世多为象征。

“爵”则是酒器，其意义或许不能和鼎相提并论，却的确是敬鬼神、礼天地的要件，商周墓葬多有出土。至于爵的样式和配置各有什么作用，是仅用于祭祀，还是也用于日常起居，众说纷纭。商周青铜器工艺发展时，爵多为铜器，宋以后尤其是明、清，多用瓷爵，也就是烧瓷制造。明永乐和清乾隆都有精品瓷爵存世，文中“贾珍献爵”（第五十三回），应该也是瓷质的爵。

焚帛炉是另一件器具，顾名思义，是献祭时焚烧的器皿。贾府祭祖中“守焚池”（第五十三回），功用与焚帛炉大同小异。鉴于祭祀对象实在是太过缥缈，祭祀方式方法虽然不同，沟通的途径并没有太多的选择——要将祭品化为烟尘，焚化最好不过。祭天要建个亭子来焚化，祭祖要摆个池子来焚化，至于更简洁私人的沟通方式，便是香炉了。第四十三回宝玉偷偷摸摸祭金钏儿，实在匆忙，没准备香炉，也没准备香，还去水仙庵借了一个香炉，这才祭拜成功。

祭祀与贾府

《红楼梦》全书自第一回起，至第一二〇回终，与祭祀相关的情节是贯穿始终的。前80回固然妙笔生花，后40回情节潦潦草草，但也不乏怪力乱神的描述。

经统计，全书几乎隔几章回就有与祭祀相关的情节，共计有53回书涉及，不可谓不多。除去前面两节讨论所论及的祭祀情节外，特选10回有关明清时的礼俗、风俗事例，贾府的日常祭祀呈现于此：

第一回甄士隐住在葫芦庙旁，恰见在庙内寄身的贾雨

村，故事由此而起。（因为这是小说第一回，提到庙宇，这是祭祀的地方。也和最后第一二〇回宝玉出家呼应）

第五十八回宫中老太妃死了，贾母入朝随祭，又有朝中大祭、清明祭祀，宝玉说心诚则灵，新水新茶鲜花鲜果都可为祭，并不需要纸钱。（这一回有走出贾府的入朝祭祀，还有宝玉的鲜花祭祀。说明祭祀是那个时代上下朝野的信仰文化）

第六十三回毫无存在感的贾敬一命呜呼，皇帝额外加恩："任子孙尽丧礼毕扶柩回籍外，着光禄寺按上例赐祭。朝中自王公以下准其祭吊。"贾敬的丧礼勉强还算体面，不过入不敷出也日渐显现了，连请杠人青衣的钱都无法结清，要挪用甄家送来的打祭银子。（这一回表现朝廷对贾府的赐祭，也表现贾府正显衰败）

第六十四回"幽淑女悲题五美吟"，黛玉让丫鬟"传瓜果去"，"等瓜果来时听用"。宝玉在沁芳桥见雪雁领着两个老婆子，"手中都拿着菱藕瓜果之类"，不知何故。丫鬟猜不透小姐的心思：传瓜果究竟是要请人，还是要点香用？"若说是请人呢，不犯先忙着把那个炉摆出来。若说点香呢，我们姑娘素日屋内除摆新鲜花果木瓜之类，又不大喜熏衣服。"宝玉思忖："大约必是七月因为瓜果之节，家家都上秋祭的坟，林妹妹有感于心，在私室自己奠祭，取《礼记》'春秋荐其时食'之意。"当宝玉到凤姐那里兜一圈进到潇湘馆，黛玉的祭奠已告完毕："只见炉袅残烟，奠馀玉醴。紫鹃正看着人往里搬桌子，收陈设呢。”后文宝玉“以鲜花之蕊”（第七十八回）祭晴雯与此呼应。（这一回黛玉的祭奠描写很有意思，与众不同地用菱藕瓜果之类祭祀，还有人物的心理活动描写，有点悬疑味道）

第七十八回宝玉芙蓉前祭拜晴雯。（宝玉祭拜晴雯是一个重要的情节）

第八十回宝玉到天齐庙还愿，遇到道长“王一贴”，宝玉想到薛蟠娶的夏金桂，问他有没有治疗“嫉妒”的药方，王道长人虽然猥琐，话却实诚，直说：“我有真药，我还吃了作神仙呢。有真的，跑到这里来混？”（这一回的祭祀本来可要可不要，它的意义在于王道长实诚地暴露，他到庙里做道士是来混饭吃的，此处又刚好是前80回的最后一回）

第九十五回因宝玉丢了自己的通灵宝玉，众人病急乱投医，求妙玉用沙盘乩架，也就是请仙占卜。妙玉问乩得“青埂峰下倚古松”“入我门来一笑逢”，众人胡乱猜测，不得其法。草蛇灰线，要到末几回才有揭晓。也是这一回，元妃病死，停灵寝庙、哭临送殡，都只数语提及，篇幅文章比不得秦可卿，连贾敬都不如。（这一回写妙玉沙盘占卜，这是没有出现过的祭祀方式和器物，并且这一回说到好几起死人停灵送殡的事情）

第一〇二回宁国府作法驱邪。宁国府闹完，又闹大观园，毛半仙、三天师轮番上阵，卜卦的卜卦，逐妖的逐妖：“一位手提宝剑拿着法水，一位捧着七星皂旗，一位举着桃木打妖鞭，立在坛前。”好不热闹。至于有人说一开始看见的妖怪其实是只公野鸡，自然没有人相信了。（这一回的祭祀很热闹，近乎“群魔乱舞”，表现宗教祭祀的各种形式，了解祭祀文化）

第一一四回，甄应嘉听闻贾母新丧，前来拜奠。

第一二〇回贾政重遇宝玉，宝玉已然出家。贾政报奏皇帝，赐号“文妙真人”。贾府诸人只说佛爷投胎，是老爷太太行善积德的因果。“将宝玉安放在女娲炼石补天之处”，全书至此完结。（全书祭祀描写的结果，主人公宝玉出家，也和第一回的甄士隐和贾雨村庙宇讲述石头宝玉的来历呼应）

以上诸多例举，可知祭与祀、人与神的交集不胜枚举，但祭祀所求已然不同。初时贾府确实是冤大头，见寺便要烧香，见佛就要参拜，香油钱给得自然毫不吝惜，祭宗祠、抄《心经》，乃是施舍；到了家道中落，甚而家破人亡时，求神仙勿施惩戒，求亡人再来相会，乃是乞怜。心中有鬼，自然怕鬼，心中无鬼；也要敬鬼。看不见摸不着，想象空间就太大了。置身于槛内，存念于槛外，这恐怕是当时社会风貌的写照了。

全文中粉墨登场的道人、和尚、道姑、尼姑，有真本事的多被轻慢，假话连篇的多被供奉，可见形象包装和话术的重要性。这些人物，以及这些人物所敬、所拜、所托庇的神佛，伴随着贾府由穷奢到凋零，也算是有始有终。

人生如梦如露，“红楼”一梦，醒来的毕竟不多。

结 语

短短13章，实在不足以道尽《红楼梦》的建筑（视觉）、声音（听觉）、香气（嗅觉）三个空间层次。本书以空间艺术角度诠释《红楼梦》。

建筑（视觉）空间是由人物的眼睛所指引的，以多个视点勾勒出故事发生的主要场所，如黛玉对贾府的观察，贾政对大观园的点评，刘姥姥笑话百出的游园。建筑空间中的方位不仅有助于明晰东西南北、前后左右，也是中国方位文化的传承，其中所渗透的礼教、尊卑、习俗，为小说增添阅读的趣味。门、窗、墙、院，是建筑空间不可或缺的组成部分。本书以门、窗、墙探讨情节布局，以院深究人物的背景关系，再将静态的建筑构成与动态的故事发展相联系。所举之例有门的出入、窗的功用以及隔门对话、隔窗偷听的情节发展。物似主人形，“屋”也不例外，主要人物的居所，是故事发生的场地，也极好地暗喻了人物的性情和命运。

声音（听觉）空间章节是对小说中的人声、物音、背景音进行的总结。声音也有喜怒哀乐，人声有其特质，物音更增想象，背景音是对故事场景的渲染烘托。其中还需要额外提及戏曲艺术及“听戏”的传统。

香气（嗅觉）空间章节总结了《红楼梦》中的香与臭。近香远臭在中国古典文学作品中并非孤例，尤其是在这样一部庭院文学作品中。文中花开荼蘼，芬芳馥郁，香指所在的环境，也指所喻之人的特性。黛玉之幽香、宝玉之暖香、宝钗之冷香、王熙凤之辛香，一再点明人物的性格特征。而与香有关联的香物，一次次推动情节的发展，由此促成悲欢离合之笔。另有详述的，还有从文中信手便可拈来的祭祀着笔，礼佛求神，香是不可或缺的媒介。

本书的另一特点是在阅读中融入了不同领域的知识和讨论，因《红楼梦》涉猎广博、旁征博引的特性，使得读者在阅读时需要增加额外的知识点，甚而进行比较，方有可读性。本书多次将中国古典文学与外国文学作品联系作比较，譬如中国古典文学中的“翻墙偷情”和西方古典文学中的“爬窗约会”，是中西建筑特性造就的因地制宜之文学产物。本书也不乏对有异曲同工之妙的艺术的串联和讨论，如绘画中对留白的偏爱和应用，以及对听觉叙事中的无声胜有声的举例。这样的角度绝说不上另辟蹊径，仅希望能以此为《红楼梦》的阅读增加趣味。

宝钗有诗画菊：“淡浓神会风前影，跳脱秋生腕底香”。（第三十八回）纸笔之上，活色生香，正是《红楼梦》所勾勒的世界的写照。便以此句作结。

参考文献

著　作

［清］曹雪芹：《戚蓼生序本石头记》（戚本），北京：人民文学出版社影印，1973年。

［清］曹雪芹：《脂砚斋重评石头记》（庚辰本），北京：人民文学出版社影印，1974年。

［清］曹雪芹：《脂砚斋重评石头记》（甲戌本），上海：上海人民出版社影印，1975年。

［清］曹雪芹：《脂砚斋重评石头记》（己卯本），上海：上海古籍出版社影印，1981年。

［清］曹雪芹：《红楼梦》，北京：人民文学出版社，1992年。

俞平伯辑：《脂砚斋红楼梦辑评》，上海：古典文学出版社，1958年。

［元末明初］罗贯中著，陈曦钟、宋祥瑞、鲁玉川辑校：《三国演义》（会评本），北京：北京大学出版社，1986年。

［元末明初］施耐庵著，陈曦钟、侯忠义、鲁玉川辑校：《水浒传》（会评本），北京：北京大学出版社，1987年。

［明］兰陵笑笑生著，秦修容整理：《金瓶梅》（会评会校本），

北京：中华书局，1998年。

许嘉璐主编，梅季副主编：《十三经》，广州：广东教育出版社，陕西：陕西人民教育出版社，南宁：广西教育出版社，1995年。

左丘明著：《春秋左传》，商务印书馆（香港）有限公司，1995年。

［战国］《黄帝内经素问》，北京：人民卫生出版社，1998年。

［战国］《山海经》，长春：吉林摄影出版社，2003年。

［西汉］司马迁著：《史记》，长沙：岳麓书社，2001年。

［东汉］应劭著：《汉官仪》，北京：中华书局，1985年。

［西晋］陆机《文赋》，上海鸿文书局石印。

［西晋梁］刘勰撰，［清］黄叔琳注：《文心雕龙》，上海：上海启新书局印行，中华民国13年。

［南朝梁］钟嵘撰：《诗品》，《丛书集成初编》，北京：中华书局影印，1991年。

《司空表圣文集》，《四部丛刊集部》，上海：上海涵芬楼藏旧抄本，中华民国18年。

［宋］李昉等撰：《太平御览》，北京：中华书局，1960年。

［宋］洪刍著：《香谱》，《丛书集成初编》，北京：中华书局，1985年。

［宋］赵汝适撰：《诸蕃志》，《丛书集成初编》，北京：中华书局，1985年。

［元］王实甫著，王季思校注：《西厢记》，上海：上海古籍出版社，1980年。

［明］李时珍著：《本草纲目》（校点本），北京：人民卫生出版社，1975年。

［明］汤显祖著，徐朔方、杨笑梅校注：《牡丹亭》，北京：人民文学出版社，1980年。

［明］李渔著：《闲情偶寄》，《李渔随笔全集》，成都：巴蜀书社，1997年。

［清］笪重光著：《画筌》，《丛书集成初编》，北京：中华书局，1991年。

［清］张玉书等编:《佩文韵府》，北京：商务印书馆，中华民国26年。

伍蠡甫等编：《西方文论选》，上海：上海译文出版社，1979年。

汪佩琴著：《<红楼>医话》，上海：学林出版社，1987年。

张耀翔著：《感觉心理》，北京：工人出版社，1987年。

胡经之、张首映主编：《西方二十世纪文论选》，北京：中国社会科学出版社，1989年。

朱立元主编：《现代西方美学史》，上海文艺出版社，1993年。

王志良主编：《红楼梦评论选》，北京：中国社会科学出版社，1998年。

萧默主编：《中国建筑艺术史》，北京：文物出版社，1999年。

季伏昆编著：《中国书论辑要》，南京：江苏美术出版社，2000年。

孟庆田著：《〈红楼梦〉和《〈金瓶梅〉中的建筑》，青岛：青岛出版社，2001年。

张驭寰著：《中国城池史》，天津：百花文艺出版社，2003年。

周积寅编著：《中国画论辑要》，南京：江苏美术出版社，2005年。

［德］莱辛著，朱光潜译：《拉奥孔》，北京：人民文学出版社，1979年。

［德］黑格尔著，朱光潜译：《美学》，北京：商务印书馆，1979年。

［意］列奥纳多·达·芬奇著，戴勉编译，朱龙华校：《芬奇论绘画》，北京：人民美术出版社，1979年。

［希］柏拉图著，朱光潜译：《文艺对话集》，北京：人民文学出版社，1980年。

［法］维克多·雨果著，陈敬容译：《巴黎圣母院》，贵阳：贵州人民出版社，1980年。

［英］哈代著，张谷若译：《还乡》，北京：人民文学出版社，1980年。

［英］哈代著，张谷若译：《德伯家的苔丝》，北京：人民文学出版社，1980年。

［法］拉伯雷著，成钰亭译：《巨人传》，上海：上海译文出版社，1981年。

［苏］尤列涅夫编注，魏边实等译：《爱森斯坦论文选集》，北京：中国电影出版社，1982年。

［美］鲁道夫·阿恩海姆著，滕守尧、朱疆源译：《艺术与视知觉》，北京：中国社会科学出版社，1984年。

［美］威廉·福克纳著，李文俊译：《喧哗与骚动》，上海：上海

译文出版社，1984年。

［法］罗兰·巴特著，李幼蒸译：《符号学原理》，北京：三联书店，1988年。

［法］热拉尔·热奈特著，王文融译：《叙事话语 新叙事话语》，北京：中国社会科学出版社，1990年。

［法］M·普鲁斯特著，李恒基、徐继曾、徐和瑾、周国强等译：《追忆似水年华》，南京：译林出版社，1992年。

［希］荷马著，陈中梅译：《伊利亚特》，广州：花城出版社，1994年。

［希］荷马著，陈中梅译：《奥德赛》，广州：花城出版社，1994年。

［爱尔兰］乔伊斯著，金隄译：《尤利西斯》，北京：人民文学出版社，1994年。

［荷］米克·巴尔著，谭君强译：《叙述学：叙事理论导论》，北京：中国社会科学出版社，1995年。

［古希腊］亚里士多德著，陈中梅译：《诗学》，北京：商务印书馆，1996年。

［美］浦安迪讲演：《中国叙事学》，北京：北京大学出版社，1996年。

［法］罗丹著，啸声译：《法国大教堂》，上海：上海人民美术出版社，1996年。

［美］库尔特·考夫卡著，黎炜译：《格式塔心理学原理》，杭州：浙江教育出版社，1997年。

［苏］巴赫金著，钱中文主编，李兆林、夏忠宪等译：《拉伯雷研

究》，石家庄：河北教育出版社，1998年。

［法］阿尼克·勒盖莱著，黄忠荣译：《气味》，长沙：湖南文艺出版社，2001年。

［美］J.希利斯·米勒著，申丹译：《解读叙事》，北京：北京大学出版社，2002年。

《圣经》，南京：中国基督教三自爱国运动委员会，2003年。

［俄］爱森斯坦著，富澜译：《蒙太奇论》，北京：中国电影出版社，2003年。

［法］吉尔·德勒兹著，董强译：《弗兰西斯·培根：感觉的逻辑》，桂林：广西师范大学出版社，2007年。

Cao xue qin : *The Story of the Stone* , Translated by David Hawkes, Penguin Books,1982.

Wayne C. Booth : *The Rhetoric of Fiction* , The University of Chicago Press 1983.

Earl Miner：*Comparative Poetics* ， Princeton University Press 1990.

Shi Nai'an and Luo Guanzhong : *Outlaws of the Marsh* , Translated by Sidney Shapiro, Foreign Languages Press 1993.

Cao xue qin : *A Dream of Red Mansions* , Translated by Yang Xianyi and Gladys Yang , Foreign Languages Press Beijing ,1994.

THE ODYSSEY ， translated by Samuel Butler，From: http://www.uoregon.edu.

张世君独立发表、出版的相关论著

《〈巴黎圣母院〉人物形象的圆心结构和描写的多层次对照》，外国文学研究，1981年第4期。

《哈代“性格与环境小说”的悲剧系统》，外国文学研究，1982年第4期。

《〈红楼梦〉的庭园结构与文化意识》，红楼梦学刊，1994年第1辑。

《〈红楼梦〉的园林艺趣与文化意识》，红楼梦学刊，1995年第2辑。

《〈红楼梦〉香气叙事的空间建构》，红楼梦学刊，1999年第4辑。

《古典小说叙事的时空意识》，暨南学报（哲学社会科学），1999年第1期。

《〈红楼梦〉空间叙事的分节》，暨南学报（哲学社会科学），1999年第6期。

《红楼门的叙事视角》，红楼梦学刊，2000年第1辑。

《论〈红楼梦〉的叙事动作》，中山大学学报（社会科学版），2000年第2期。

《红楼香的空间暗示》，学术研究，2000年第3期。

《明清小说评点的书法入思方式》，暨南学报（哲学社会科学），2001年第5期。

《中国古代小说评点空间叙事理论探微》，广州大学学报（综合版），2001年第7期。

《明清小说评点山水画概念析》，学术研究，2002年第1期。
《小说叙事空间结构概念：间架》，东方丛刊，2002年第2辑。
《间架：一个本土的理论概念》，学术研究，2002年第10期。
《〈泄密的心〉电影叙事特征》，广州大学学报（社会科学版），2005年第1期。
《中西叙事概念比较》，国外文学，2005年第4期。
《中西叙事概念“一线穿”与“整一性”辨析》，江西社会科学，2008年第2期。
《中西叙事概念“脱卸”与“转换”辨析》，江西社会科学，2008年第10期。
《中西叙事概念“间架”与“插曲”辨析》，文艺理论研究，2009年第3期。
《礼经建筑空间的元叙事技巧及其影响》，江西社会科学，2010年第5期。
《礼经建筑空间的政治叙事》，江西社会科学，2011年第1期。
《意识流小说的嗅觉叙事》，国外文学，2012年第2期。
《“三礼”方位符号域的文化模式》，中国文化研究，2014年第2期。
《文学批评方法与实践》，重庆：西南师范大学出版社，1989年。
《欧美小说模式》，南宁：广西教育出版社，1995年。
《〈红楼梦〉的空间叙事》，北京：中国社会科学出版社，1999年。
《论嗅觉香气与听觉音响的空间叙事》，载《迈向比较文学新阶段——中国比较文学第六届年会暨国际学术研讨会论文选》，成都：四川人民出版社，2000年。
《外国文学史》，武汉：华中科技大学出版社，2007年。
《明清小说评点叙事概念研究》，北京：中国社会科学出版社，2007年。
《世界文化视域中的〈红楼梦〉》，武汉：华中科技大学出版社，2012年。
《外国电影史》，北京：北京师范大学出版社，2014年。
《外国文学与文化导读》，武汉：华中科技大学出版社，2020年。

张世君独立主持的精品课程

国家精品课程《外国文学史》（2009）
网址：http://jpkc.jnu.edu.cn/wgwxs/index.htm
国家级精品资源共享课《外国文学史》（2016）
爱课程网址：http://www.icourses.cn/sCourse/course_2132.html
国家精品视频公开课《〈红楼梦〉的空间艺术》（2013）
爱课程网址：http://www.icourses.edu.cn/details/10559V001
网易公开课网址：http://v.163.com/special/cuvocw/hongloumengkongjian.html
国家精品在线开放课程《〈红楼梦〉的空间艺术》（2018）
国家级一流本科课程线上线下混合式一流课程《〈红楼梦〉的空间艺术》（2020）
爱课程网址：https://www.icourse163.org/course/JNU-1002014003
学堂在线网址：https://www.xuetangx.com/course/JNU05011000152

后 记

我对《红楼梦》的极大热情始于对文学作品中建筑与空间艺术的情有独钟，而对文学的热爱又始于总角之年，对读书的不可割舍。在我认字的年月，看书对普通工人家庭是一件奢侈的事情，靠着哥哥打扑克牌赢来的书籍，我从此有了书看，这使得我分外珍惜每一次看书的机会。能得到的书，并非每一次都能随心所欲地选择，于是碰上喜爱的书籍，总是囫囵吞枣后，一读再读，期待真的能“读书百遍，其义自见”。

读书的时间是愉悦而自我的，我总是为自己在书中感受到的，与作者的共鸣而欣然；为能找到的，旁人或许并未重视的细节而窃喜。与此同时，我也深深了解到，做一个把自己锁在书箱里，不去张望的读书人，是多么无趣。

变有趣的办法，便是将不同的学科知识相联系，在比较中寻找异同，思考由来；去周游列国旅行，采风摄影，将书中所见化为亲身所历；与他人分享心得，在讨论中教学相长。所幸这三个办法在我42年的教书生涯中，尚能一一实现。

这份对读书的执着，对文本世界的好奇，支持我完成文学硕士、博士的学业，自博士论文《〈红楼梦〉的空间叙事》起，我与《红楼梦》结下不解之缘。陆续发表相关读红文章和主持国家精品视频公开课《〈红楼梦〉的空间艺术》（2013）、国家精品在线开放课程《〈红楼梦〉的空间艺术》（2018）、国家级一流本科课程线上线下混合式一流课程《〈红楼梦〉的空间艺术》（2020）。

作为读者，总能从下一次阅读中找到新的视点，我对《红楼梦》的观感也随着自己的心境而改变。初读此书，最能被牵引的是贾府的兴衰存亡、主人公的个人命运。我爱黛玉的痴、晴雯的烈，叹袭人的忠、宝钗的智，恨宝玉之羸弱、贾环之卑劣，怜英莲之身世，笑凤姐的机心。再读此书，不禁对其中的巧妙设置，隐喻伏笔叹服。恍然《一捧雪》之败，《长生殿》之哀，《邯郸梦》之奇，《牡丹亭》之谶。三读此书，所见不仅此情，还有此景，情景交融方引人入胜。

阅读中总会习惯使然渐渐融入个人的所学、所知，则在我眼前掠过的，不仅是一座贾家的府邸，还有黑油大门、石头狮子、兽头衔环、屋脊兽；不仅是刘姥姥大观园走一遭的热闹情景，还是黛玉房的绿纱窗，宝钗屋的异香草，宝玉院的西洋镜；不仅是王熙凤抓的奸、宝钗偷听的私情、黛玉吃的闭门羹，还是建筑的分隔与连通在情节设置中的应用。贾府与大观园，在这般乐此不疲的探索中掀开朦胧面纱，分外动人心扉。这是我读《红楼梦》的乐趣所在。

奇文共欣赏，疑义相与析。与其说是《红楼梦》的教学课程，倒不如说分享不同的阅读角度，将我所喜爱的空间艺术与其相衔接。独乐乐，不若与人；少乐乐，不若与众。音乐之道如此，读书也如是。这便是整理写作这部作品的初衷。

此书得到广东省高水平大学建设经费资助出版，特别致谢。十分感谢花城出版社和宽容理解我的责任编辑周思仪，感谢通力支持我的暨南大学文学院和中文系，方能将我心中《红楼梦》的空间世界，与各位分享。不足之处，还望海量汪涵。谢谢大家。

张世君

2024年11月